O

# 安第斯山脉随笔

杜欣欣 著

CBK 湖南科学技术出版社
·长沙·

夕阳西下，星河低垂。今夜正是满月，良辰美景千载难逢。初升的明月轻柔地抚摸伊瓜苏河，瀑布将羊脂玉般的自己献给无垠的星空。

——伊瓜苏的月虹

我放下背包，挤坐在石阶上。此刻我才相信自己真的走到了。行走的辛苦与快乐，到达的激动与喜悦，坚韧与放弃，自我挑战与肯定，山岳之美，植物之美，人情之美……与这样的奥德赛相比，依靠现代交通工具的旅行实在无趣，也太苍白了。

——印加古道行

太阳失辉，黑昼袭来，南天星河突显灿烂。那次天象是1 400多年来复活节岛的首次日全食，吸引了全球各地4 000人众。古往今来，无论是不同的动物和人种，还是文明都对天体运行充满永恒的好奇。阿胡·阿基维摩艾的神态与斯芬克斯像类似，似乎都蕴含着对宇宙奥秘的沉思，而古代石像和现代科学人聚集一处，又赋有何等哲思诗意。

——复活节岛行

恐龙出现于2.5亿年前至6 500万年前的中生代，而恐龙的灭绝恰好和尤卡坦的这一事件在同一时期。于是许多学者猜测，这两件大事是因果相关的。当时包括翼龙与大型海洋爬行动物在内的75%物种都消失了。也许正是这个事件，才使哺乳动物成为存活的主要物种，留下我们人类祖先演化，从而发展到今天灿烂文化的机会。

——访大陨石坑遗址

海底，一只小海马正在海草和礁石间自得其乐地摇摆着。此海所见热带鱼并不比红海或加勒比地区多，但与鲨鱼、海龟、鬣蜥、海狮、海马共泳的经历却极为独特。海龟最可爱，它们在我下面、旁边游啊，游啊，似乎对人类有些好奇，会凑过来看看，而鲨鱼基本不搭理人。后来我拿到浮潜的图片，发现在一张图片里，我的身影出现三次，最上面显然是海面的反射，但左面的那个却不知从何来的，也许是水鬼？

——加拉帕戈斯群岛行

行驶途中，我第一次看到了蓝角峰，那是百内也或许是南美最奇特的山峰。它们犹如三匹浅蓝灰色的巨马从白雪皑皑的群山中挣脱而出，朝天吼叫，正在诉说心里蕴藏的千古奇冤。车子似乎围绕着角峰行驶，白云悠悠，蓝天澄澈。

——蓝天 蓝山 蓝水

生命短暂，轮回不已，他们仿佛专门为爱而来，情尽而亡，免除了文明群体的一切烦琐和虚伪。

——维多摩萤火虫洞

# 前　言

自 2004 年至今，我曾 5 次到访南美。从加勒比炎热的沼泽岛屿到寒风凛冽的火地岛，我在巴西的潘塔纳尔湿地骑马，在亚马孙河上行船*，在加拉帕戈斯群岛与海龟、鲨鱼和鬣蜥共泳。我曾徒步印加古道至马丘比丘，也曾在巴塔哥尼亚攀走兰塔和菲茨罗伊峰。我在哥伦比亚追寻马尔克斯的足迹，在智利造访聂鲁达的三所故居。

自 15 世纪欧洲人发现新大陆至今，短短 600 年的变化超越了之前的几千年。大约 200 年前，达尔文看到的火地人仍在茹毛饮血，而我之所见已是一座摩登小镇。在不同文明的碰撞中，在流血的残酷中，在走向相对完美中，几乎每个民族都举步艰难。

安第斯山贯通数千千米，雪峰狰狞，瀑布飞扬，草原广袤，大河奔流。那片大陆上，既有亚马孙沿岸的茅草屋，又有颇似巴黎大都市的布宜诺斯艾利斯。我记得那些匍匐在安第斯山谷中的城镇，在白雪覆盖的火山背景下，好似西班牙古老城镇的小小模型。我更不能忘记，当地居民淳朴、热情、善良，世世代代与环境和谐共处，恬淡，与世无争。

在整个地球上，南美大陆的生态环境已属稀有。在整个宇宙中，我们地球的宜居环境更为稀罕，至少在我们可以交流的时空中是唯一的。更有甚者，人类文明能发展至今，多亏先人披荆斩棘、殚精竭虑，他们呕心沥血培育的文明极为稀薄，也更为脆弱。希望物质文明不至于愚蠢到自我吞噬。

我的这本书记录了大自然的壮美，对不同文明碰撞的沉思，对探索自然奇观、抢救遗失文明的先人的敬意，对那些生存于久远年代的生命的怀念，对那些永远不能复原的喜怒哀乐的惆怅，对这个星球上渐灭或者已失的纯朴的惋惜，对推动南美大陆文化进展的诗人、画家和作家的尊重，尽管他们远非完美，更非圣人。所有这些也是我近 30 年的行旅之领悟。

将个人的雪泥鸿爪编成一书，首先是为了满足自己。如果在时空的某处有一二知音，我一定会喜出望外，那是对我长年行旅的额外鼓励。

此书在写作过程中得到多位朋友的帮助，他们是肖启明、吴忠国、曹凌志、殷练、林达、魏永计、殷才骅和廖克，特此致谢！

杜欣欣，2021 年 3 月 26 日

---

\* 巴西旅行部分已收入《此一去万水千山》（广西师范大学出版社，2012 年 1 月第 1 版）。

# 目录

# 目录

# 伊瓜苏的月虹

　　　维多利亚瀑布伟岸，最为壮观。尼亚加拉瀑布虽带有些许野性，却因北美的发达而沾染俗气。伊瓜苏是三大瀑布中唯一的女郎。她的瀑布群落多过维多利亚瀑布，她的身量又胜于尼亚加拉瀑布。她妩媚多姿、风韵变幻，狂放如火又柔情似水，比她的两个兄弟都美丽。

　　上天赐予南半球两大奇观，令人梦萦魂牵。5年前，我们曾经伫立于非洲维多利亚的水幕之下，沐浴在赞比西河的飞沫之中。而今，我们徘徊于南美伊瓜苏瀑布群中，行船于伊瓜苏河上，赏月虹于水天之间。

　　这星球上最美丽的自然景观大都地处遥远。维多利亚瀑布、尼亚加拉瀑布和伊瓜苏瀑布并称为世界三大瀑布，它们都因两国的界河而成。维多利亚瀑布伟岸粗犷，最为壮观。尼亚加拉瀑布虽带有些许野性，却因北美的发达而沾染俗气。伊瓜苏是三大瀑布中唯一的女郎。她的瀑布群落多过维多利亚瀑布，她的身量又胜于尼亚加拉瀑布。她妩媚多姿、风韵变幻，狂放如火又柔情似水，比她的两个兄弟都美丽。可惜亚洲没有大瀑布，《徐霞客游记》曾提到的黄果树瀑布如今只剩几行清泪。

　　高山是伊瓜苏河的父亲，雨水是她的母亲。从库里提巴海岸的山中，似一位林间赶路的女人，伊瓜苏蜿蜒西行数百千米，急切又慌乱。在巴西和阿根廷的边境，幽密的雨林扩展成草地，走入光明的伊瓜苏缓缓漫步，悠闲而温柔。

　　若非那些断崖，伊瓜苏不过是巴拉那河的一条支流，也许略为精致。若非那些断崖，伊瓜苏永远也不知道自己竟是这样一位多产的母亲。在幽密丛林的边缘，正

伊瓜苏瀑布群的最大瀑布

当分娩之时，她柔软地将身体弯曲，弯曲成那么完美的一道半月。突然，她性情大变，在生产的阵痛中，在雷电的轰鸣里，她的孩子随飘洒的泡沫纷纷坠地。在几千米的土地上，她诞下近300个孩子，却只来得及为其中的20个起名，那其余的早已身不由己或迫不及待地跌落下去。

在巴西境内，观瀑栈道蜿蜒曲折。我们从亚热带雨林出发，蔓草多露沾衣。在绿林以及每个迂回转折之间，对岸的危崖有意无意地抖出一挂或数挂瀑布。那盆景般的瀑布递层跌落，参差有致。悬崖之下，碧河相隔，阿根廷境内的瀑布或纤细优雅、不疾不徐，或灵动飘逸、挥洒随意，或飞流直泻、激情澎湃。无涯的绿色中，几百匹瀑布延绵数里，时断时续。在沸腾的瀑布群中，圣马丁岛静立于河湾，它掩住若干珠玉水帘，人们难睹其芳颜。

小路逐渐转为栈桥，三两人宽的栈桥直奔河心，浮桥之下白浪奔涌。苍天之上，14匹大小形状各异的瀑布环绕四周。瞬间，桥上的游人似被抖落到一个大水碗之中。狂暴的魔鬼喉（注：瀑布名）劈面而来，猛烈得令人猝不及防。它咆哮翻腾，震耳欲聋，泣鬼惊神，栈桥在狂吼中颤动。霎时水雾凄迷，冷雨扑面。须臾雾开雨散，蓝天捧出一弯鲜明的彩虹。

临近午间，我们来到伊瓜苏河下游，正是天阔云高，河远舟轻。泛舟河上，但见绿荫掩岸，风中蒲草不胜娇羞。崖边瀑布清寒，余沫激雪，碎玉石上。临近两剑客、三剑客瀑布时，奔流渐急，水石相搏，云雾吞吐。小船左右冲撞，在岩石激流中寻路而进。几番急流之后，魔鬼喉汇合十四股激流，铺天而至，直落穹苍。伊瓜苏，你看似那么温和，何以诞下这气势汹汹的孩子？

船客们一任水雾飞沫溅湿颜面衣角，相机从雨衣内竞相探头。河水起伏，波涛颠簸，似乎要吞没小舟，船客连声惊呼。那印第安人传说中的蛇神，隐身于瀑布之后，

上：魔鬼喉

下：通往魔鬼喉的栈桥

伊瓜苏瀑布群

它显然已被激怒，刻意要惩罚人们的不敬。它放出身段，仰头拍尾，搅动旋涡。急流澎湃，巨浪骤起，小船不由退缩。为壮声势，船夫吼叫着，小船抖动着，再次前行。最终小船难敌水势，落败而逃。河水之上，晴日之下，一派空然单净。

次日凌晨即起，驱车直进阿根廷。自遥远的绿色中，河水汹涌地聚集，争先恐后地逃离寂寞的雨林。水的精灵们怎能知道，将经过怎样的跌落，再跌落，它们才能重归宁静，才能再次在平坦的河中嬉戏。自魔鬼喉上游，伊瓜苏河携带她的一些孩子，继续西行近3千米，次第倾泻而下，让它们哗哗坠地。

阿根廷的观瀑小道分为上下两环。上环蜿蜒于瀑布的上游，平坦易行。下环可达圣马丁岛，景色虽美，但石路陡滑，为众人所不取。为了一睹圣马丁岛之后的瀑布，我们自上游而下。山势直落百米，沿途雨林迂回，苔潮石滑，壑幽峡深，前瞻后顾，博塞蒂、双姐妹诸瀑布一路随行。

到达河边，再乘小舟至圣马丁岛。岛并不大，但因瀑布隐身其后，不得一览无余，也令伊瓜苏瀑布有别于维多利亚瀑布和尼亚加拉瀑布。上山石阶陡峭，令常人知难而返。攀上小岛，我们已汗透衣衫。岛上人迹罕至，林中莺声清越。林木渐疏，水声掩住鸟鸣，雨林澄空而出。里瓦达维亚、埃斯康迪多、圣马丁、姆比瓜、贝尔纳布、门德斯瀑布——展现于眼前，恢宏壮观。面对如此瑰丽的全景，我再次感到对大自然的谦卑，也再次失语，唯有张开双臂，任全身沐浴于瀑布的水雾之中，尽情领略阳光、云雾、碧水、蓝天和彩虹。

较之巴西，阿根廷的伊瓜苏国家公园更为开阔洁净，令人流连忘返。上环的石路凌驾于众瀑布上游，林间清流潺潺，鸟语蝶舞。凭空临虚，全景尽收。近前的圣马丁岛水雾沸腾，远处魔鬼喉云蒸霞蔚。云雾开处，广阔的巴西林野奔赴天外。

小路旁，几个瓜拉尼印第安女人垂着粗黑的长辫，安静地坐在草地上，面前放

伊瓜苏瀑布群

圣马丁岛后的瀑布

满手编的背包挂毯。

瓜拉尼人深信，在很久以前，伊瓜苏是蛇神的领地。蛇神残暴易怒，它要求人们服从，定期接受祭品。为求安宁和食物，每年人们都献出一名处女。这一年，与武士塔瑞巴相爱的娜佩面临着厄运。献祭当天，这对恋人沿伊瓜苏河驱舟而下，出逃而去，蛇神紧追不舍。正当他们即将逃离蛇神的领地时，暴怒的蛇神潜入水中，在地球的大肠内扭动。顷刻之间，河床断裂崩塌，伊瓜苏河水倾倒而下，瀑布群瞬间诞生。瀑布吞没了恋人的小舟，娜佩化作水中一块黝黑的岩石，塔瑞巴变成河岸上一棵孤独的椰子树。蛇神隐身于伊瓜苏瀑布之后，监视着他们。恋人隔水相望，同心而离居。日月星辰，流转经年，若木石有情，必忧伤而终老。

黄昏已近，窄轨小火车在亚热带雨林中穿行数里，车上尽是四方来客。小火车的终点站设在魔鬼喉的上游。下车不久即踏上栈桥，铁桥长达 1 千米，横贯伊瓜苏河。目及之处，波宽水缓，蒿草袅袅，灌木葱葱。中流岩石星布，向岸椰树亭亭。苍茫之中，不知哪棵椰树是塔瑞巴，娜佩又在何处？

水雾趋浓，涛声渐急，流水愈疾。魔鬼喉的正上方雾气蒸腾，滔天白浪翻滚而下。瀑布下界白沫飞舞，一群黑鹰翱翔于漫天水汽之上。瀑布稀薄的边角露出岩石和苔藓，岩石黝黑，苔藓碧绿，一些鸟儿竟将窝巢搭在岩上，而那瀑布的中心却永远涌动着激情的旋涡，喷吐着愤怒的急流。

夕阳西下，星河低垂。今夜正是满月，良辰美景千载难逢。初升的明月轻柔地抚摸伊瓜苏河，瀑布将羊脂玉般的自己献给无垠的星空。水光溶溶，飞沫濛濛，一个孩子突然喊道："虹，虹，快看彩虹。"顺声回望，但见急流下方，银波之上，水沫已化成霄云彩雾。迷离的水雾之中，月虹若梦似幻。它的色彩虽逊于日虹的绚丽鲜明，其神韵却更轻灵神秘。寒星和我们一道屏住呼吸，静穆地凝视着眼前的美景。

魔鬼喉的上游

一个偶然落入自然的生命是如此之微末。让稍纵即逝的生命去感应这样的奇观，则是造化的慷慨馈赠。然而，这样的美丽真能用世间的语言来描述吗？

当你不经意的时候，

月亮偷走了伊瓜苏的心。

在雾的飘渺中，

在鸟的私语时，

印满银色的吻。

当你呼唤的时候，

伊瓜苏已挽起月郎。

在风的牵绊下，

在光的飞翔中，

月虹起舞。

当你惊叹的时候，

月虹却悄然离去。

在星的翅膀里，

在夜的幔帐下，

丢下颗颗露珠。

当你屏息的时候，

月影在夜风中摇颤。

在永远的迷茫，

在流逝的瞬间，

月虹如梦。

告诉我，

那珍珠的晕彩可是月虹的影？

那冰凌的折光，

可是月虹的记忆？

告诉我，

那大地的露珠可是月虹的泪？

那盘绕心头的，

可是月虹的谜？

去问伊瓜苏吧，

她会告诉你。

记于 2003 年 8 月

# 印加古道行

## *1.*

2012 年 7 月 26 日，库斯科—维雅班巴

今天是徒步印加古道的第一天。一大早，我们就乘车前往欧雁台镇（Ollantaytam-bo，读音为欧亚塔雅坦坡，双"l"读"y"音）。芝萍、伊敏、外子和我将参加 4 天的徒步，第一站是欧雁台附近的皮斯卡库乔（Piscacucho），终点站是印加帝国遗址马丘比丘。

汽车在库斯科（Cuzco）城里兜着，沿着窄街慢慢地开去接其他队友。我 3 天前来此，已经熟悉了车窗外的景色。在晨曦中，我们经过武器广场（Plaza de Armas）。广场上那顶部有座印第安小金人的喷泉正撒出万颗珍珠，红白相间的秘鲁国旗和彩色的印加帝国旗帜微微飘动。武器广场是城市的中心。印加帝国时期，这里经常举行宗教祭祀活动。后来西班牙殖民者在广场上建起了教堂和石拱廊。

库斯科最早的居民是基尔克人，13 世纪时，印加帝国的统治者帕查库提重新设计并扩建了库斯科。在印加盖丘（Quechua）语中，帕查库提是"颠覆世界之人"。此人不仅将一场看似不可避免的灭顶之灾转为压倒性胜利，并且继续征战扩大疆土。除了南征北战，考古学界还相信帕查库提是一个天才的建设者。正是他重建了库斯科，修建了马丘比丘。待他的孙子卡帕克继位时，这个像超新星一样爆发的印

上：库斯科街景
下：库斯科武器广场

加帝国已经发展到了顶峰，其扩张大业也已接近完成。那时印加人的疆土北至今天的哥伦比亚南部，南到智利中部，东西从太平洋沿岸一路翻越雄伟宽广的安第斯山脉，再延伸至亚马孙丛林。令人惊奇的是人口不超过 10 万的印加精英阶层最终控制了超过 1 000 万的人口。

印加语的库斯科是"世界之肚脐"的意思，希腊的德尔斐也自称"地球之肚脐"，帝王们总以为自己是世界的中心。然而，这"肚脐"存续不过两百多年。16 世纪中期，在西班牙殖民者征服库斯科之前，帕查库提之孙卡帕克以及他的继承人都染上"旧大陆"的疾病去世。他们的去世引发了阿塔瓦尔帕（Atahualpa）和瓦斯卡尔（Huáscar）两位王子争权。这两位王子一个身在基多，一个在库斯科，库斯科的那位先发制人。王位之战持续了 3 年，最终阿塔瓦尔帕获胜，但内战的帝国也几近毁灭。

阿塔瓦尔帕从基多向南行进准备进入库斯科称王。1532 年 11 月 15 日，他在今天秘鲁北部的卡哈马卡城（Cajamarca）安营扎寨，而西班牙人弗朗西斯科·皮萨罗已翻越了安第斯山，正沿着印加古道行进。彼时来自完全不同世界的两种文明发生第二次正面碰撞的舞台准备就绪，而第一次碰撞是在欧洲人与阿兹特克帝国之间。

在一个镇子里，皮萨罗发现了无数印加人尸体，那些都是忠于瓦斯卡尔的人。当时皮萨罗的部下只有 168 人，而印加帝国一方的帐篷布满山坡，延绵 5 千米。虽然皮萨罗一干人的手上已经沾满了无数印加人的鲜血，但印加人的阵势仍然使他们胆战心惊。皮萨罗派人前去印加人的营地打探情况，而那些印加人是第一次见到马。他们不明白那像巨型美洲驼的动物是什么，甚至以为骑马人与战马合为一体。次日，阿塔瓦尔帕应邀前来会面，5 000 名徒手的印加人随其而至。仗着人数多，印加王根本没把西班牙人放在眼里，但皮萨罗已经包围了会面现场。西班牙人要求阿塔瓦尔帕俯首称臣，皈依天主教。遭到拒绝后，收到信号的西班牙人突然开火。面对从未见过的枪炮和战马，印加人毫无还手之力。西班牙人当场就屠杀了 2 000 名印加人，生擒阿塔瓦尔帕。

阿塔瓦尔帕为了保命，承诺交出一屋子的金子以及同等数量的白银。为了凑齐这些金银，他甚至命人从库斯科的日月神殿（Qoricancha）里剥取黄金白银。那神殿遗址就是我们参观过的圣多明戈教堂。当年太阳神殿的墙上都镶嵌着金箔，神殿里的庭院曾摆满各种黄金雕塑，如今仍能看到教堂的地基由印加石堆砌。

车子在街上穿行，无家可归的狗跑过黑幽幽的卵石道，消失在昏黄倾斜的窄巷中。白色或岩石泥土色的建筑，红瓦蓝门，蓝色的阳台。据说因定为联合国文化遗产，此地不得更改屋瓦、门窗、阳台的颜色。城中建筑大多融合欧洲和印加风格，堡垒般的土坯石头房与巴洛克风格的教堂风味各异，却能协调相处，其原因在于没有过于高大的建筑。

这座底色厚重的城市点缀着印加女人和羊驼，她们的外貌颇似西藏人，服装非常鲜艳，羊驼非常可爱。初到此地时，我看到印加女人就拿起相机，她们极为警觉，即便是远程拍摄，拍到的也都是背影。后来走到印加古墙街，那些看似毫无规律的印加石能严丝合缝嵌在一起，历经数次大地震却无崩坏，真令人称奇。正看着，一队印加女孩走了过来，她们头戴鲜花，怀抱戴着花冠的羊羔。当她们站在石墙前让人拍照，我才明白印加女人是专职为游客拍照留影。

古城也不尽是玫瑰色，这里的汽车太多了！单行道上，机动车川流不息。虽然今天是蓝天白云，但手指却能感觉到粉尘。同样是山城，瑞士的采尔马特或印度的西姆拉都在市中心禁车，运载货物全靠电瓶车或人力。

车子出城向西北，这条路是圣谷游的一部分。所谓的圣谷就是上乌鲁班巴河

印加石墙，渺小如我可为标尺

上：和羊驼合影

下：印加妇女

上：圣谷一景

下：钦切罗附近的市集，那里有当地人现场表演染织，还有各种土特产品市场

（Urubamba）的河谷地带，长达 100 多千米，曾是印加人的主要聚居地，散落着帝国遗留的宫殿与城堡古迹。前几天，我们参加了圣谷游。第一站是印加帝国行宫宫殿钦切罗小镇（Chinchero）周边。

第二站是莫雷梯田遗址（Sítio Arqueológico de Moray），这里曾是印加帝国的"粮仓"。靠那些圆形下沉式的梯田，海拔 3 600 米的高原盛产土豆等茎块作物。我觉得圣谷就是神农谷，如今库斯科的蔬果和部分粮食仍然依靠它。

第三站是古老的马拉斯盐田（Salinas de Maras）。最后一站是欧雁台遗址。

欧雁台遗址曾是帕查库提的重要城市和军事要塞。当年，交出一屋子金银的阿塔瓦尔帕并未赎出性命。西班牙人处决他后又攻入库斯科，继而扶植了他的异母兄弟曼可·印加（Manco Inca）。后来西班牙人抢夺了曼可的妻子，曼可起义。他先占据了萨克赛瓦曼（Sacsayhuman 读音类似性感女人 Sexy Woman）。印加人在那里建起了巨大的阶梯城墙，三道城墙沿着山势而上，两边各有一条深谷。一些筑墙的山岩甚至重达 100～200 吨。

萨克赛瓦曼失守后，曼可退至欧雁台。欧雁台的地势更加险要，悬崖几乎直上直下。印加人以弓箭和石块击退了皮萨罗兄弟的进攻。如今，太阳门厚重的石墙仍然见证着印加人最后的抵抗。

四面皆山，悬崖陡峭，车子在转弯爬坡。在曼可时代，此处的高山台地河流都是防线，他甚至引河水淹没附近田野以阻挡西班牙人的骑兵前进。我们前天经过时，有人故意在道路中放了很多石头和树根。汽车都必须绕行，实在绕不过，导游就下车清理。后来我们又遇到游行队伍。我们在利马和库斯科城里也看到了示威游行。据导游说："示威者主要是公立学校的教师，因要求提高待遇而罢课，罢课已持续 3 个月。"但我遇到的导游似乎都不赞成他们的行动："秘鲁 80% 以上的人都在私

莫雷梯田遗址

上：远眺库斯科城

下：库斯科周边景色

营企业，没有健保和假期。他们的工资不高，但也达到月收入 1 600 索尔的平均水平，还有健保假期。这么闹孩子都上不了学，秘鲁发展必须依靠教育……"

今天，道路已被清理干净。即将进入欧雁台镇前，汽车突然熄火，引擎冒着浓烟。为了让路，它慢慢地退至坡下稍宽处。路旁农舍院中，粉红色的梅花开得正艳。我们下车，步行至欧雁台镇。

在印加徒步地图上，欧雁台镇标了星号，意思是很重要。这里有很多班次的火车去马丘比丘，不徒步的游客一般都来此乘坐火车前往马丘比丘。这小小的镇里照例有个大广场，广场上照样飘着红白色的秘鲁国旗和彩虹色的印加帝国旗帜。我记得《孤独星球》上提到有人将彩虹旗误认为同性恋的旗帜。库斯科的气氛确实非常自由，这西方的现代解读也算靠谱。众人在彩虹旗下吃早餐，补充饮用水，为未来 4 天的徒步做最后准备。其实，我们早就为这次行走做准备了。为了让退化的人体应付大自然，此前我花了一些钱买了抗寒的木乃伊睡袋、内外衣、登山靴和骆驼水袋背包。遵从"穿双层袜不磨脚"的定律，还买了毛袜。这些物品都是既轻又保暖，长途徒步多背一两都是要计较的。除了衣物铺盖，手杖也是必需品。但因还要走其他地方，我们俩只带了一副登山杆。当地小贩卖的木头手杖很便宜，杖头还套有印加风格的编织护手。我们买了一根，期望日后带回做纪念。不想次日杆套断裂脱落，它被留在安第斯山脉的某个山洼里。

除了雨衣、登山拐杖，不少人还买了可卡叶糖做零食。镇上有个小菜场，其中的一样橙色脆皮，外皮之后又见一层絮衣，最里面是一汪灰白色或黑色半透明的汁和籽，食之味道香甜。伊敏因工作常去热带，她说那就是俗名 "Passion Fruit" 的西番莲，也有人称之为百香果。我也这么猜过，但秘鲁人却说不是。后来得知西番莲因品种不同外皮可呈紫、黄、橙不同的颜色。另一种疑似香瓜的果子，味道介乎于

欧雁台遗址两图

哈密瓜和黄瓜之间。在西语中，它与黄瓜同名，但那显然不是黄瓜。伊敏花了 1 索尔买了一捧可爱的小香蕉。它们只有女人的指头长，很甜，香蕉含钾，能防腿部抽筋疼痛。芝萍说："再买些香蕉吧，我负责背。"

车子奇迹般地修好了。我们再次上车，再行 14 千米，来到皮斯卡库乔。这里是印加古道的第一站，俗称 82 千米处。此地海拔高度为 2 750 米，比库斯科低了近 700 米。在茵绿的草地上，挑夫铺好了塑料布，我们的行李就堆在那上面。挑夫头儿用弹簧秤称着行李重量。据说原来挑夫每人可背 50 千克，如今限重 30 千克。因他们还要挑食品、炊具和营具，我们每人的行李限重 7.5 千克，其中包括当地提供的 1.5 千克的睡垫。

从网上信息看，饮用水好像取自沿途的河溪，我特意买了净水片。昨晚导游劳尔（Raul）来旅馆做行前动员，我才知道头两天要自己背水或沿途买瓶装水。第 3、4 天的饮用水则由伙夫提供。虽然我们两人的行李不足 15 千克，但一台单反相机重量近 2 千克，衣服、零食、防晒品，还有 3 升水，本人的负重大概 8 千克。

我们站在路牌下合影，挑夫带着行李先去徒步行走的检查站。秘鲁的国土 100 多万平方千米，但 90% 为亚马孙河流域、安第斯山脉和海岸线。这片"极端之地"吸引了来自世界各地的徒步客和生态旅行者。我们都是在网站注册，由当地导游拼成团队。拍照时，劳尔喜欢喊口号："Inca Trail!（印加古道）""Machu Picchu!（马丘比丘""We love our tourist guides!（我爱我们的导游）""We are super hikers!（我们是超级徒步客）"其实"我们"中的多数人还互不相识呢。

拍照后，我们在检查站排队等候。来自阿根廷的琼斯一家排在前面，其中的埃文 11 岁，他父亲须发已白。最初我以为他年龄很大，后来得知还不到 50 岁，比我年轻了近 10 岁。我猜这一天的行走客中埃文最小，外子年纪最大，66 岁。

印加人游戏

出发时留影

检查员核对完身份，又在护照上盖上第一个印加古道的印章。众人互相跟着过桥上坡，桥下乌鲁班巴河水流湍急。乌鲁班巴河是由安第斯山脉上的冰川融水汇聚而成的，河水湍急的地方翻滚着白色的泡沫，其他部分则呈现蓝绿色。我们行走山间，雪峰就在前面。几天前飞临库斯科时，我已见识过壮丽的安第斯山脉！我曾走过喜马拉雅山、落基山和阿尔卑斯山。对比之下，安第斯山延绵的雪峰最美。对爱山的人而言，高山雪峰是看不够的，见了它们激情油然而生，必得行走其中。

虽然每座山脉都有古道，但安第斯山脉的古道总长达 46 000 多千米！印加时代的货物和信息就是通过这四通八达的古道运输流传的。山道沿河，彩虹帝国的这一段古道就从河上开始了。

## 2.

按照劳尔的说法，今天我们要走 12 千米，攀高 250 米（从 2 750 米至 3 000米）。走了没多久，还没热身，劳尔就宣布休息了。在草地上，众人围成一圈，劳尔先介绍了助理导游大卫和爱迪生。然后 16 位队员自报家门。乔斯林、詹姆斯、丽丽、梅来自加拿大。7 位来自美国的队员包括：芝萍、伊敏、我们家的两位、海瑟、莎拉、梅丽莎。孔、尼克和安娜来自澳大利亚，另外的两位来自巴西。除了我们四位，梅、丽丽和孔也是华裔。看到女同胞占了 2/3 强，我不禁与伊敏玩笑道："爱美是从事运动的最大动力，臭美使人进步！"

大河逐渐离我们而去，山道紧随库沙卡（Cuschaca）溪。走一段就看到农家，他们的住房多是砖石土坯。此地的雨季近 3 个月，似乎不适合建土坯房，但导游说

安第斯山脉随笔 ... 印加古道行

古道入口

准备午餐

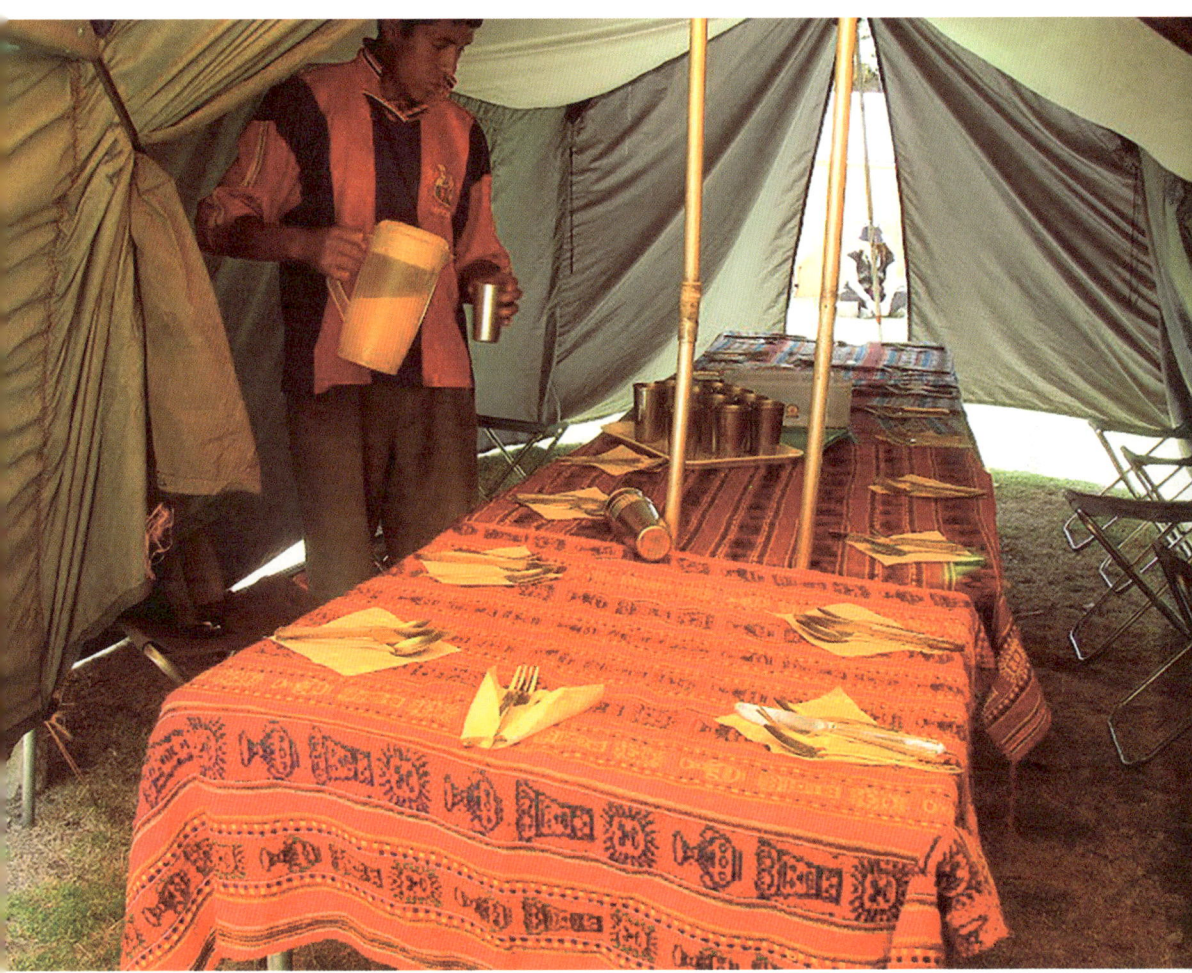

印加人就是喜欢土坯房，冲塌了再建。当地居民的生活水平与库斯科周边地区类似，不很富有，但也不贫穷，自足自乐，生活看起来比利马周边的贫民窟好得多。当地居民卖水，也有干净的厕所。走过一块小小的墓地，里面架着十字架，摆着绢花或鲜花。这段路时有树荫，阳光并不灼人，我走得很轻松，但劳尔又叫休息了。这个休息点搭着长木凳，乔斯林坐在浓密的树荫下。她因高山症一直没吃东西，男朋友詹姆斯在她的身边忙活着。伊敏和芝萍到库斯科之后也感觉头疼。库斯科的海拔高度为 3 400 米，比拉萨低了 200 米，我在拉萨时感觉不适，但在库斯科感觉良好，头一天还攀高俯瞰全城呢。

下午 2 点 30 分左右，我们停下吃午饭。在挑夫搭好的帐篷里，长桌上铺了印加花纹的台布，两边摆着帆布马扎。这是出发以来的第一顿饭，大家都有点儿拘束。众人紧挨着坐下，面包很快就被吃完了。热汤一碗碗地从帐篷外传进来。秘鲁人食材朴素，烹调方式近似中国饭，却不油腻，很合口味。浓稠的热汤喝下去十分舒服，真希望再来一碗。外子担心能量不够，先吃了不少面包，却不知主餐是意大利面条。伊敏说："中午能吃到热饭，真比在非洲狩猎之旅还奢侈。"不错，狩猎之旅的中饭大多是冷三明治，但徒步印加古道需要能量啊。

吃饭间，劳尔问："队里可有医生？"海瑟说她就是护士。大家都说："那你就是我们的队医了。"这三个来自堪萨斯城的女子既无骆驼水袋，也不戴遮阳帽。丽莎甚至没穿登山鞋，而且都自背行李。吃饭时，她们三个最安静，既不参与 20 多岁小孩儿的谈话，也难得在我们的话题中插嘴。三个导游总是坐在最外面，让我们先用餐。我问劳尔挑夫们吃什么，他说："他们吃特别食品，比如豆类。"可我看到他们在啃干面包。

午后的阳光开始灼人，地势也逐渐在升高。山崖上，仙人掌类植物长得高大。

上：仙人掌上的胭脂虫

下：揉碎的胭脂虫

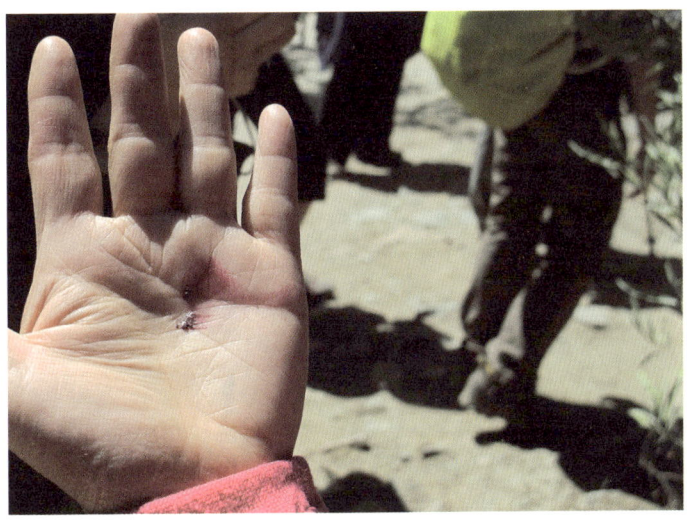

这里无草场，农户养的牛主要靠吃山影掌或圆筒掌过活。它们先从根部吃起，慢慢就吃倒了一棵巨大的仙人掌树。较矮小的仙人掌掌面上生长着一些白色斑点，看起来像生了病，但那是一种虫子。摘下一只小虫放在手心一揉就揉出玫瑰红色，故称为胭脂虫。这天然的虫色不仅用于织物，还出口用作食品或卫生用品的颜色添加剂，高露洁牙膏的玫瑰红色就来自胭脂虫。我猜采集保存相当不易，一不小心就虫破色出了。这些色虫不仅艳丽还常玩小把戏，譬如色粉与染出之色全然不同，猜颜色也是当地的旅游节目之一。

河流已在脚下，山崖边一簇黄花，峭壁之下就是拉克塔帕塔（Llaqtapata）遗址。一条小河绕遗址流淌，遗址内台地宽阔。最高层的台地上大约建有几十间房屋，边缘处遗留了圆形堡垒。前面有人呼唤，向前几步，前方的波博丢亚克（Pulpituyuq）遗址正与拉克塔帕塔遗址遥遥相对。

坐在石头上，面对今日最美的一景，劳尔开始讲历史了。西语人讲英语常会混淆 B 和 V，我大致听懂了 llaqta 是城之意，pata 是高的意思。当年曼可自库斯科撤退时烧毁了拉克塔帕塔。这遗址是座祭坛，与位于西北的马丘比丘有某种联系。因印加帝国没有文字以及语言障碍，马丘比丘西部也有一个同名的遗址，而此遗址在徒步图上又名为帕塔拉克塔（Patallacta），令人相当困惑。

此时夕阳笼罩着遗址，血腥不再，唯余浪漫。


## 3.

2012 年 7 月 27 日，维雅班巴—帕卡玛雅

拉克塔帕塔遗址

昨晚到达维雅班巴（Wayllabamba）营地时，天已墨黑。匆匆晚饭，草草洗漱，我就戴着头灯进营帐。双层门的营帐足够保暖，草地上的睡垫也足够舒适，但因地面的坡度，我们两人半夜都滑至帐底。

黎明未至鸡先啼，我起身出帐。大致记得洗手间在坡上，但走上去竟撞到木栅门。我困惑地走下来，早起的导游再带我走上去，才知为防野物，农户都会栓门。昨晚导游也一再嘱咐过夜必须将鞋子和登山杆都放入营帐，以防被狗或其他动物拖走。

到了坡上，我才看清这个营地建在台地上，周遭皆山。云雾缭绕的清晨，母鸡公鸡已在草地上觅食了。洗手间接了山水，屋后的溪水流得正欢。我回到帐篷，帐门口已放了两杯热可卡叶茶（Coca，亦称古柯）。从第一天起，每日清晨，挑夫会敲帐门叫起，并问要不要可卡叶茶，然后送上一小塑料盆洗脸水。露营地通常傍水，我以为洗脸水这项完全可以省略。吃饭的帐篷很大，亦是挑夫导游夜宿之处，此时帐中已摆上了桌凳和秘鲁的硬面包。这种面包略甜，也没有法棍面包那么硬。燕麦热粥熬得浓稠，喝下去真舒服。

出发之前，我们和挑夫围成一圈相互介绍。挑夫都来自山区，平时务农放牧。他们逐一报出姓名、年龄和家庭。有人开玩笑说自己有 10 个孩子，也有人开玩笑说至今单身。最年轻的挑夫 22 岁，最老的 60 岁。西方女人本无当众公开年龄的习惯，此时也不再顾忌。劳尔说 2 月雨季印加小道关闭，挑夫的孩子多在 11 月份出生，他的话引起一片笑声。因生长于高原，挑夫的个子普遍不高，身体也不壮实，但他们耐力和速度惊人。徒步中，挑夫负重几十千克，常见他们小跑着赶路。他们必须提前赶到营地准备饭食，又因收拾帐篷最后离开。据世界银行统计，安第斯山

第一天的宿营地维雅班巴

支持我们徒步的团队

区村民每日生活费少于 1 美元，而挑夫一次除工资外可获得 20～30 美元的小费。

一般而言，两个行走客共用一个挑夫，8 人共用一个导游，还有伙夫。我们团队 16 人配了 3 个导游，2 个伙夫，14 个挑夫。据说这条路从未走死过人，但每天都有两三人退出，退出的人则由导游陪同返回。我们这个团队多是二三十岁的年轻人，我们 4 个年龄在 49～66 岁，也许是担心老家伙走不下来才配了 3 个导游吧。

今天的行程还是 12 千米，但要从 3 000 米攀高至 4 200 米。劳尔一再嘱咐慢行，按照自己的步速前进。上路时，太阳已经升起。回望营地，我才看到几户人家的村子里居然也有个像模像样的天主教堂。从昨天起，沿途常常遇到骑马和骑驴的人，此地农户出山就靠它们。一个小男孩骑着马迎面而来。马儿欺负他腿短，到了我面前不肯向前。

这一段山路已少见仙人掌，高挑的丝兰直指蓝天白云。一些大树端着紫色的盆景，似叶似花。我停下来拍照，阿根廷男生马提斯也在拍，他告诉我这些树只在冬季开花。2 个挑夫坐在棚子里喝一种奶油色半透明的饮料，看他们喝得畅快淋漓，我猜那是苞谷酒，果然那家院中晾晒着发芽的苞谷。在库斯科附近，村镇的酒家都会在门口挑块红布以示此处有好酒。在最后一个供水点，我看到一棵很美的大树，盆景般的花朵朝着太阳，散发着紫光。众人都说那花里存着水，鸟儿正从花朵里飞入飞出。

雨林间，溪边道，藤叶纠缠，白溪时缓时疾。"云层之上壮丽的雪峰若隐若现"，身旁的山峰岩石如"加拿大落基山脉"般壮丽，前方又见夏威夷"毛伊岛的惊人之美"（摘自宾厄姆《寻找马丘比丘》）。"巍峨的峭壁直上直下，至少有几千米高，谷底有河水奔流，河面上泛着白色的泡沫，在阳光的照耀下闪闪发光，与两侧悬崖上的兰花和蕨类植物形成深浅鲜明的反差，茂密的植被显示出了雨林地区神秘迷人的丰富之美。不断出现的惊喜吸引着人们继续前进……"（摘自宾厄姆《印加之地》）宾厄姆曾三次前往马丘比丘，正是他发现了我们正在行走的"印加古道"。

在雨林中攀走了大约两小时，加拿大华裔女孩丽丽早已超过了我们。她的父母从柬埔寨波尔布特政权逃出，她曾叹自己非常幸运。这女孩长得好看，身材小巧结实，大学毕业后就在卡尔加里市任中学数学和体育老师。单身的劳尔曾开玩笑地问她是否单身，在自我介绍时，她玩笑道："已有 5 个孩子。"梅和丽丽是好朋友，此前她们已在玻利维亚游走了几周。梅的父母是文莱的华人，在展示盐湖火鹤照片时，她会用中文说"那是咸的"。

丽丽之后是尼克、安娜和孔。孔是越南华裔，他在悉尼有间公司。这孩子自我放假已经 5 周，此前曾在巴塔哥尼亚草原没膝的雪地中行走，也在加拉帕戈斯（Galapagos）群岛与海豹共泳。他们之后，来自巴西的那一对不疾不徐地走着。这对夫妇结婚 14 年还没小孩儿。我认识的婚史长又没小孩儿的夫妇感情都很好，这一对也不例外。看他俩常常甜蜜对视，真像小孩儿过家家似的可爱。乔斯林和詹姆斯的行走速度如乔斯林的情绪似地不稳定。他们时不时地停下吃东西，有时干脆就地躺下，一会儿又快得不见踪影。最后是堪萨斯城的那 3 个女孩子。昨天的山路还算轻松，但她们背着行李，常常落后，今天她们已经轻装。

从这天起，团队拉开了距离。丽丽是永远的第一名，最后一名总是梅丽莎和海瑟。海瑟跑马拉松，她是为了梅丽莎留在最后。第一天，我们 4 个老家伙处于中位，今天开始落后。外子总是倒数第二拨，他平时的运动量不大，来之前又一直咳嗽。在库斯科时，劳尔得知他的咳嗽因过敏引起，就鼓励他说走印加小道年龄最大的是 72 岁，外子听了信心倍增。回头看看，他走得很辛苦，但我并不特别担心，此人心力强着呢。

我们在鲁鲁查潘帕（Llullucha Pampa）停下，此地海拔 3 800 米。天气寒冷，原来脱掉的外衣又都穿上了，有人还戴上毛线帽、毛手套。外子累得居然坐在地上就睡着了，导游发现后立即推醒他。尼克说空气太稀薄，担心他睡着睡着就 pass out（昏倒）。外子回答："这和 pass away（死亡）非常接近，只有一字之差。这种结局很多人还求之不得呢！"冷风不时钻进帐缝，有人的鼻尖冻红了，有人搓着双手。先上来的还是热汤，内有玉米粒。我放了一些莎莎酱（Salsa）。莎莎酱切得很细，洋葱、番茄和辣椒味道混合得极好。黄色的奎奴亚藜米饭里放了洋葱和番茄丁，黄瓜番茄沙拉新鲜可口，浇汁鸡块不油不腻。大家都饿了，又没了第一顿饭的矜持，将食物风卷残云而去。

又见雪峰。上坡，上坡，再上坡！盯着前人的脚后跟，一路上坡。气喘，气喘，气喘，超过我的年轻人也在喘着粗气。我不喜欢停下休息，感觉越休息越累，但因空气稀薄又不得不停下。云来云去，时晴时阴，奇特美丽的植物吸引着我。只要有风景和植物看，我愿意一直走下去。

后面有人呼唤："挑夫来了！"我们立刻靠边让路。沿途我看到挑夫靠着山坡休息，坐在坡上为双腿涂油按摩，还看到他们拿出可卡叶咀嚼。咀嚼的方法大致是卷起三五片叶子，含在嘴里，让汁液慢慢溢出，待无味道后吐掉，吞咽碎叶会引起便秘。

可卡是生长在安第斯山坡的灌木，椭圆形的叶子毫不招摇，但它始终是安第斯山最宝贵的植物之一。当地人依靠它补充维他命和微量元素，不仅用于日常生活也用于祈福。据说其种植史可追溯至公元前 6000 年，有些古文明还以它陪葬，但西方人很晚才认识它。1855 年德国化学家从中提取到纯可卡因，1859 年首部以古柯树为研究内容的药用书籍出版，它被用来治疗鸦片毒瘾、头疼和提神。20 世纪 70

上：第二天的午饭

下：途中

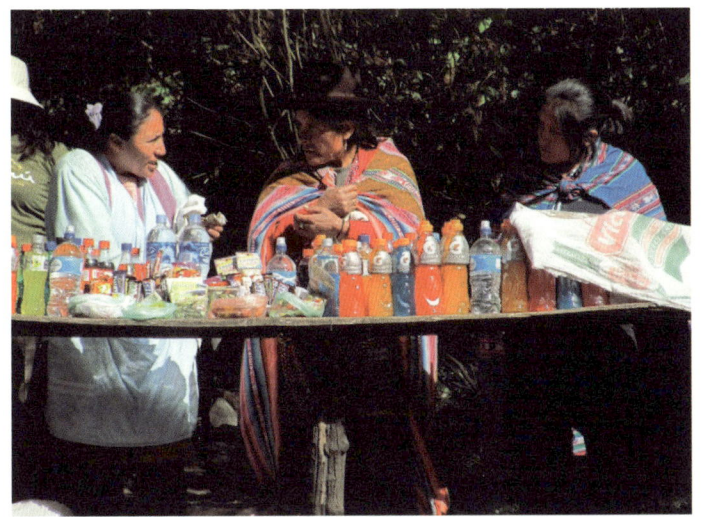

上：谋生不易

下：最后一个供水点

年代，毒品在美国泛滥。哥伦比亚毒贩从秘鲁种植的可卡叶中提取毒品销往美国，从此它在欧美被禁。来到安第斯山区后，我看到农民见面互递可卡叶如递烟般的平常，被人邀请一起嚼可卡叶也是关系铁的标志。据说可卡叶能减轻高原反应，到库斯科的第一杯热茶往往是可卡叶茶。我们的旅馆天井里，从早到晚都放着可卡叶供旅客冲泡。我喝可卡叶茶却未感觉多么有效，芝萍说嚼可卡叶确可提神，她边走边嚼，而我是到了提提卡卡湖之后才体会到它的提神功效。

雪峰逐渐靠近，它的高度也从头顶降至与肩膀齐平。芝萍和伊敏一直走在我前面，渐渐失去踪影。待我攀到高处，又看到下面的外子和梅正坐在石头上休息，茅草迎风漫卷。我埋头攀着，攀着，突然听到前面有人鼓掌！啊，我已经到了 4 200 米的死妇人山口（Warmiwanuscca）！

这是徒步中最高的山口，此时乌云蔽日，一片肃杀景色。走到山口的另一边，又见白云绕过峰顶。阳光透过云层，远山金灿。大概 20 分钟后，外子到了。他赢得了最响的掌声，我们都为他骄傲。

翻过山口后，就开始下山。这段石阶长 3 千米，高度下降 200 米。行走图中预计的时间是两个多小时，但石阶高陡，艰难度超过了预期。年轻人并不在乎，丽丽、乔斯林连登山杆都不用，而印加男孩更是蹦蹦跳跳地向下走。外子和伊敏身高腿长，下高石阶也较容易。我却必须先放下一只脚，另一只再跟上，如此就慢了很多。因持续地注视着脚下，自然不会放过美丽的草木野花，而它们又使我精神一振！下山途中，我第一次看到了野生的黄色兰花，又见到若干莓类。在更多不知名的植物伴随下，我慢慢地走着石阶。

海拔 3 600 米的帕卡玛雅营地（Pacaymayu）已经在望，但依然走了很久才到达。到达时天已暗了，无法拍摄营帐旁满树的黄花。这天走得艰苦，安娜肠胃不适，没

安第斯山中

古道奇花

在死妇人山口

来吃晚饭。堪萨斯那三个女子没怎么吃饭就去睡了。我的鼻子淤塞开始加重，必须立刻冲洗。因明天是秘鲁国庆，大家凑钱买了酒。劳尔拿出酒，乔斯林等几个年轻人在大帐篷里闹到很晚。营地洗手间位于坡下，要过木桥才到。当夜星光灿烂，可惜太累了，已没力气观赏南天银河。山溪在营帐旁喧哗，昼夜不息。半夜疾雨阵阵，敲击帐顶。

## 4.

2012 年 7 月 28 日，帕卡玛雅—温那维那

今天是秘鲁国庆，早饭居然有一块写着"秘鲁万岁"的烤蛋糕。蛋糕烤得不错，真难为了厨师。

一路走来，我遇到的导游都以身为印加帝国的后裔而自豪。自 16 世纪中期，钢铁、枪炮、病菌令当地土著人口大减，其后大量欧洲移民和西非黑奴又使南美族群成分发生了极大的变化。如今南美大地上，秘鲁生活着最多的纯土著民族，而该国的一半人声称自己有纯正的印加血统。我所遇到的导游也颇有爱国情怀，一些导游词难免说教。在南美洲，秘鲁与其他国家具有类似的近代史：500 多年前当地文化被殖民者的文化打断，随即而来的是殖民统治，严酷的独立战争，独立之后的动荡以及严峻的经济社会问题。然而秘鲁又与其他国家有所不同，她的首都利马是西班牙在南美最重要的城市。1821 年宣布独立时，多数南美国家还是殖民地。秘鲁当地文化与欧洲文化冲突最为剧烈，其动荡直至 1992 年"光辉道路"的首领古斯曼（Guzman）被擒才告结束。当今秘鲁政府给我的印象是敛钱不做事，库斯科已驰名

上：古道奇花

下：秘鲁国庆的早晨

帕卡玛雅营地

全球，但周边的一些公路还维系着"遗址"的水平。

和昨天一样，清晨我才看到帕卡玛雅营地全景。昨晚在此露宿的不止一个团队，奇怪的是不能就地存放营帐，却要挑夫背上背下？问劳尔，他说经营印加徒步的有几百家公司。听起来不知是难以合作，还是为了创造就业机会。

今天的行程最长，一共18千米，路况是几上几下。上路不久就开始爬台阶。也许已过最高处，心理上松懈了，我感觉这段升高两百米的台阶超长。外子时不时地问，还有多远？我说："别问了，低头爬就是了，最好是爬着爬着就突然到顶。"结果爬着爬着并没有到顶，高而陡的台阶继续着，似无尽头。伊敏为这段路留了好几张照片，每张照片的说明都是"上坡，上坡"。她甚至拍到芝萍靠在朗库拉卡（Runkuraqay）标牌上闭目休息，拍到的我依然精神抖擞，但我注意到自己的眼睛已经肿了。从这天起直到次日，我眼睛一直肿着，而且感到面部发麻。

茅草纷然，雪峰再现。翻越3 800米的朗库拉卡山口之前，我就见到一座孤石独峰，再攀上去又见朗库拉卡遗址。从此继续上攀，到了山口回望遗址，才看出那是一个完美的圆形，难怪它俗称"蛋屋"。可是我却完全不记得团队曾在那个遗址停留，年轻帅气的导游爱迪生还讲了历史，可见当时我是很累了。

翻过山口，我们在一处石洼地休息。尼克坐在石头上为安娜按摩背部。劳尔曾提到有人在印加道上订婚求婚，后来安娜披露尼克已向她求婚。有人借此敦促詹姆斯向乔斯林求婚，此刻那两个小朋友正在拥抱。劳尔向我们展示如何作K'intu（印加祈福仪式）：找出三片最完美的可卡叶，将它们呈扇形夹在食指和拇指之间，叶子的光面朝向祈福之人，再将叶子在嘴边挥舞数次，轻吹，此举称为"Phukuy（普库伊）"。然后念"Pacha Mama（地球），Tirekuna（神圣地），Sonqo（你的团体或社区）"。这三样都是必须的，然后才开始自己的祈祷词。祈祷之后，再将可卡叶压在

上：朗库拉卡遗址

下：来自澳洲的尼克和安娜

三块石头下。听完之后，众人祈祷，又散去寻找石头安放叶子。这片山坡洼地随处可见压着可卡叶的叠石。

陡峭的下坡从此开始，若无兰花，我真不知道怎样走下去。虽然雨林中的花朵更大，高山上的兰花娇艳傲人，被称为"妇人拖鞋"的花型最为独特。粉色的番石榴花悬于枝头，而变色的叶子又常让我误认为是花朵。据说4月雨季之后，花儿最多最美。

去萨亚马尔卡（Sayacmarca）遗址又要上坡，外子太累了，决定放弃。我陪他在陡峭的山道上走着，他边走边说："这是我最后一次徒步远征。"我答："未必！"两年前，我在3千米的山上行走都感到困难，但因坚持每日运动，去年攀上了万四峰［14 000英尺（1英尺 =0.3048米）的山峰的简称］，如今再走印加道并不感觉艰难。

我们比去看遗址的众人稍早到达午餐休息地。外子一到就躺下，挑夫看到他躺下，就拿出两个睡垫。伊敏和芝萍也到了，我们在睡垫上做瑜伽打坐。外子一直在睡，导游过来叫他，他亦不作反应。导游担心地去摸他的脉，他才笑着坐起来。（这玩笑开的！）

这是徒步第三天，也是沿途最后一顿午饭。厨师做了土豆粉金枪鱼卷、炸甜薯片配洋葱番茄沙拉、白米饭。鱼卷是土豆粉混合酸奶、少许盐、胡椒，擀成面饼，再放入金枪鱼碎，卷起切成小块，非常可口。秘鲁是土豆的原生地，据说如今有3 000多个品种。犹如番薯，引种土豆解决了全球很多区域的饥荒。在《植物的欲望》一书中，迈克尔·波伦曾大力推崇秘鲁土豆。19世纪的爱尔兰因土豆品种单一，患病而绝收导致大饥荒，造成了百万人饿死，数百万人离乡，而秘鲁的多品种土豆有效地防止了物种退化和疾病。

我们再次来到雨林地带，安第斯山与雨林相接得如此迅速完美。木桥溪流，草

上：舞女兰花

中：俗称"妇人拖鞋"的兰花

下：不知名的花

木纷然杂陈。长满青苔的黑色树干，树冠参差的灰绿色具有一种模糊之美。竹子越来越多，也越来越密。雨林又是那么自然地延伸至广袤的高地草原。高壮粗砺的茅草取代了竹林，发出如竹一般的唰唰声。阴面山坡长满苔藓蕨类植物，色彩斑斓，生机盎然，摸一摸却很绵软，将手伸进去探探，它们的根扎得多么深啊！

我们来到普亚帕塔马卡（Phuyupatamarca），这是沿途最后的一个印加遗址。但看遗址还须再上百米高坡，外子再次决定放弃，我攀了上去。遗址背山而建，堡垒弯道不逊长城烽火台，确实不负"云中城"之名。前方的一座尖峰即是马丘比丘山，马丘比丘印加遗址就在那山之后。闪亮的乌鲁班巴河在山下流淌。3 天前，我们的印加古道行就从那条河上开始，即将结束时又与它再次相会。

我们再次开始下山。这一段印加古道据说有 3 000 个石阶，沿途没有人家，还须经过窄陡的隧道。山道上，有些地方陡得必须蹲着，借助双手下行。我小心择路，站稳脚跟，阻止身体下滑。下山或许没有上山那么费力，但却更复杂更费神。为了保护膝盖，我以登山杖支撑，侧身向下行，尽量保持膝盖弯曲。路遇挑夫，他的汗水一滴滴地溅落在石阶上。此前，我还没见过挑夫如此流汗。

如今行走古道仍然不易，遥想当年筑路又是何等艰难。据说飞毛腿的印加信使从海岸沿古道跑到库斯科时随身背的海鱼还能保鲜，那真是难以置信。丽丽问为什么印加信使不骑马。秘鲁乃至南美大陆本土除了羊驼，却无其他可供驯化的大型动物，而羊驼做不了牛马类的劳役。当年西班牙人沿着印加古道行走，在那些险要山口，他们的战马未必能派得上大用场。印加人本来也有很多次攻击的机会，但阿塔瓦尔帕忙于兄弟相煎，根本没意识到殖民者才是最危险的敌人。然而即便印加人打败了皮萨罗，他们能够永远与世隔绝吗？结绳记事的人们能与现代科学抗衡吗？

石阶依然非常陡窄，每次转弯，我都以为快到了，但每次都失望地看着山道蜿

上：萨亚马尔卡遗址

下：普亚帕塔马卡遗址，
遗址前面那座尖顶山就是
马丘比丘山

芝萍在走3 000级台阶

蜓向前。天色转暗，我终于看到等候在路边的导游大卫。他领着我们几个转入一条更窄的下山路。这条土路，既陡又滑，时有石阶拦路。天更黑了，最后竟然不辨前路。大卫打开手电，我觉得这是 3 天里最难走的一段。走着走着，一个挑夫赶来接我们，并拿过我的背包背上。在昏暗的手电光下，我费力地辨认着前路，一脚高一脚低，跌跌撞撞走着，懵懵懂懂地经过一处人家。绕过人家，再下坡，终于到达温那维那（Winaywayna）营地。今天走过了 3 个生态区，走得很辛苦。

温那维那营地极大，住着好几个团队。我们的驻地是最远的 11 号，唉，到了这时候多走一步都很难啊。这里两个洗手间，还有一间淋浴室。这 3 天的汗水干了又湿，湿了又干，每晚只能用湿纸巾擦擦，真想洗个澡！摸摸水，极冷。犹豫再三，还是没敢冲凉。

晚饭时，大家讨论明晨是否在马丘比丘太阳门停留观看日出。芝萍聪明干练又具有领袖气质，她在桌上画地图，详细解释，最后众人被她说服。导游自行离开，团队讨论小费。根据导游建议，众人决定挑夫一人 70 比索，伙夫加倍，导游一人 100 比索。虽然我们四个觉得导游的小费少了点，但也只能服从多数。众位英语为母语的孩子公推芝萍代表团队发言感谢。我心想："哼，你们这帮孩子哪里知道芝萍的本事，也不看看人家是几岁上大学，从哪儿毕业。"（芝萍是中科大少年班的）

## 5.

2012 年 7 月 29 日，温那维那—马丘比丘

担心人老动作慢，我们凌晨 2 点 30 分起床。昨晚导游一再强调 4 点必须起床，

几近马丘比丘

及早赶到检查站。不仅是为了观看日出，也为挑夫能赶上清晨 5 点的火车。如果赶不上，他们就要背着营帐，步行 80 多千米至欧雁台。我猜那条路沿河道循铁路，应该比印加古道平坦。即便如此，挑夫仍无古印加信使那样的脚力。

今晨每个人动作都很快，匆匆早饭。我甚至不记得吃了什么，却记得看到挑夫背起营帐小跑着上路。凌晨 4 点 15 分，我们已等候在温那维那检查站了。这里是印加古道最后的检查站，也是通往马丘比丘太阳门的必经之处。

7 月底，南半球的冬天，乌鲁班巴河谷的雾气遮蔽了南天的星光。前几日露营时，此刻公鸡已啼过数次了，今天却静得出奇。检查站仍然关闭，平时最活跃的年轻人也像猫似地安静，还没睡醒。我走出队伍，试图估计排队的人数。我们的团队排在前几名，队员都坐上了长木凳。后面的人或坐或躺在潮湿的泥地上，有人干脆头枕着背包，横在路上继续着昨夜的大梦。在此等候的人都已走了 3 天，也就是说 7 月 26 日开拔的步道客都在这里了。看到队伍在山弯处延续，我想不必计算了，大概有一二百人吧？印加小道每日核准 500 人通过，这个数字包括导游和挑夫。

清晨 5 点 30 分，检查站开门。我走到木栅窗口，眼巴巴地望着检查员在护照上盖印，那是印加古道最后一个印。不及细看，立刻收起护照。借助头灯，紧跟着前者，在山道上开始疾走。月已西沉，鸟雀还未苏醒。一边是林木虚掩下的悬崖深渊，另一边是湿滑的石坡，脚下之路依稀可辨。整队人专注地踩着石板路，上上下下，我只能听到自己的脚步声和喘息声。团队在默契地加速，不希望被他人超越，同时又在赶超他人。最初我还能看到前面三四个人，转过一个山弯，就只能看到一两个背影。外子突然摔倒，有人在问："你没事吧？"我回头看，他已迅速站起。三天的劳累突然消失，每个人都精神抖擞，好像在百米冲刺，以最快的速度向太阳门奔走。转过一个弯，再一个弯，随机拼成的石板路，湿漉漉的，时而绊脚，时而平

临近马丘比丘的太阳门

坦。外子再次摔倒。当他第三次摔倒时，我回头喊："你别跟了，慢慢走吧。"汗水从脸上落下，这种速度的行进，我平时必须鼓足气力才能跟上。

在奔跑和疾行中，黑暗逐渐退去。巍峨的群山好像睡醒了，突然站立起来。白色的云雾铺在山顶上，涌动于山间。一座山的背后极为明亮，破晓的姹紫灰蓝弱弱地围绕着那片白光。一会儿工夫，它们又与灰白色的云雾混合，徘徊于群峰之上。云雾再次笼罩天空，朝晖在飞扬的灰白色中退缩成无规则的孔洞，似乎黄昏再次降临。此刻安第斯山瞬息万变，晨曦之诱惑令人无法抵御，我停下拿出背了3天的单反相机。后面的人逐渐赶过。

又见几乎垂直的窄石阶，前面的人停下来，为一鼓作气上攀做准备。我突然意识到天已大明，不再需要头灯。一队人在攀登，没有登山杆的就用双手。攀着攀着，登上最后几阶，突然看到前面挤满了人。真的走到了？"我终于到了，此生足矣！"回头望去，那是梅丽莎在自言自语。这个堪萨斯城的女子有点超重，看她拄着登山杆，一扭一扭地走在山道上，好不辛苦。在这两天徒步中，她都是最后一名，但她一直乐呵呵的，从不抱怨。

我有点眩晕地走出太阳门，看见队友已占据了门前不大的石台。华纳比丘的峰顶自云雾中显现，有人蹦跳，有人欢呼，有人拥抱，有人接吻。"这里的景色实在太迷人了。绿色植物覆盖巨型悬崖直插入下面奔流的乌鲁班巴河。前面不远的河谷北面也是一个花岗岩绝壁，起码有600米高。左侧是孤单屹立着的华纳比丘（Huayna Picchu），山体各面都是峭壁，根本无法攀爬。放眼望去，每个方向都有多石的悬崖。再远处的群山，海拔云雾缭绕、白雪覆盖。"（摘自宾厄姆回忆）

我放下背包，挤坐在石阶上。此刻我才相信自己真的走到了。行走的辛苦与快乐，到达的激动与喜悦，坚韧与放弃，自我挑战与肯定，山岳之美，植物之美，人情之美……与这样的奥德赛相比，依靠现代交通工具的旅行实在无趣，也太苍白了。

云雾飘动，马丘比丘遗址时隐时现，石台上的人越聚越多，通往遗址的盘旋山道的最高层也坐了等待日出的人。我又遇到了阿根廷小伙子马提斯和他的两个兄弟，11岁的男孩埃文也到了。最好的拍照位置总是难有空置，每个人，每个团队都想借雾气散去的瞬间拍到全景，但那颗印加帝国王冠上的钻石又总是稍纵即逝。我们期待日出，期待日光在遗址巷陌上移动的美景。

1911年7月24日，正午刚过。在乌鲁班河上的一处山脊上，3个人正沿着陡峭的山坡艰难前行。其中的一个是宾厄姆，这一年他35岁，在耶鲁大学拉丁美洲历史和地理系当副教授。另外两人是农民向导阿特亚加和懂当地语言的卡拉斯科中士。有人告诉宾厄姆前方山峰之上的某个地方隐藏着一座印加遗址，但他也知道这一片已被很多人探索过。为了这次探险，他出售了继承来的最后一块地产，预支了稿费。宾厄姆从来就不富有，此刻他怀疑这次探险也是徒劳无功。

宾厄姆3人穿过云雾林，继续向上攀爬。云朵环绕在山峰上，蜿蜒曲折的乌鲁班巴河已被抛到身后。他们终于爬上了一段又长又宽的山脊，此地比谷底高出了大约800米，视野极其开阔。这条山脊的左侧连接着一座高大巍峨的山峰，那就是马丘比丘，盖丘亚语中的"古老的山峰"。山脊的右侧连接着一座同样高耸入云的山峰，名字是华纳比丘，意思是"年轻的山峰"。

在这段两座山峰之间的山脊上，宾厄姆惊奇地发现竟然住着3户农民。精疲力竭的探索者坐在铺着柔软的羊驼毛毯的木凳上，喝了甘甜的泉水，吃了烤甘薯。宾厄姆打算继续向前，但向导不愿再走了。在一个小男孩带领下，宾厄姆和同伴"绕过山峰的一个岬角处，我们就看到了一片意料之外的美丽景象。那里有一片用石头

从太阳门走向马丘比丘

砌成的精美梯田，可能足有 100 多层，每层都有几百米长，3 米高。突然，我发现自己站在一座倒塌的建筑前。它仅剩一面墙壁，墙壁已被几个世纪疯长的树木和青苔遮住了，所以很难完全看清楚，但在树林的掩映下，透过密集的竹林和缠绕的藤蔓，我可以看到隐藏在下面的白色花岗岩都是经过细致切割，再被精妙地拼接在一起"。（摘自宾厄姆回忆）

天边的云海慢慢涌来，仿佛要包围大地。云雾越来越厚，终于覆盖了马丘比丘和华纳比丘。等待日出无望，我们只好向山下的马丘比丘遗址走去。沿途时见有人上山，面对他们诧异的目光，我得意地想："你们怎知我何时来到，而且还是一路走来的？"越向山下走，雾气越淡，景色越鲜明。大约 45 分钟后，在山上看到的全景突然近在身旁。在导游带领下，团队来到可拍到全景的石台。虽然游人还不多，但拍照也要排队。单人照、双人照，我们四个老家伙自然也有合影。

继续向下走，走到马丘比丘遗址入口。遗址内没有厕所，我们在此存包方便，然后开始在遗址内游走。"我爬上了一条巨大的花岗岩石块建造的阶梯，阶梯旁有一片草场，印第安人在那里开垦了小菜园。我沿着阶梯向前一直走到了一小块空地上，在此我看到了两座废墟，可以说那是我在秘鲁见过的最美丽的建筑。它们不仅是用精心挑选的、带漂亮纹理的白色花岗岩建造的，而且墙壁上的每块条石都尺寸惊人，至少 3 米长，一人多高。我仔细观察建筑底部的这些巨石时，几乎不敢相信，我估计每块条石都重达 10 到 15 吨。我着迷于这里的景象……谁能相信我在这里发现了什么？"（摘自宾厄姆回忆）

马丘比丘被遗忘了数百年，再被发现时已进入 20 世纪。当年宾厄姆在遗址发现木炭笔迹"利萨拉加（Lizarraga），1902 年"，显然已有人比他更早来过这里。宾厄姆虽非是第一个来到遗址的人，但他使世界注意到了马丘比丘。这次探险为宾厄

上：安第斯山间的奇花异草

下：圣地冥思

姆带来了世界声誉，使他成为世界级的探险家。其实从 15 世纪开始，欧洲人就绕过好望角，发现新大陆，足迹自非洲维多利亚瀑布至西藏拉萨。15 世纪至 17 世纪的两百年是海洋的时代、发现的时代和探险家的时代。宾厄姆并非职业考古学者，但确实具备了一个发现者的基本素质——强烈的好奇心，强健的双脚，强大的心力，锲而不舍，还有一点点运气。

我们在马丘比丘行走，印加草屋、平民区、祭司区、神殿区、日冕、采石场、主广场、农业区、城堡、太阳神殿、三窗屋、喷泉水道，完美磨制的精妙巨石，无法插锥的石墙缝隙。此地为地震雨林带，年平均降雨量大约为 1 800 毫米。为了防止滑坡，遗址的建造者从乌鲁班巴河谷起向上修筑阶梯台地。土壤沙土石块填充砌成的台地不仅具有良好的排水功能，且兼具审美和防御功能。干石墙的建筑与印加成熟的道路系统又进一步说明了帝国强大的组织能力（或许可以说奴役的能力）。

羊驼在台地上悠闲，紫花开放在石墙顶上。峭壁直落，光影移动于扇形青山之间。一些工人正站在梯子上清扫石壁，宾厄姆发现的断墙残垣早已被修复。微风，阳光，我们继续在遗址台地上游走着，但外子又热又渴几乎中暑。芝萍摘下帽子给他，海瑟又给他半瓶水。伊敏看到了，拿出一瓶运动饮料救援。水里放了电解质粉，我喝了几口，脸部居然不麻了，原来我是电解质不平衡啊。

自遗址重新发现，人们一直在问这座失落的古城是印加全盛时期所建，还是印加人最后的退守之地？宾厄姆认为是印加人的最后隐蔽地——比尔卡班巴（Vilcabamba），但被后来的考古学者所否定。根据库斯科档案馆里西班牙人的登记文件，马丘比丘是印加王帕查库提的产业，又因它与欧雁台和萨克赛瓦曼遗址的建筑风格方法一致而又推断出帕查库提就是遗址的建设者。迄今最具有说服力的说法是马丘比丘是帕查库提的度假行宫兼神殿。安第斯山的最后文明延续了数百年，最

马丘比丘两图

终石头的文明敌不过现代世界的钢铁、枪炮和病菌。它留下了最坚固的石头，却未留下故事。印加人从哪里来？向何处去？他们的悲欢离合永远成谜。

参观马丘比丘遗址之后，我们乘车到热泉市（Aguas Calientes，也称马丘比丘城）。这是距离遗址最近的城镇，游客多到此投宿。众人在餐馆重聚，餐馆免费送来皮斯科酸鸡尾酒。攀登了华纳比丘峰的尼克和安娜最后赶到，他们的脸上留下了太阳的印迹。

我们在热泉下榻，但一些人乘火车回库斯科。乔斯林的火车是下午6时，她觉得在马丘比丘的时间太短，不满导游安排，男友詹姆斯跑前跑后与导游交涉。在给导游写评语时，她和詹姆斯大大地书写一番。这姑娘情绪起伏甚大，坐在窗前流泪。大家都劝她"记住美好，忘掉不快"。孔看到了，就把他们俩带到自己的旅馆去洗浴。团员之间的关系简单、光明、美好，犹如理想国！

我们痛快地洗过澡后，就到镇上闲逛。这里四面皆山，另有一道溪流穿城而下，汇入乌鲁班巴河。花树繁茂，气候温和湿润。市井建筑颇具京都风格，多为黑灰白三色。印加人善装饰，饭店咖啡店又以暖色为主。市场里充满花花绿绿的纪念品，我们买了印有"I survived Inca Trail（我在印加古道徒步中生存下来了）"的T恤衫。当地的纪念品与库斯科类似，太多的大路货，也太相像。在库斯科时，旅行社也会带游客去买东西，但几无强卖。旅行团的价钱未必便宜，可一旦讲好，不会途中生出各类陷阱。

这是4天来我第一次睡在屋顶下，睡在床上。乌鲁班巴河通夜喧哗，这条河经过圣谷后，继续向东南，渐行渐缓，蜿蜒流入亚马孙河，后者还会继续向东延绵流淌近5 000千米，穿过整片大陆。

次日清晨细雨绵绵。我开窗看河看雨，想着伊敏和芝萍大概已在马丘比丘，有点庆幸没跟了去。冒雨穿过铁路，经过汽车站，那里的游客正排队候车去马丘比丘。过桥走进小巷，商户的门口都搭了雨帘，帘下的狗睡得香甜。两个挑夫也在躲雨，大背包就放在台阶上。经过小镇广场看到满树的花，又见到印加开国君主帕查库提的雕像。走着走着就看到热泉的标牌。此地正和黄山一样，山南就是汤口温泉。热泉位于高处，一条花溪自上而下，水流更急。云雾缭绕，山道旁设有木椅草棚，雨中的草木绿意无限。

看过热泉，我们来到一家网吧。我正喝着热茶，就听外边有人说："这不是他们俩吗？"原来是伊敏和芝萍已从马丘比丘归来。她们俩今晨4点起身去公车站排队，5点多进马丘比丘遗址，不久雨就大了，从太阳门下来的人衣衫尽湿，不但未见日出，也未看到雾中的马丘比丘。我们一边感恩昨日的好天气，一边去买游泳衣。泡在热泉里，天上依然落着雨。我突然发现右臂抬起有些困难，此刻才看到臂上一块很大的瘀青，大概是行走中撞到了石壁。我们又遇到了丽丽。因为下雨，她没能攀登华纳比丘峰。看着她一脸的失望和沮丧，我说："姑娘你还年轻，还有机会。"

出门要趁早！旅行使人年轻，行走使人快乐。印加古道46 000千米，我们不过走了千分之一。

记于2012年7月26—30日，原载于《万象》2012年11月

上：导游

下：热泉市

# 复活节岛行

## *1.*

经过 5 小时的飞行，踏上复活节岛正是午后。旅客们好像都从冬眠中醒来，人人兴高采烈。在缺氧干燥的秘鲁高原度过 2 周后，我贪婪地呼吸着温润的潮气，俯身接受热带花环，回应着"阿鲁哈"的问候。

驶往塔哈泰（Taha Tai）旅馆途中，刺桐树火红的花最引人注意。这些树又名珊瑚树或火焰树，此刻泥路上落满了它们的花碎。住家院落和篱笆墙外，冬天开放的花还有扶桑和圣诞红，扶桑的花朵极大，花蕊迎风颤动。拉帕努伊（Rapa Nui）黑皮肤的女子喜欢摘下红色扶桑别在耳后，可惜她们喜戴的缅栀花（又称鸡蛋花）此时却枝干光秃。它们不仅美丽芳香，插戴方式也别具含义。右耳戴花的女子正在求偶，而左耳戴花者已名花有主。在以塔希提岛女人为题材的画作中，高更也喜欢画缅栀花。

在珊瑚花下，我拿着一张地图走向海岸。地图上的复活节岛形如一个等腰三角型，它的顶部朝北。我们居住在岛上唯一的城市安加罗阿（Hanga Roa）。除了市区的简单道路之外，岛上另有两条长长的土路可到达拉诺·拉拉库采石场（Rano Raraku）、安纳科纳（Anakena）和汤加里基（Tongariki）等重要的摩艾（Moai）遗址。岛北和东北是小岛的高原，最高峰 500 多米。岛上没有公车，来去只能靠私家车或出租车。岛民 4 000 多人，平均每两人拥有一辆汽车。

居处周遭

在现代英文版的世界地图上，复活节岛标了三个名字：西语的复活岛"I.Pascua"，英文的"Easter Island"和原住民语的"Rapa Nui"。英文名源于荷兰人雅可布·罗泽维恩（Jacob Roggeveen）。此人于1722年复活节日登岛，但只在岛上待了一天。Rapa Nui是当地语言"大岛"的意思，而岛的一个古名Te Pito O te Henua的意思是"航行之终结"或"陆地之尽头"。这个岛位于南太平洋众岛屿最东南端，南美大陆之西。它距离任何人类居住地都极为遥远，所谓的近邻皮特凯恩岛也远在2 000多千米之外。如果乘船，其遥远又被海风放大了数倍，真是世界上最孤独的地方。如今搭乘飞机，无论从东面的智利海岸，还是从西面的塔希提岛起飞，飞行时间都是五六小时，相当于横穿北美大陆。若从东面飞来，须在智利首都转机，每个美国人的落地费是160美元现金，而且每张钞票不得稍有裂口。

海天阴郁，海风凌厉，海面上不见一只船。安加罗阿湾礁石林立，白浪拍岸。1774年，库克船长因难以在此停泊而调转航向。他沿岛继续向西航行，却未找到更好的港湾，只得再转回东面。库克登岛后40多年，一艘来自美国麻省的海船试图在此登岸，终因风浪太大而放弃。

天时阴时晴，彩色的摩托艇都停在礁石围起的小湾里。沿海岸走到阿胡达溪（Ahu Tahai），我第一次亲眼看到了巨大的摩艾石像。摩艾或背海，或侧向海洋，它们的脚下或是大海，或是青草地，有两座摩艾面对着岛上唯一的足球场。它们中有些面目不清，有些能勉强看出高额凹目。其中的两座顶着红色火山岩制成的圆帽。最完整的那座不但戴了帽子，眼眶里还镶了白色的眼珠。

摩艾站立的平台被称作阿胡（Ahu），它们一般用大石块砌成框，里面填满碎石。阿胡的背面笔直，前方倾斜而下一直延伸至嵌有石头的草地。我还看到躺卧的雕像，一些遗址标记后只剩一块顽石或一堆碎石。这座面积只有164平方千米的小

安加罗阿海滨

岛，它甚至小于波士顿附近的玛莎葡萄园，上面却散布了成百上千座雕像！自 20 世纪 60 年代起，人们开始修复重塑，但如今可供普通游客参观的摩艾不到 100 座。那些被修复的，有些无头，有些无鼻，有些不见前额，面目不清的就更多了。其实这些雕像都非常相像，身躯都是凸肚直背，长耳无腿，其头部和身躯比例大约为 3：5。脸部结构均为削鼻高额，只刻出长方型深陷的眼眶，不刻眼珠。若石像背光或者远观，它们的脸部都是一团灰黑。有人统计过巨像的平均高度和重量，它们的重量为 70～90 吨，最高的高过 5 层楼。我向来对度量不敏感，只感觉它们非常庞大，似乎一样的笨重。在如此的体积下，胖瘦皆可忽略不计。

在和煦的阳光下，一些游客在摩艾石像前拍照，一些游客在海风中游走，其中有几个中国人。我朝那几个人看了看，他们并非同机而来。同机来的一个女孩读过我的书，在机场等行李时，她拉着同伴走来相认："他们就是我跟你们说过的那两个人，他们一直在旅行，老了还旅行。"这几个孩子曾一起去南极，此次只在岛上待 1 天。我思忖着他们一定租车绕岛去了。

远处海面上，有人在礁石旁冲浪，其中的一个长时间地握住桨直立在舢板上。摩艾雕像下的青草倒伏，父亲带着孩子正在草地上玩滑梯。当地人的墓园就在旁边，阳光下的墓地白森森地刺眼。据说当地人担心摩艾会打扰先人，反对在附近重竖雕像。背海而立的雕像面无表情地盯视着远方，其实那墓地也在它的视野之内。如果摩艾真是原住民的祖先，它们似乎是在监督而非照看着后代。雕像真的是毫无表情吗？我揉揉眼睛，好像不是。它们看起来非常严肃或严峻，又有几分怪异，几分滑稽，看起来并不比那片墓地更阴森恐怖。

上：阿胡达溪的摩艾

下：摩艾面对大海

安纳科纳海湾的椰树和摩艾

2.

安纳科纳是全岛最温和的海湾，也有唯一的沙滩。据说当地人的祖先就在此登陆，大约在公元 900—1200 年。传说岛民的祖先霍图·玛图阿带领妻儿和若干族人乘坐一两艘巨大的木筏漂到此地，更夸张的版本是他带了妻儿、工匠、战士、贵族等各界人士，还带了猫、狗、鸡、龟等动物，香蕉树苗、地瓜和木槿等植物。迄今可以证明的是复活节岛原住民都是波利尼西亚人后裔，其祖先史前从台湾岛扩张至东南亚诸岛，再顺着太平洋到达所罗门群岛。大约公元 1200 年，在夏威夷、新西兰和复活节岛的广阔海面上，每一处适合人类居住的地方都有波利尼西亚人的身影。他们的迁移是史前人类海洋探索中最惊天动地的一笔。

在椰林的一端，远远地就能看到戴红帽子的摩艾。穿过椰林，我才看到 7 座摩艾石像背向大海，在白沙滩上站成一排。另一座更加巨大的石像独立于山坡上，久经风雨后，它勉强保住了轮廓。摩艾并不算好看，雕刻技术也不高明，然而它们与阳光海岸、白沙滩和椰林构成一幅玄妙的风景，若无它们，此地的风光并不比塔希提岛或库克群岛更吸引人。

待走近雕像，我又看到一尊石像躺在白沙上。它的身体和头部的比例各占一半，侧面轮廓鲜明，耳朵从眉框直至上唇。这让我想起了印度出土的佛祖石雕也是长耳，但他的眼睛雕成半开半闭，上眼皮圆圆地凸起，下眼线极为精细清晰，那些佛雕完成于公元前。摩艾石像应该不会早于公元 1200 年，但岛民也以长耳为富为福。根据岛上长耳短耳部落的传说，长耳是统治阶层，石匠苦力都是短耳。这在营养学中也说得通，胎儿发育时耳垂大约是比较没用的部分，只有营养充分的耳朵才能长得大而长。

　　说起营养就不能不想到岛民吃什么。刚刚登岛时，面对一派绿色的潮润，我甚至对读过的信息产生了怀疑：此地雨水相当丰沛，真的缺乏淡水吗？这些花草如此茂盛，真的就无法耕种吗？粗粗看上去，全岛覆盖火山灰，气候湿润，应该是一个人间天堂，然而这里没有大片农田。早年跟随库克船长到此的人也观察到："山坡上有些农地，但它们零散又稀少，在此补充给养的希望不大。"岛民在自己的院落里种菜，但岛上常刮大风，农田菜地需用石头围栏挡风。我甚至看到岛民用石块护根，这种护根法与贺兰山坡上的西瓜地类似。除了风大，岛上又因火山岩渗漏而难以存住雨水，淡水仅仅够用。岛人养鸡和猪，但鸡大大多于猪。黎明时鸡叫此起彼伏，旅馆院里也常常看到觅食的鸡群。海岸线上石头搭的古鸡舍非常多，甚至占据了绝大多数陆地。在自然物产上，比起其他的波利尼西亚岛屿，复活节岛距离赤道相对远，气候也相对冷，周边海域没有珊瑚礁，鱼类贝类品种也少。若不细察，这脆弱的生态是多么容易给人以富足的错觉。

　　据学者考证，20 世纪前岛上的人口高峰曾达 30 000，最少也不低于 6 000。如果没有这么多人大概也没有力量雕刻和运输摩艾雕像。我猜摩艾制作期间是文明的鼎盛期，那时岛上生活也相对富足。然而脆弱的生态最终无法承受人类无尽的索求，特别是曾经覆盖全岛的茂密森林因人类活动消失之后，而那些永远消失的森林里既有木材可制造航船，果实可食用的大棕榈树，也有独特的托罗密罗树。随着森林消失，开垦出的土地水土流失，出产逐渐不足以供应继续增加的人口。没有大树，也断绝了向外求食之路，岛民在封闭的生态系统中相互械斗，争夺食物。1774年，库克船长所描述的岛民已是面带饥色。1900 年，据观察者记录岛民只剩 200 人左右，其中近一半是孩子。如今岛上的物品主要靠海运或空运，日用品和食物还是相当昂贵。昨晚我们吃饭时点了两条鱼，一盘海蛎子沙拉，两份米饭，价格将近 60

安纳科纳的7座摩艾石像

美元，物产匮乏直接反映在食物的价格上。

　　椰林，白沙滩，半月型的海湾，翠玉般的大海，红色或黄色的小艇，穿比基尼的美女躺在白沙上。几个小女孩站在巨像之后的高处，双手举着大披巾趁风向下奔跑，色彩艳丽的棉布好似一张降落伞，飘在白沙之上。小男孩们正在建筑沙堡，一派游乐场般的欢乐和童趣。

　　椰林中，一些人在烧烤。我走过一个石砌的烤炉，一个姑娘叫住我，她快速地揭开一件衣服，露出里面和我一样的相机。"我看着你的相机，心想她的相机和我一样，怎么镜头看着比我的更长？"他们递过烤好的排骨，唔，排骨烤得不错。姑娘和她的伙伴都来自智利大陆，我四处看看，烧烤的都是白种人，看不到黑皮肤的岛民。1888 年，复活节岛被智利吞并，但直至 1966 年，岛民才拥有智利国籍。如今岛上人口构成是原住民与智利大陆人各半。据智利大陆人说，这里只有男性原住民能拥有土地，外人都是租房住。当然凡事都有例外，此地首富是一家美国人，他们的房子占地开阔。

　　安纳科纳沙滩也是考古学者的挖掘地。从不同地层发掘出的人兽骨头一方面证明了生态环境的变化，另一方面被敲碎甚至咀嚼过的人兽骨也证明了岛上的食人惨剧。20 世纪 90 年代初，作家保罗·索鲁访问此地，并遇到地质学家大卫·斯特德曼（David Steadman）。大卫当时正在挖掘，他对保罗说："当你挖掘时，你总知道这个地方原来是什么样。波利尼西亚人登上一座岛就开始吃，他们不停地吃，百年左右，他们吃掉一切，所有鸟都没有了。发掘的第一层是灭绝的鸟，然后你能找到狗和猪的骨头，再一层，他们开始互食。"（《大洋洲的逍遥列岛》*The Happy Isles of Oceania*）我猜斯特德曼博士不敢把这些话写在自己的出版物中，那样写一定会激怒波利尼西亚人。如今原住民连祖先毁林都不愿提及，似乎更愿意将生态灾难归结于 19 世纪的苏格兰牧羊公司。我们的导游曾提到岛上的食人历史，但他来自智利大陆。

黄昏时，我再次来到阿胡达溪。夕阳中的摩艾侧影有几分悲壮，岛上人迷信，夜里绝不靠近摩艾。在夜幕降临之前，我们快速走回旅馆，并非害怕摩艾，而是忌讳附近的墓地。

## 3.

这一座山倾斜着，遮挡了露面不久的太阳。一条小路通往峭壁，那里是制造摩艾的采石场拉诺·拉拉库。

2002 年访问这里的戴蒙德（Jared Diamond）教授写道："在我曾经到过的地方，从未有一处犹如复活节岛上著名的拉诺·拉拉库采石场那样给我留下魔鬼般的印象。"（《崩溃》）远望采石场，它并没有那么的魔鬼，散落草坡的几十座石雕倒有几分像巨树树根。

草地上开放着黄花，花型类似豌豆花。导游说马吃了这种植物会胀肚而亡，当地曾努力清除它，但收效甚微。在路上，或者山坡上，我常看到个头很高又很强壮的马，有些马甚至在峰顶附近游走，据说它们都是野马。

小路两旁，时见火山石堆，那些都是摩艾的遗址，导游说越小的摩艾年代越久远。一座断为三截的摩艾仰面躺在草地上，它鼻孔巨大，腹部凸起，无腿。这里距离采石场还有一段路，距离大海却已不远。按照特里·亨特（Terry Hunt）和卡尔·利波（Carl Lipo）两位教授的观点，摩艾是直立着被运往它们的阿胡（《行走的

拉诺·拉拉库采石场石脸

雕像》*The Statues That Walked*）的，也许这座摩艾在即将运抵时突然倒下折断，被丢弃在这里。几个世纪，它无助地望着天空。

逐渐接近采石场，我也逐渐生出些魔鬼般的感觉。峭壁下，山坡上散落着很多的石人脸。它们卧着，半卧，直立，左歪右斜，有脖子的，没有脖子的，半脸入土的，有个鼻子露出地面，嘴却在地下，它还在呼吸吧？直立的多数面向海洋，极少面向黄土。摩艾应该都是男性，但却都没有胡须。两河文明和埃及文明中的男性雕塑都十分强调胡须，即使埃及女法老也会雕上一把礼仪性的假须。有些摩艾长期立在峭壁的阴影中，前额长了白色的苔藓，斑斑点点的苔藓长入眼眶。没有眼珠的摩艾也没有狰厉之相，看起来既似怪异的天外来客，又似人间悲切的丑怪，至此我领悟当地人为何称其为"活着的脸"。阳光下的草地上，几匹毛色发亮的野马正若无其事地啃着草。距离野马不远的地方躺卧着被大地禁锢的石"脸"，它们似乎在呐喊："放我们出去！放我们出去！"

被禁锢在土地上的石"脸"隐喻了曾被隔绝禁锢的原住民。在登岛居住后500～1000年里，岛民完全与世隔绝，甚至一度以为自己是唯一的人类。初次接触外人时，原住民的行为举止相当可笑。库克曾说岛民都是贼："我们无法保住头上的帽子，也几乎不可能保住口袋里的任何东西。"原住民将帽子视为荣誉之物，18世纪的欧洲登岛人都记录过他们对帽子不可思议的迷恋。当看到来人都戴着帽子，岛民或许意识到无论镶嵌了多么华贵的羽毛，酋长的帽子也不过是一顶帽子，而岛外的普通人都能戴这样一顶帽子。

1722年荷兰人发现复活节岛时，原住民雕刻摩艾已有400多年。大约自16世纪中期，岛民不再雕刻新的摩艾，树立起的摩艾也逐渐倒塌。到了1868年，岛上已经没有一座站立的摩艾了。摩艾热潮因何退去？或许是因为岛上生态已不足以支

采石场大观

持雕刻巨像，也或许是岛民知道世界很大，还有许多比摩艾更为有趣的东西。随着摩艾的倒塌，经过此地的海船也逐渐增多：美国捕鲸船，西班牙船，它们为了寻求给养在此靠岸。来人带走岛上不多的食物和女人，掠走岛民做奴隶，以传染病或枪声作为回报。复活节岛的历史又翻开了悲惨的一页。具有讽刺意义的是，这座岛屿曾因与世隔绝而成为天堂，又因与世隔绝而成为地狱。我们的地球处于遥远的宇宙一隅，从大尺度来看，地球也是一座孤岛，其生态同样脆弱。我们的心态不过是岛民的某种放大，如今仍在进行种族间和种族内的争斗，甚至在精神上继续"食人"。近几十年来，所谓的繁荣发展已承担不了对地球生态和人文生态的毁坏，我们的命运会比他们更好吗？

绕过那些石脸，再上坡就是采石场。全岛的摩艾都出自此地，断壁之下还躺着几十座半成品摩艾，有些的后背仍与山壁相连。我大致能看出石匠从脸部开始先雕出鼻子、眼窝、一字嘴、长耳，削切的面颊，再雕脖子、手臂和身体的其他部分。待重量平衡的外形粗雕之后，人们将石像顺山坡滑下。那些峭壁之下的石"脸"其实多数都有身体，只是埋住它们身体的沟壑因经年水土流失逐渐被填平。摩艾运送完成之后，石匠还要在阿胡上进行精雕，比如瘦身。当地人没有金属工具，雕刻全靠更硬的玄武岩石，当地人称之为托其（Toki）。摩艾的红色圆帽被称为普考（Pukao），它来自岛西的普纳帕石场。当一座摩艾安全运抵，人们再把帽子滚过来，至于如何戴在摩艾的头上至今还是众说纷纭。摩艾的眼珠是用白色珊瑚做成的。据说由祭司保管，直到庆典才会放入。另一说法是岛民认为摩艾的眼珠会带来厄运，将它们取下打碎。

在没有任何金属工具的情况下，岛民如何运输摩艾？从 19 世纪起，有很多科学家或工程师对此提出不同的理论，比如原木铺轨道，木筏，完全不需木材的冰箱移动法，甚至有人专门在岛内外组织人力做搬运试验。可是这个议题并不特别吸引我，我只记得人们争论着制作摩艾对生态灾难的影响。

在采石场远眺，不远处的海洋，草地上蜿蜒的小路，散落在草地峭壁下的石像……摩艾代表了什么？它们是当地人的祖先，部落首领，还是神灵？岛民的祖先又为什么如此执着地制作摩艾？是情感诉求，还是祈求保护，或者其他？我想无论摩艾代表什么，它们都是当地人的一种诉求。虽然现代人看来，拉帕努伊人花费如此大量的人力物力去做如此诉求有点可笑，也许更高等的智慧看我们的诉求也相当可笑，因此人类还是谦卑一点为好。

从采石场向海岸行驶不久即可看到汤加里基摩艾雕像。据说它们曾遭遇海啸倒塌，日本人出资重修，其代价是拿走一座摩艾。这一排石像一共 15 座，背海而立，个个完整，造就了复活节岛海岸最壮观的一景。

走近看，雕像中有的鼻子翘而尖，有的鼻头圆通，有的脸型略方，一副憨厚相，有的五官分布均匀，比较俊美。宏大的巨像凸肚抠眼站在阳光下，一扫采石场石"脸"的悲哀和阴郁，再次呈现出带有几分滑稽的严肃。但是拍照并不容易，我们和从意大利来度蜜月的夫妇相互拍了很多张，构图人物皆完美的却不多。

下午我们来到阿胡·阿基维（Ahu Akivi）。这里的 7 座摩艾全部面向大海。它们的前方是一片平坦草地，草地延伸至海洋。2010 年 7 月 11 日，2 000 多人就在此地观看日全食。那次日全食始自汤加东南 700 千米的海洋，历经库克岛，法属波利尼西亚等，于复活节岛当地时间 12 点 45 分达到食甚。它在南太平洋划过 10 000 多千米，终结于南美之南端。从食既至生光的 4 分 41 秒中，太阳失辉，黑昼袭来，南天星河突显灿烂。那次天象是 1 400 多年来复活节岛的首次日全食，吸引了全球各地 4 000 人众。古往今来，无论是不同的动物和人种，还是文明都对天体运行充

上：汤加里基海滨远眺

下：汤加里基摩艾雕像

阿胡·阿基维摩艾之千古沉思

满永恒的好奇。阿胡·阿基维摩艾的神态与斯芬克斯像类似，似乎都蕴含着对宇宙奥秘的沉思，而古代石像和现代科学人聚集一处，又赋有何等哲思诗意。许多年前，我的一对剑桥朋友就开始计划复活节岛日全食旅行。想想看，复活节岛居民 4 000 多人，平时每日飞来乘客大约 400 人，观看日食者必得费尽心思才能如愿，不过这样的机会人生难遇。

## 4.

昨夜风狂雨骤。我被风声惊醒，感觉整座小岛都在风中摇动。班机延误在塔希提岛，我们必须在岛上多停留一天。

我们清晨出发向拉诺考（Rano Kau）火山口走去。走出市区，绕过海湾，走上山路就碰到前天同车的阿历克赛。这个波兰小伙子在智利一所大学做物理研究的博士后。他的个头接近 2 米，走进任何一个门都要低头。阿历克赛刚从山上下来，他确认了我们的方向正确。

黄泥路时见车辙，路旁生满灌木，落叶的或不落叶的。偶然看见一两株高树，它们平展的树冠很像非洲大陆上的刺槐。牛在山坡上吃草，草场下即可见横贯全岛东西的机场长跑道。1986 年，为了挑战者号紧急着陆备用，美国在这里投资扩建机场。于是小岛上有了一个不合比例的超大机场。挑战号或其他航天飞机从未降临，每日只有两班飞机从东西飞来。

行走 1 小时后，我们登上了拉诺考火山口。复活节岛由三座相邻火山爆发而生，岛上的山都是火山，而这个是最大的火山口。

　　火山总能造就好风景，但复活节岛却风景平平。相对于夏威夷，它地势平坦，没有深峡，也不像俄勒冈州的火山口内满溢着明镜般的湖水。湖底的绿地露出水面，斑驳参差好似火山湖脸上生了一块块的癣。可是湖水极为清洁，当地的淡水都取自这里。这个火山口壁也并非完美的圆型，但正是那面塌陷构成了此地独特的美景——人们可以在缺口处看到浩渺的太平洋，似乎火山口与海洋相连。昨天我来时，天低云暗，缺口外一片灰色，今天承蒙云彩怜悯，蔚蓝之海洋时而呈现在火山口外。

　　风力极大，几乎能把人吹下去，荒草和灌木在风中倒伏。顶风向西南走去，我走到复活节岛西南端的奥龙戈（Orongo）村。悬崖下的海面矗立着一座极小的莫图·努伊（Motu Nui）石岛。16世纪中叶，随着雕刻摩艾热潮退去，当地武士的力量逐渐增大。奥龙戈村盛产武士，通过此地的"鸟人"（Bird Man）竞赛决胜出岛上首领。

　　每年春季黑燕鸥产卵时，各个部落选出的鸟人从陡峭的岩壁攀下。他们跃入海中，游过鲨鱼出没的水域，那些被岩石刮伤出血的泳者可能被鲨鱼活生生吞噬。游到莫图·努伊后，鸟人再攀上绝壁，在那里等候数日或数周，直到燕鸥产下第一枚蛋。鸟人寻找鸟蛋，并在愤怒的燕妈妈的保护和扑打下取出一枚蛋。他们将鸟蛋放在头上挂着的蒲包里，以同样的艰辛回到复活节岛。第一个将完整的鸟蛋带到者享有鸟人的声望和特权，胜者的部落首领将统治全岛一年。

　　刚上岛时，我在旅馆或饭店前看到一些神秘奇特的石刻，它们凸眼睛，半人半兽，构图极富想象力，当地教堂甚至也以类似的花纹装饰门面。当我在奥龙戈村看到作为古迹保护的石刻，才知那些随处可见的石刻都是模仿鸟人的图腾。当祖先崇拜转为自然神崇拜时，当地的石刻变小了，也变得精细美丽。从审美的角度，它们更胜于摩艾雕像。

上：拉诺考火山口
下：俯瞰复活节岛

我们沿山路走着，一辆小车停了下来。车上的女子探出头来打招呼，原来是在火山口互助拍照的那对人。他们邀我们搭乘，车子很小，我们勉强挤了进去。开车的男子来自智利，女子来自哥伦比亚，他们来岛参加旅游行业的会议。女子非常活泼，一路笑，一路高声喊叫，又点上烟，对着窗口吞云吐雾。小车也很活泼地绕山随意跑着，数度跑错了路，又在嬉戏中折回。

回到市区，我们在街上闲逛，看香蕉树开花，辨认牛油果树。有人在马路上骑马，骑到杂货店前，他翻身下马，顺手拴马于树丛。孩子们在荡秋千，岛上的休闲绿地和儿童公园多得不合人口比例。在纪念品市场，我们看皮刻的缅栀花、贝雕首饰……这里几乎没有低于 20 美元的东西。讨价还价一番，我买下一尊黑色石刻的摩艾。

落地窗外白浪拍岸，草木在风中俯首，我们在旅馆餐厅里坐等复活节岛的最后晚餐。厅内坐了一对日本年轻人，两位得州老妇，另外一桌是来自俄勒冈的印度人。那家人非常热情友好，两个女儿十分好看。这顿餐由智利航空公司提供，旅馆决定菜式。我们等待了很久，一直不见餐点。询问两次，服务员很有礼貌，但完全不通英语，我们又不通西班牙语，只好继续等待。

海风停止呼啸，夜空逐渐放晴。凌晨 1 时，我们到达机场。凌晨 3 时，塔希提岛飞来的班机着陆。乘客鱼贯走过安检门。听到探测器警铃不断发声，众人都忍不住大笑。如果世界上的所有机场都能如此"安检"，那该是多么的美好。

记于 2012 年 8 月 3—7 日，原载于《万象》2013 年第 1 期

# 尤卡坦玛雅之旅

## 1.

尤卡坦（Yucatan）半岛位于墨西哥湾，与美国南方5个州隔海相望，海上的近邻是古巴。这个半岛分属危地马拉、伯利兹和墨西哥，但墨西哥占据了半岛的大部分。墨西哥的领土在半岛上分为3个州，北部的尤卡坦（Yucatan），西南的坎佩切（Campeche），而海滨城市坎昆（Cancun）属于金塔纳罗奥（Quintana Roo）州。

我在美国居住近30年，对其邻国墨西哥却没多少兴趣。2017年10月我母亲去世后，想着出门散散心。冬天出门总要找个暖和的地方，坎昆不仅距离近，且班机多过墨西哥城，甚至有人说那地方不是墨西哥而是美国人的度假村。可是我能在海滨混十多天吗？还是看看半岛上的玛雅遗址吧。

从丹佛起飞3小时后，场景已从白雪皑皑转为满眼葱郁。汽车驶出机场不久即是旅馆区，一条大路先东西后南北，呈"7"字型伸展。沿途建筑均以千米数作为地址，很显然这是一座没有历史的城市。

加勒比海翡翠般的湛蓝，令人迷醉。20多千米长的天然海堤隔开泻湖和大海，堤上并列着数以百计的高级宾馆。那些面对大海的宾馆很多是全包型，住客尽可享用佳肴美景，在专有海域里嬉戏海浪，基本可以不踏足旅馆之外的世界。街上行人稀疏，看来全包旅馆收拢了很多游客。不知怎的，我觉得坎昆好像热带海滨缩小版的拉斯维加斯，而与世隔绝的全包旅馆又像是游轮。后来在便利店买水，发现旅馆

图卢姆古城海滨

区的东西都与美国消费水平看齐，比旅馆区外至少加价两倍。想想也没啥，既然是美国人民的度假村，那就享受美国的价格吧。

在旅馆工作的当地人大多住在西北面，这里因地理所限，公路修得窄，并不曾考虑先富起来的那部分人要开车上下班。车流总是清晨向南，傍晚向北，于是一边车道几乎空无一车，另一边却拥堵不堪。这里的公车只有一路，而且似乎是一票到底，票价为 12 比索（不到 1 美元）。公车上，绝大多数乘客是当地人。从高海拔、干燥的落基山来到热带海滨，空气中弥漫的味道比较复杂，公车上更是。

虽然有站，但乘客可随时上下。车内音乐震天，司机随着音乐，将车开得东倒西歪，险象环生。傍晚，公车上常见夫妇双双把家还。那一对夫妻才 20 岁出头，很帅的父亲抱着和他一样帅的小男孩，孩子手里拿着新买的毛绒海豚，坐在后面的另一对夫妻正拿着图画书教孩子识字，一个坐着的年轻女孩主动帮站着的妇女拎包。当地人淳朴善良，只是天气太热了。当地人自嘲："我们这里只有两个季节：Hot and Very Hot（热天和特别热的天）。"这样的天气令人昏昏欲睡，完全丧失思考力，难怪热带很难出现科学家和思想家。

又一个清晨，我们从旅馆走到坎昆港，来回约 10 千米。这条路的隔离带很漂亮，虽然泻湖和大海之间比较窄，但还是留了两条步道。这里也有过街斑马线，但几乎没有过街灯或交通灯。车子开得飞快，根本不理睬斑马线，过街很难。这里的风景很像迈阿密的沿海大道，但对行人不友善。即便是这样美国化的旅游区，墨西哥也只学了表面。这条大道上看不到小餐馆或咖啡店，大约是全包旅馆太多的缘故？对非全包旅馆的游客而言，此地生活极不方便，而且缺乏多样性和选择的自由。后来我们去女人岛，那里随处可见小咖啡店、小饭馆。遇到的美加游客都说坎昆太拥挤太嘈杂，不如住在岛上或者住在海滨城市图卢姆。

## 2.

坎昆到奇琴伊察（Chichén Itzá）行程 2 个多小时，沿途树林若墙，无法远眺。我好奇那树墙之后是什么。终于等到林间空隙，原来还是树林啊。既无人迹，也无农田，绿色也会乏味得让人打瞌睡。突然对面驶来几辆军用卡车，上面坐的都是年轻英俊的军人，我的精神不禁一振。

沿途几小时不见人家。距离奇琴伊察 30 千米时，终于看见了住家。水泥或者干草搭建的住房，低矮方正。简陋的小店前支着可乐标记的阳伞。偶然一座很花哨的小庙，里面供着圣母。此地的植被和气候、路边的供奉都让我想起印度。虽然路况比印度好，人口也稀少，但溶岩地貌土薄贫瘠，不宜耕种。沿途看不到农田和牧场，经济作物主要是做口香糖的天然胶树，用来编织和做酒的龙舌兰。

奇琴伊察遗址位于密林深处，方圆五六千米。遗址外，三两家商店，其中最大的那家出售遗址门票。走进遗址，满眼葱郁，非常清净。奇琴伊察为玛雅语，意思就是"在水井口"。整个尤卡坦半岛属于极端喀斯特地貌，北半部没有河流，湖水和沼泽地里的水泥泞而不能饮用。当地水源主要靠溶井（cenote）。以前我没听说这个英文词，感觉"sinkhole"更通俗。中文有人译为"天坑"，似乎也很贴切，毕竟这里的淡水自天而降，经过岩石渗透或裂缝进入沿海的含水层。

自古以来，半岛上的人口就聚集在溶井周围。现在城市里有了自来水，但城郊仍可见架在屋顶上的储水罐，据说那水取自溶井，再由水车运来。溶井也是旅游景点，几天来，我已访问过两处。图片里的溶井，大多藤蔓垂吊，拍摄得很美，但我之所见就是一个水塘或小湖，并不出奇。水塘状溶井的底部和四壁都是石灰岩，塘水非常清澈，到访者可以跳下去游泳。小湖状溶井周遭非灌木即沼泽，实在不能

溶井

当成旅游项目。除了玛雅文明遗址，旅游资源并不丰富，然而旅游却是半岛的支柱产业。

相传雨神居住于此，在此居住过的部落都将奇琴伊察奉为雨神恰克（Chaac）的圣地。遗址内有好几口溶井，溶井既是水源，也是地狱之门。根据当时的习俗，被扔进溶井水的人如能幸存就是先知。在一口干枯的溶井前，导游说这里曾发掘出上百个献祭的头骨。但他又说以人献祭不是纯粹的玛雅文明，而是墨西哥中部托尔特克人的习俗。托尔特克文明大致在公元800—1000年，托尔特克部落骁勇善战，曾经征服了玛雅，奇琴伊察的后期建筑明显增加了托尔特克元素。15世纪，阿兹特克人在墨西哥建立了强大的帝国，那些人自认是托尔特克文明的承继者。

据考证，位于中美洲的玛雅文明大致是从公元前1500年开始延续到公元后1500年。目前所知分布在北部的低地，包括尤卡坦半岛中部的高地，分布地区主要是在墨西哥、危地马拉、萨尔瓦多和洪都拉斯的恰帕斯州马德雷山脉（Sierra Madre de Chiapas），南部的太平洋平原。奇琴伊察始建于公元514年，它是玛雅古典时期（公元2世纪到10世纪前期）的重要城市，现在遗址面积为16平方千米，但城市面积曾近5 000平方千米。金字塔神殿、圆拱建筑、羽蛇雕塑……遗址内的建筑主体仍在，十分雄伟，显然建于玛雅文明的全盛时代。

20多年来，我看过埃及、希腊、印度、罗马、印加文明遗址，从外观上看，这里的金字塔与其他遗址不同的是台阶又窄又陡，那时的玛雅人一定身手非常灵活，无意中也拒绝了其他族裔攀登吧？

祭坛、市场，雄伟的废墟遗世独立。玛雅人的球场里聚集了很多游客，这球场据说是玛雅遗址中最大的一个。球场两边伫立了两堵墙，两面墙上各有一状似装饰的石环，中间有个高大的看台，不难猜测，玛雅王就坐在那上面观看比赛。当年玛

上：奇琴伊察玛雅金字塔

下：奇琴伊察玛雅人球场

雅人在这里玩橡皮球，一个玩法是将球穿过那个石环。据说除了手之外的身体任何部位都可以触球，考虑到石环的直径和距离地面的高度，赢球几乎是不太可能的。墙壁上雕刻了木棒，还有砍头的画面。据说，球赛常常是献祭祈福活动的一部分，上下跳动的球代表太阳的升降，而比赛结束有一方会被处死。一般说法是败方会被胜方砍头，但亦有说法是胜利者会被国王砍头，以免能力太强而成后患。反正输赢都非吉兆，而国王是永远的赢家。

公元 1517 年，西班牙人入侵后，玛雅人的典籍被焚毁。后人只能依靠残碑和口口相传解密其曾经的灿烂文化。至少在天文和历法上，玛雅文明远超过同时代的其他文明，他们所得到的太阳年以及月亮绕地周期数值极其精确。玛雅人对宇宙的认识远远超出太阳系的范围。值得注意的是，这一切都发生在哥白尼逝世的公元 1543 年之前。现在，留给后人的巨大问题显然是，在这些方面他们何以发达如斯？

玛雅文字兼具象形、会意、形声品格，出现于公元前后，是人类最早的 5 种文字之一，可惜迄今能够译读的不到三分之一。我们虽然在沿途的庙宇墓碑上看到不少，除了欣赏其书法美感，对于其含义实在完全茫然。虽然玛雅人的后代能说玛雅语，但口口相传的东西总会变形。几代之后，流传下来的故事也面目全非了。即便如此，玛雅与印加文明成为鲜明对比，印加人连文字都没有！

不言而喻，玛雅人早已知道太阳在不同季节的位置，在秋分或春分、日升日落时，阳光会在金字塔北面的阶梯上投下羽蛇状的阴影。对于如此早熟的文明，这都是不足挂齿的。

奇琴伊察大概在公元 1100 年开始衰落，彼时的欧洲还处于黑暗时期呢。至于为何衰落至今依然成谜，一说是公元 13 世纪时，尤卡坦半岛遭遇旱灾，旱得干土厚达 3 米多；另一种说法是发生起义和内战，考古也发现此地的一些建筑遭到抢劫和焚毁。总之是天灾人祸使奇琴伊察湮没于草木之中。

西班牙人到来时，奇琴伊察附近仍有不少玛雅居民。如今他们的后代仍群居于附近村落。村中的房子一般都很矮小，最高大的建筑是天主堂。村民们信仰天主教，仍讲奇琴语（Xichen）。编织草帽似乎是该地的主要产业。他们采集一种棕榈树叶，用小刀剖开叶面，晾干后的叶子以天然植物颜料染色。叶面剖得越细，编织物就越精细，售价也越高。为了便于编织，编织匠还会把叶子放在洞穴里吸收潮气，草帽编织完后再模压成型。我不知道多少游客会买草帽，但编草帽的玛雅人后院挺漂亮，看来日子过得不错。

## 3.

今天从坎昆飞往尤卡坦州首府梅里达（Merida），飞机晚点了 2 小时，到达时已是夜里 11 点。我已做了另外叫车的准备，却不想一出机场就看到一个中年男子手拿着写着名字的纸牌，心里感动又轻松，这个接机服务公司真守信用。半小时车程后，到达旅馆。旅馆的主楼为殖民地时代风格，中庭是带水池的天井，热带花卉发出幽香，美中不足的是房间里有些霉味。

梅里达是尤卡坦州的州府，据说州的一半以上人口居住于此。但这里不像都市，更像美国安静的郊区。在浓荫下，我们走在蒙特荷大道（Paseo de Montejo）人行道上。这条大街以巴黎香榭丽舍为原型，人行道很宽，旁边都是梅里达旧贵族的豪宅。主街上的纪念碑记述了墨西哥的历史，那上面的人物都是史上留名的。各省环绕在这座纪念碑周围，碑上的人物动物雕像都是圆圆的，很有玛雅风格，即使是

梅里达街景

厕所标记也如此。

西班牙南美殖民城市都有一个主广场，这里也不例外。广场周边围着教堂、官邸、商店等，中间一方大花坛。比起蒙特荷大道，广场更平民化。旅馆距离主街很近，距离广场稍远。不久，我们就能从广场走回旅馆了。一天晚上，我们穿街过巷走回旅馆，竟然是空巷无人。巷中的住房类似于中国的20世纪80年代，相对简陋。一家开着窗户，房间里只有一张大床，两个立式电扇。我们的旅馆所在大概是高档住宅区，附近多是独栋洋房。墨西哥毒贩猖獗，一些地方很不安全，即使坎昆那样的旅游区也有毒贩，但梅里达没有这类问题，人们都说如果没有贩毒，墨西哥比美国更安全。

次日清晨，当地导游来接我们去坎佩切。该城位于海滨，行车两个半小时，幸运的是加入一日游的只有我们两人。

坎佩切城是同名州的首府，建于1540年。建城时，周围都是荒野。为防御当地土著人进攻，西班牙人建了围城，靠两座城门与外联通。那两座城门分别朝向墨西哥湾和陆地，面向海洋的那座城门前的海滩本来有上百米宽，20世纪40年代填海造地，现在只能站在城墙上遥望大海了。城内纵横一两条街，城墙的四角都有城堡。当年西班牙殖民者都住在城里，该城于1999年作为联合国文化遗产被重修。城内有教堂广场、大花园，还有图书馆。附近小山上建有防御城堡，通过护城河上的吊桥走入城内，颇似中国古代的城门。

在坎佩切历史城，我看到教堂里正在举行婚礼。小街颇有几分情调，但说实话，这个历史区实在太小了。城里店铺大多是旅游服务类，也有一家中国餐馆。站在坎佩切的海滨，大海一望无际。海滩上既无游客，也不具风情，感觉荒凉。导游特地带我们去看当地传说的望夫女雕塑。导游说那女子的情人或丈夫出海未归。外

上：坎佩切古城里的教堂

下：坎佩切海滨之望夫女

乌斯马尔两图

子问起为何不归，他回答："也许遭遇海难，也许跟别的女人跑了。"导游几年前离婚，说起话来有点儿尖酸苦涩。

在坎昆时，我们浏览了奇琴伊察、图伦玛雅遗址。梅里达周边的主要遗址是卡巴（Kabah）和乌斯马尔（Uxmal），后者与奇琴伊察、帕伦克（Palenque）、卡拉克穆尔（Calakmul）被认为是墨西哥境内最重要的玛雅文明遗址。乌斯马尔的意思至今仍有争议，一说是建于三个时期，一说是由侏儒国王用魔法在一个晚上建成的隐形城，还有一说是："未来将会发生什么？"

乌斯马尔位于梅里达之南几十千米处，沿途能看到小山丘。因山地隔阻，乌斯马尔和奇琴伊察的建筑风格亦有不同。乌斯马尔属于普克（Puuc）风格，而奇琴伊察属于埃德兹纳（Edzna）风格。"Pucc"的意思就是山丘。走进乌斯马尔，这里非常开阔，古老的道路引导我们走向一个又一个古老文明的遗址。我惊叹那些建筑之雄伟，墙面花纹拼贴之精美。这里的雨神都长着长鼻子，墙面和檐角象鼻勾都是典型的普克建筑风格。

在乌斯马尔遗址中，最高的魔术师之家令人印象深刻。传说那就是一个晚上建成的。它的球场也是玛雅遗址中最大的。阶梯依然窄陡，我小心翼翼地攀爬，站在高处俯瞰，绿色环绕下的遗址既宏大又沧桑。这片遗址即便是重新整修之前，都是玛雅遗址中存留最好的，但奇琴伊察的金字塔最为规范，因此旅游书和明信片上都以它为玛雅文明的标志，但乌斯马尔更加开阔，建筑更多也更雄伟。

19世纪中期，美国人约翰·劳埃德·斯蒂芬斯（John Lloyd Stephens）到中美洲任特使。此人是作家，对考古探险有着浓厚的兴趣。他曾在埃及和黎凡特度过两年，旅行后写了一本书。亚历山大·冯·洪堡（Alexander von Humboldt）和胡安·加林多（Juan Galindo）对中美洲的早期记载引起了斯蒂芬斯极大的兴趣。

上：星石村火鹤

下：波塞冬海滨饭店

在洪都拉斯西部的旅行中，他和建筑绘画师弗雷德里克·凯瑟伍德（Frederick Catherwood）碰上了科潘（Copan）玛雅遗址。他们对所见感到惊讶，并花了两个星期绘制图片。斯蒂芬斯甚至想买下遗址，运回美国的博物馆。实际上他也能买得起，当时 50 美元就能买下科潘市。然后他们来到帕伦克、乌斯马尔和危地马拉的基里瓜（Quiriguá）。到了 1841 年 10 月，这两人已经访问了 44 座玛雅文明遗址，其中包括卡巴和奇琴伊察等。探险旅行之后，斯蒂芬斯出版了《尤卡坦旅行记》。那本书由弗雷德里克绘图，可谓图文并茂。自那之后，玛雅文明遗址唤起了大众的注意。探险人前赴后继，达尔文也是看过洪堡的书后对南美产生了很大兴趣，乘坐小猎犬号出海探察。他们的人生都可以写好几本书啊。

参观过乌斯马尔之后，我们来到星石村（Celestún，Celestial 星空，Stone 石，我称它为星石村）。这个渔村大约 1 000 个村民，问起名称由来，一说是玛雅语音译，一说是第一个居民的名字。沿海极少的住房或旅馆，海滩几乎是原生态。我们在一家名为波塞冬（海神之意）的海滨饭店吃饭，食材取自当地，烤鱼非常新鲜可口。

星石村最知名的旅游项目是看火烈鸟。乘小船驶入一段狭长的海湾，沿岸长满了红树林，海水被树根染成黄色。此地海水很浅，鹰、鹈鹕、成群的白鹤和灰鹤憩息在水上，在树间，在天空。再往前，就见一线粉色嵌在海天绿树之间，那是火烈鸟。更近一些，粉红色逐渐扩大，似乎是粉色云彩落入碧湖。这些火烈鸟并不迁徙，只是在秋冬季聚集在这一片水域里交配。为了不影响它们进食，游客亦不能久留。

记于 2017 年 12 月 18—24 日

# 访大陨石坑遗址

在梅里达几日，外子无来由地忽然想起尤卡坦半岛有一个陨石坑。那个巨大的陨石坑形成于6 600万年前。我立刻查资料，陨石坑直径是180千米，30千米深，一半在海里，一半在陆地，其中心竟然就在梅城正北的海滨小镇希克苏鲁伯（Chicxulub）。我们打算前去探访，问遍旅馆服务员和旅游公司，竟无人确知陨石坑在希克苏鲁伯的具体地址。

这是在梅里达的最后一天，我们决定去找出租车司机。询问下来，乘出租车需要100多美元，而且我不敢确信他们真正知道地址。我想还是乘公车去希克苏鲁伯镇，到了那里再打听。

从梅里达到希克苏鲁伯没有直达的公车，必须先去普罗格雷索（Progreso）城。找到公车站颇费了一番功夫，好在没等多久，公车就来了。上车买票，票价20比索。每个乘客都有座位，空调开得足，座位很舒服。在坎昆时，我们也是乘公车，感觉墨西哥公车设施相当好。半个小时后，我们到达普罗格雷索。

普城是加勒比海邮轮的停靠地，公车站很大也非常热闹。游客熙熙攘攘，每辆旅游车辆旁都站着拉生意的人。我们边走边问，居然没人知道陨石坑，一个拉游客的人信誓旦旦地说："我就住在希克苏鲁伯，但从未有过任何纪念碑。"希克苏鲁伯的陨石坑一度被认为是地球上的最大的陨石坑，在它之后，在南非发现的弗里德堡陨石坑直径为250～300千米，加拿大的萨德伯里陨石坑直径200千米。其实希克苏鲁伯镇之所以有点名声，纯粹是因为处于陨石坑的正中心，而当地人却对它茫然无知。

我听说一位亚利桑那的地学教授也曾万里迢迢来此。这不奇怪，因为北亚利桑那就有一个巴林杰陨石坑。虽然它形成只有 50 000 年左右（更新世），直径约为 1.2 千米，深约 170 米，但却是世界上保留最好的也是第一个被确认的陨石坑。北亚利桑那陨石坑的地名原是孔山。1891 年吉尔伯特认为这个凹陷可能因火山爆炸，也可能因陨石轰击。尽管周围明显存在成千上万陨石粒子，他到孔山做实验后得出的结论却是火山所致。吉尔伯特的结论也有一些道理，几十千米外确有另一个火山爆炸形成的坑。1902 年到 1905 年，巴林杰对孔山陨石坑进行研究和钻探，首次在这里证明了地球上存在陨石坑，但他也没找到陨石。人们怀疑，也许陨石在进入大气层时，由于大气的摩擦导致高温，而被蒸发光了。1960 年有人将内华达的核爆炸的残余与孔山的地貌相比较，这才彻底排除了相对缓慢火山爆发而形成的原因。现在的共识是巴林杰陨石坑是直径 40 米的小行星撞击地球形成的。迄今收集到的陨石碎片超过 30 吨，最大的那片是 600 多克。我曾在往返的飞机上多次俯瞰了巴林杰陨石坑，并拍下照片。当然，巴林杰陨石坑和今天要去的希克苏鲁伯陨石坑相比只能说是极小巫。

我们绕着公车站走着，寻找着知道陨石坑的人。在一处僻静的街道上，我们碰到一个拉客的导游，这人的英语非常流利，他说只要驱车向东再走 20 多千米就能看到陨石坑的纪念碑。他描述的纪念碑与我们在网上搜索的照片一样，于是我们就上他的车。这是一辆很破的车，摇摆颠簸着向前驶去。因为所去之处并非旅游景点，路程也不长，游客只有我们两个，导游又加了一个毫无必要拜访的溶井。

小车沿着海边土路行驶，这条路实际上是海洋和细长的泻湖之间的海堤。20 分钟后我们就进入希镇。导游特别指点镇口的几块大石说那是陨石，那石头的颜色和

此处海域是陨石坑的一半

黄土无异，而陨石的正常颜色应是黑色的，我想那不过是作为陨石的标志。

我们先到海滨，眼前是漫无际涯的墨西哥湾。一道千米栈道往北直插碧海，左边饰以一个巨大船锚。时值中午，艳阳直射，蓝天无云，波平浪静。这一片海洋之下正是陨石坑的一半。

1978 年，墨西哥石油公司的地质学家彭菲尔德在尤卡坦半岛北部做海底勘探。他发现了一道 70 千米长的弧，这巨大的弧极为对称。他后来找到 20 世纪 60 年代作的重力图，该重力图显示了被撞击的特征，但他供职的石油公司禁止发布这一消息。后来，彭菲尔德又在陆地上发现了弧的另一半，陆地和海底的两弧合起来，刚好构成一个直径 180 千米的整圆。若干年后，美国航空航天局高空拍摄的照片更明显地显示这个圆，而整圆的中心正是我们足下的希镇。由此彭菲尔德相当肯定地认为，这是由一次极其剧烈的灾难性地学事件引起的。

起先，彭菲尔德找不到小行星撞击的证据。后来亚利桑那大学的一些地学家也进行一些独立的类似的探索。彭菲尔德与之合作，发现在几百米深的石灰石下取出的样品中，含有在极高压下才能形成的冲击石英和玻陨石。其他证据还包括重力异常，以及围绕的圆周直径为 240 千米的地质断层。由此，科学家估计是 10 到 15 千米尺度的太空岩石撞到地球上，释放的能量超过在广岛或长崎爆炸的原子弹的 100 亿倍，也就是相当于当今世界上人均一颗原子弹。最近的探测认为，陨石坑外圈直径实际上是 300 千米，内壁才是 180 千米。人们估计，这个事件中心的冲击波四射开来，在全球范围引爆了大量的火山和地震，激起的海啸遮天蔽日。反弹的陨石以及地表碎片遮天蔽日，阻断植物界的光合作用长达数年之久。

我们从栈道返回镇区，走了一两个街口，就见到陨石坑中心的标志。这是一块一米半高三角星状的白石纪念碑，做得相当粗陋，碑上图案是褐色背景的恐龙。石

纪念碑文说明，恐龙灭绝起因于这场天灾

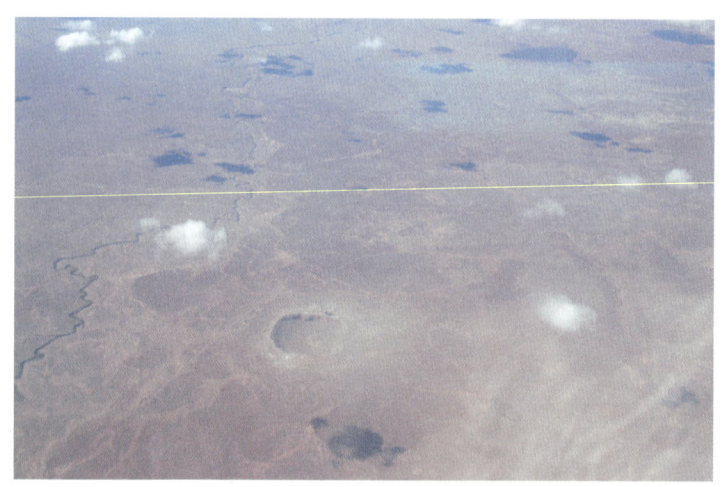

作者于2012年7月16日拍摄的巴林杰陨石坑

碑的前方是一块骨骼状的白色石板，上面的字样简述约 6 500 万年前，恰是白垩纪 – 古近纪界线的这次陨石撞击和恐龙灭绝的可能关系。

恐龙出现于 2.5 亿年前至 6 500 万年前的中生代，而恐龙的灭绝恰好和尤卡坦的这一事件在同一时期。于是许多学者猜测，这两件大事是因果相关的。当时包括翼龙与大型海洋爬行动物在内的 75% 物种都消失了。也许正是这个事件，才使哺乳动物成为存活的主要物种，留下我们人类祖先演化，从而发展到今天灿烂文化的机会。我们知道，能直立行走猿人出现的时标不过是 300 万年前至 150 万年前，迄今在东非的奥都瓦峡谷附近还留下陶化的几十只足印。

以百万年为时间尺度的冲蚀和沉淀，这桩大事件已非常人可觉察的了。1996年，人们还发现了围绕着完好的陨石坑的一串天坑即溶井，这是巨大撞击扰动了石灰岩断层形成的。

尤卡坦小行星撞击地球是极小概率事件，却蕴含着今天人类繁衍和文明发展的必要条件。笔者能在这里悠闲地写这些无足轻重的文字，实有赖于强大的人择原理。

记于 2017 年 12 月 25—26 日

# 瓜亚基尔

当初订飞往瓜亚基尔（Guayaquil）的机票时，我从未听过这个地名。朋友说该城位于水边，于是就想当然地把它与蓝天白云椰子树连在一起。然而，一出机场看到灰蒙蒙的天空，我多少有些泄气。

到厄瓜多尔无须换当地货币，因为这个国家的货币就是美元，从机场到旅馆车费是 5 美元。车子很快驶过隧道，隧道的那一段出现了椰子树。拥挤的市区，街道不宽，多是单行道，街道不长，未能加速就遇上交通灯，而且每个路口都是红灯。正当午，酷热，人多车多，出租车司机和我们一样不耐烦，左突右进，想方设法地往前挤。老人们坐在家门口，在热气和污染中怡然自得。向上看去，二层以上都没有铁栏杆，看起来还是相当安全。

驶过一个街口，再一个，几乎每个街角都有人在做生意。货篮在小贩的手里、肩头、头顶上。一个老人卖几卷手纸，烟贩把香烟盒子挂在脖子上卖。各类小吃，说不出名堂的炸货。车窗外，穿校服的孩童或在过马路，或在小贩那里买吃喝。清晨时常见卖早餐的男生。他的脚下搁着一只类似电饭锅的容器，容器前有个壶嘴，脚边的手提包里放了面包点心、纸杯。一个上班族走过来，小贩拿出糕饼，递给顾客，再拿出纸杯，蹲下身，转动壶嘴开关，倒出一杯热咖啡。我没试过小贩的咖啡，但在旅馆喝过咖啡，远低于期望值，据说很多外来客都抱怨厄瓜多尔的咖啡难喝。似乎每个人都在做生意，而且除了书什么都卖。

我的旅馆位于老城中心，坐在餐厅里就能看到楼下的研讨会（Seminar）公园。

瓜亚基尔大教堂

对于公园而言，这个名字太过严肃，倒是其别称鬣蜥公园更名副其实。公园的一端，隔着一条小马路就是瓜亚基尔大教堂。大教堂雄伟漂亮，内外都不输欧洲的天主大教堂。单看建筑，恍惚是在欧洲某地，转头看到巨大榕树，正在爬行的鬣蜥，才意识到身处热带。绕过大榕树，就看到南美解放之父西蒙·玻利瓦尔（Simón Bolívar）骑马的雕像。虽说玻利瓦尔解放了基多，但瓜亚基尔更早独立，而玻利瓦尔与瓜亚基尔的关系仅限于 1822 年在此会见了圣·马丁（San Martin）。

阿根廷人圣·马丁 15 岁时在西班牙对摩尔人战斗中被晋升为中尉，后来继续在欧洲作战多年，可谓战功赫赫。在会见前，圣·马丁指挥阿根廷的独立军翻越南美天堑安第斯山，解放了智利，又于 1821 年占领了秘鲁辖区首都利马。

秘鲁辖区是西班牙殖民在南美最早的总督辖区之一，彼时秘鲁总督不仅统治秘鲁，也统治了西班牙在南美的所有殖民地。建立秘鲁辖区后近 200 年，殖民者才建立新格拉纳达的辖区。哥伦比亚、委内瑞拉和厄瓜多尔脱离利马辖区，归属于新格拉纳达。圣·马丁占领利马后就宣布独立，当地没有独立运动政治家，因此他成为利马的保护者，并担任首脑。利马是南美殖民地最重要的城市，集中了反对独立的强大势力。退守乡村的西班牙殖民军对圣·马丁的军队展开游击战，利马一度成为孤城。在南美独立战争中，无论名气和实力，圣·马丁都不输玻利瓦尔。当时这两位南美双雄领导的独立运动亦是南北呼应。

然而，双雄在瓜亚基尔的会晤多数只有两人在场。会晤之后，圣·马丁突然退出独立运动，将南部军队的指挥权交给玻利瓦尔。他取道智利回到阿根廷，其后侨居法国，并在清贫中客死他乡。瓜亚基尔会谈的内容从未对外公开过，至今仍众说纷纭。阿根廷作家博尔赫斯甚至据此事件写了一篇小说，标题就是《瓜亚基尔》。一些历史学者认为，厄瓜多尔独立后，人们在讨论该地区的未来时分成了三派。一派想加入哥伦比亚，另一派想加入秘鲁，还有一派想成为一个新国家。玻利瓦尔打算将瓜亚基尔并入哥伦比亚，但支持加入秘鲁的一派则向圣·马丁施加压力。另一些历史学者认为圣·马丁与玻利瓦尔的南美一体化的理念不合，于是他选择退出。另外一种说法是玻利瓦尔难容他人，依据是他借敌人之手害死了早期起义运动领袖米兰达（Francisco de Miranda），而圣·马丁不愿与玻利瓦尔发生冲突。玻利瓦尔的雕像不仅遍及南美大小城市，甚至远及欧洲，而圣·马丁的个人雕像主要在阿根廷、智利和秘鲁，瓜亚基尔的那座是两人会晤。

从广场走到河边，途经瓜亚基尔市政广场，建筑和雕塑皆美。在 20 世纪 20 年代的老照片上，这一带已是楼宇耸立，乍看上去颇似上海外滩。1896 年，瓜亚基尔发生大火。如今的城市建于大火之后，建筑完全是殖民风格，屋前街道铺着石头，最繁华的街道旁长着草药和奎宁树。

再往前走就是瓜亚斯河（Guayas River），河面相当宽，河水浑浊。听说河道经常阻塞，年年需要疏浚，但河床仍越来越高。就人口密度而言，这里的街市相当干净。遮雨走廊连绵，但却是明沟排水，过街时一个不小心就会失足。

虽然瓜亚基尔城经常遭受地震海啸的威胁和破坏，但这里又是南太平洋最宁静的河口之一。在殖民时期，瓜亚基尔是秘鲁总督辖区最大的造船基地，长期以来都是商业中心，也聚集最多的人口。据说瓜亚基尔人认为自己虽身处热带，但比气候四季如春的基多人工作更努力，更务实。此地的工业生产了全国所需的产品，真正养活了厄瓜多尔。但瓜亚基尔却没得到多少好处，因为钱都被基多拿走了。这恐怕不仅仅是地方和中央的矛盾，而是高山和海洋的文化差异，甚至有人说两座城市文化差异大得似乎不在同一个地球上。

街头一景

沿河向北，二十几千米都是被称为河滨大道（Malecón 2000）的重建项目。河边步道很宽，步道外散布着公园、儿童游乐场。如茵的草地上，不时会遇到一尊雕塑。树间花下，若干画者正为人素描。西班牙人的基因或者说南欧人基因中的艺术细胞确实多，随便那么一勾就是不同。

瓜亚基尔是16世纪中期被西班牙殖民者发现的，其发现过程自然与当时征服印加帝国有关。1533年，西班牙殖民者皮萨罗占领印加帝国首都库斯科。另一位殖民者贝拉·卡萨征服巴拿马、洪都拉斯和尼加拉瓜之后，航行到秘鲁海岸与皮萨罗汇合。然后贝拉·卡萨到达并占领了瓜亚基尔，那时这里仅有一个小渔村。后来土著人赶走了殖民者，5年后另一个殖民者奥雷利亚纳再次占领瓜亚基尔。在西方叙事中，奥雷利亚纳就是瓜亚基尔的缔造者。

在来到瓜亚基尔之前，奥雷利亚纳为寻找肉桂而发现亚马孙河。肉桂（俗称桂皮）、肉豆蔻等香料大多来自南亚次大陆或东南亚，后被移植到适合种植的其他热带国家。瓜亚基尔显然适合这类作物生长，城市附近就有各类种植园，其中的一些可以参观。我在东非桑给巴尔岛看过香料园，于是决定去看可可种植园。

出瓜亚基尔城，向东南行驶，河道纵横，水稻一片碧绿，此地无霜，至少能种双季稻。大米是厄瓜多尔人的主食之一，种植仍靠人工。我觉得吃米的地区比吃麦子的穷困，吃米的族群一般也比吃面的更吃苦耐劳。南美原生农作物主要是玉米、土豆和番薯，后来传遍世界，救人无数。但稻米、香蕉都是随殖民者而来，并非南美的原生植物。甘蔗、橘子、鳄梨或百香果……越来越多的种植园，整齐地排列着不知名的树，远看像桃树，但我知道那不是桃树。

眼前是大片的香蕉种植园，成熟的香蕉都套上塑料袋。据说香蕉原生于印度、东南亚和北澳大利亚，后被阿拉伯商人带到中东和非洲种植，16世纪再由葡萄牙人带来美洲。相对于稻米，种植香蕉投入产出比就高多了。一棵香蕉树开出一朵花就能生产几十甚至上百个果实。人们收获时只需齐根儿砍倒那棵树，摘下那捆香蕉。一棵香蕉树被砍倒后，能看到香蕉树干的空洞，让我觉得那是全然的外强中干。但砍倒后，就在那个空洞旁生出一棵小苗，其实那根本不是树干而是香蕉的茎。

沿途时见水果摊贩，香蕉成板成捆地挂在屋檐下，堆在地上。那些个头小而比较圆胖的香蕉非常甜糯，它们是按个儿卖，大概是 5 ~ 10 分 1 支。我们常吃的黄色大个香蕉被称为"甜食蕉"，以区别用于烹饪的青香蕉。记得小时候吃一根香蕉并不容易，偶然吃到的大概和手指头差不多长短，也不很甜。20 世纪 80 年代中期，我来美国。当我第一次在超市里看到甜食蕉时，真是又惊又喜。我举着它，拍了一张合影寄给我妈妈。香蕉的全球化与铁路运输发展和资本联系在一起，美国还曾依靠它在中美洲的香蕉企业影响当地政治。

哥伦比亚与厄瓜多尔毗邻，它的咖啡出口达到 20 亿美元，厄瓜多尔也出产咖啡，但多为自销。咖啡原产地是埃塞俄比亚，后来传到中东再传至欧洲，再由西班牙人带到南美。南美农业区土地肥沃，气候适宜，作物繁茂。在某种意义上，这类资源似乎与印加帝国富于金银一样，也是一种资源诅咒。巴西的甘蔗，哥伦比亚的咖啡和鲜花，厄瓜多尔的香蕉，大多数南美国家产出过于单一，除了矿产就是种植业，至今仍无法摆脱殖民时代建立起来的经济体系。

在发现石油之前，香蕉是厄瓜多尔最大宗的出口产品，至今其出口额仍占第二位。厄瓜多尔第三大出口是虾，当地海鲜丰富，国家小。在饭店吃饭，海鲜比红肉还便宜。最好吃的是酸橙腌海鲜（Cerviche），新鲜可口。有人说那是秘鲁菜，但似乎南美国家都有这一道菜。这里也有秘鲁式的浓汤，但大多偏咸。无论饭店还是小铺都卖炸玉米豆，似乎是当地的开胃菜和零食。玉米豆有一层厚皮，炸了之后厚皮仍在，中看不中吃。菜场小铺常见新鲜蚕豆，不知为何他们不炸蚕豆。总体感觉厄瓜多尔的饭食不如秘鲁的饭食合口。但水果比秘鲁丰富，特别是鳄梨，连汤里都会放一两片鳄梨。

汽车行驶一个多小时，沿途未见蔬菜种植。旅馆早餐最多最丰富的是水果，木瓜、菠萝、西瓜、柑橘、苹果、香蕉、百香果，但却几无蔬菜。

车子开下公路，行驶土路不久就到达目的地。一座砖房，前有草棚，草棚里有木制台子和一只火炉。一位矮胖的农妇迎了出来，后面跟着几个肤色同样黝黑的孩子。主人带着我们走入屋旁的可可树林，我这才明白看着像桃树的植物是可可树。可可树植株不高，不粗壮，树形也不美。走近了仔细看，深色树干上长出点点粉黄色的花苞。原来可可花儿竟是这般小！那些小花儿依赖更微小的蝇虫授粉，结出了可可果。红色的可可果，外皮皱皱的，形状类似木瓜。从小手指大到半个手掌大小，有些竟然长得比我的巴掌还大。这些可可花和果实都长在树干中部或底部，永远不会有花果结枝头的图景。

农妇走过来，砍下一只可可果。放在台子上。她举刀将果子一分为二，剖开后是一串豆荚。豆荚里紧密而整齐地排列着可可豆，一层白色半透明的膜包住豆子。导游哈维挖出整串的可可豆，举起来说："这豆子只能含着，不能咬破或吞下。"随后他将一颗豆子丢进嘴里。我吮吸那层薄膜，味道略酸。2004 年在里约，主人买了一种很漂亮的果子，我好奇地去咬，没想到嘴角立刻被烧破，之后数日不愈，只好烂着嘴角去看伊瓜苏瀑布，看来好奇心不仅会杀死猫。

可可果和新鲜的可可豆呈多种颜色，这里的果子是红色，而豆子呈浅褐色。导游翻译着女主人的解说："摘下的带膜可可豆经过晾晒，薄膜会自动脱去，脱膜后的豆子呈紫色，再去晒干，晒干后就变成深褐色，这时才能做巧克力。"可可豆是南美

左：可可果

右：可可豆

的原生植物，最早被欧洲人发现是在墨西哥。厄瓜多尔于 20 世纪 20 年代遭遇虫害后，可可树几近绝迹。后来一个名叫卡斯特罗的人杂交了多个品种，才找到了抗病品种，厄瓜多尔的可可种植得以复兴。

女主人将一些晒干的可可豆放在锅里，点火炒着。炒好的豆再放进手工压榨机里。压榨出的可可油非常浓稠，好像芝麻酱似的，慢慢溢出，掉落在一大片绿叶上。这些浓酱放入冰箱后就凝为巧克力块。这是最原始的制作可可酱的方法，但大工业生产流程与之类似，不过巧克力块还会加入牛奶和糖。

虽然这家农户种了一些胡椒和百香果等，但 6 英亩（1 英亩 =6.07 亩）的土地上主要是可可树。据说可可树种植两年后即可结果，结果期为 50 年左右。看了可可树，外子说巧克力的神秘感没有了，更不明白为什么巧克力那么贵。厄瓜多尔巧克力专卖店名叫"可可共和国"，巧克力该不是稀罕物吧？但价钱比欧美贵了好多。按说种植者收入应该不错，但这家人没有玻璃窗，以塑料布遮挡窗户，从门口看进去，屋里非常昏暗，看来并不富裕。

可可豆为南美原生植物，据说哥伦布是第一个见到可可豆的欧洲人，他也把可可豆带回欧洲。但他带回的宝贝太多了，没人注意不起眼的豆子。20 年后，赫尔南·科尔特斯（Hernán Cortés）看到可可豆的商业价值，再次带回可可豆并将它介绍给西班牙宫廷。欧洲人最初不喜欢这种苦味的饮料，后来发现加热加糖后好吃，于是才逐渐流行起来。早年我写过一篇小文《我爱巧克力，我爱冰激凌》，文中谈到可可果的生长，现在看纯粹是纸上谈兵。

记于 2019 年 9 月 28 日

# 云中之城昆卡

## 1.

昆卡（Cuenca）位于厄瓜多尔中部的安第斯山区，距离瓜亚基尔200千米。从瓜亚基尔去昆卡要经过雾林，翻越安第斯山，行程大概三个半小时。导游哈维今天一早从昆卡出发，到瓜亚基尔接我们前往昆卡，听他说这样的旅程大概一周会有两三次。

厄瓜多尔和科罗拉多面积差不多，在科州如果走高速公路，大概四五个小时就能横穿，但这里高山、海洋、热带雨林和群岛，一样不缺。地形复杂，交通不便。早年没有航空交通，走水路比陆路容易，据说到加拉帕戈斯群岛一定要坐海船到瓜亚基尔，再从那里去其他地方。

汽车由西向东行驶，平坦路边皆为田野和种植园。当能看到森林和葱郁之后的浓雾时，哈维在路旁的休息站停了下来。这家休息站的设施和货物与美国的类同，但门口的水果摊却琳琅满目。我们买小香蕉，哈维买薯片。哈维说这是到达昆卡之前最后一家休息站。果然，驶离休息站不久就进入雾林区。

这一带已是安第斯山脉北端南坡，最初雾不大，极目所见森林茂密。芭蕉、箭竹、阔叶树，藤蔓交错，它们因雨雾而葱葱郁郁，都在努力长高力争阳光。逐渐地，雾越来越浓，几乎看不见前行之路。我睁大眼睛担心地看着前方，哈维显然已经走熟了这条山路，他吃着薯片，平稳地在山间绕着。一直在爬坡，偶然可以远眺

卡哈斯国家公园

云雾在绿色海洋般的群山间起伏。

公路盘山，汽车仍在爬坡。山连着山，但绝大多数并不特别险峻，偶然一座山峰呈方形伫立于群山之上，间或一块山石突兀而至。晴朗的天空下，植被不再茂密，树种也完全不同了，终于爬到了云彩之上的卡哈斯（Cajas）国家公园。这个公园穿越常绿云林和数百个湖泊，公园面积大约285平方千米，安第斯秃鹰、大蜂鸟和浣熊（Coatis）等野生动物栖息于此。

此地已是海拔3 810米，山不再苍翠。哈维问我们要向前走40分钟，还是2小时沿湖走一圈。虽然我住在海拔1 646米的博德，但从海拔152米的河口骤然直上3 810米，我立刻感到心跳无力，眼皮沉重。即使我这样的步道狂热分子也只好选择走40分钟了。

从公园接待处沿着木制通道向山下走，一眼望去，云暗湖灰，这个公园并不漂亮。此地气候非常严酷，极目所至漫山的褐色，那是茅草以枯萎的针叶抵御风寒。脚下的苔原茵绿柔嫩，行不久就遇涓涓细流。这里的山形不如落基山漂亮，但此地的植被与海拔高度差不多的落基山大大不同。科罗拉多州位于温带高海拔区，4 260米以上的山峰终年积雪，而此地是亚热带的高海拔区，据说终年无雪，也无化雪形成的山泉，而沿途的细流全赖苔原植被涵养。这里栖息着大蜂鸟，而落基山区海拔1 500米以上就见不到蜂鸟了。这个国家面积不大，但地貌气候多样，拥有地球18%的鸟类，10%的物种，难怪我们大学的生物老师每个暑假都来厄瓜多尔。

这里已是树线之上，但因几近赤道，一种当地人称为"纸树"的乔木仍能生长。纸树树皮薄如纸，树形不好看，长得四脚八叉。苔原上生有多种多肉植物，灰绿色，摸上去毛茸茸的。一种植物长长的一根，叶子小而肉，颇似一把长柄毛刷，毛刷的顶端开着橘黄色的小花。一些印第安人治病的植物，其中的一种类似美西的摩门茶。那些长出红果的常绿植物，我在秘鲁的印加古道上见过，不觉新奇。

印加帝国曾建立了四通八达的道路，现在通称为印加古道。我在秘鲁时曾徒步从库斯科走到马丘比丘，那只是古道的千分之一。这个公园里也曾有印加古道一部分，现在只余一个标牌以示纪念。西班牙殖民之前，南美大陆没有牛、马、狗等家畜，运输和信息传输全靠人力。从印加帝国首都库斯科到昆卡大概2 000千米，如果传递加急鸡毛信，投递员接力长跑，8天就能传到，如果那些人参加当代马拉松肯定会拿到名次。荷兰猪在欧美当宠物，但在秘鲁和厄瓜多尔则是菜肴。欧美人看了觉得难以接受，但印加人除了捕猎，动物蛋白质就只能来源于那些可爱的荷兰猪了。据说秘鲁人也吃可爱的羊驼，但厄瓜多尔人不吃。还听说羊驼曾经像可可树一样在厄瓜多尔失传。马大大提升了战斗力，牛解放了农业劳动力，大量人力必须投入农耕，而无其他闲暇发展其他。从某种意义上来说，南美缺乏欧亚大陆的家畜确实影响了它的近代历史。有兴趣的可以看看皮萨罗征服秘鲁的故事，以及《枪炮、病菌与钢铁》里对西班牙人征服南美的总结。

离开国家公园，一路下山。山景苍绿，红瓦房建在山坡上，香蕉树丛丛，昆卡城在望。

## 2.

来厄瓜多尔之前，朋友问我去不去昆卡。这又是一个从未听过的名字。昆卡的全名是圣安娜·德洛斯卡特罗里奥斯·德奎卡卡，意思是四条河汇流之盆地。这四条河分别是托梅班巴（Tomebamba）、耶纳坎（Yanuncay）、塔基（Tarqui）和玛查噶纳（Machangara）。

从高山下来，经过托梅班巴河，这条河与耶纳坎和塔基都源自卡哈斯国家公园。沿河草地苍郁，花木扶疏。虽临近赤道，但因海拔 2 560 米而气候宜人。有人说昆卡有着地球上最完美的气候。

昆卡不仅是阿苏艾省的首府，地区最大的城市，其老城还是联合国教科文组织世界遗产。窄巷石路，街道纵横交错，任何一条街又能望到城外，那城外就是绿色的山坡。主教堂、广场、喷泉、花卉市场……玫瑰、康乃馨、杜鹃、百合、向日葵……街边时见挎篮小贩，卖的大多是水果，而小贩多是土著打扮的女人。女人、货篮和水果都打理得干干净净。此地干净得出奇，行人的样貌衣着举止显示出比较高的文化教养，肥胖度显然比瓜亚基尔低。

导游哈维说昆卡有 3 所大学，大学教授月薪 6 000 美元，比总统略高，而政府雇员的最高工资都不得超过总统。哈维的父亲在美国，他本人也是美国永久居民，并在纽约住过好几年。他说在美国，最低工资活不好，而这里夫妻都工作，生活容易得多。大概 200～300 美金就可租到房子，而且没有坏区。

我们住的旅馆与主教堂仅一街之隔，从旅馆望过去，还可看到另一座蓝色尖顶的教堂。据说早年当地一些富裕家庭喜欢去法国，这影响了当地的建筑风格。前有拱廊的西班牙式的房子，风格各异的教堂，纯白、米黄、砖红、鹅黄、蓝色，民居的红屋顶与教堂的圆拱尖顶构成了天际线，极为美丽。

我们向圣母大教堂（Cathedral of the Immaculate Conception）走去，远远就看到那三座蓝色拱顶，这座教堂是昆卡最醒目的地标。这座教堂建于 19 世纪，并不算古老，但融合多种建筑风格，据说蓝色拱顶是来自捷克的马赛克和琉璃。昆卡是南美最天主教的城市之一，它保守、虔信和"正确"，市政座右铭是："先是上帝，然

昆卡远眺

圣母大教堂

后才是你。"据说有个昆卡人送女儿去美国上大学，数月之后，他委托一个去美国的朋友看望女儿。那个朋友回来说："我带给你一个糟糕的消息。你女儿变成了一个……"他的话到此刚巧就被卡车的噪音盖住了。那父亲回答："太可怕了，我正确地养大她，让她上正确的学校，我到底做错了什么？"那人接着说："很可惜，我震惊地发现她卖淫。"那个父亲听了，大大地松了口气，说："我以为你说她变成了一个新教教徒。"英文新教徒"Protestant"和妓女"Prostitute"前三个字母都是Pro，那个父亲最初只听到前三个字母就紧张了，这个故事说明了什么是他们的正确。

居家阳台上摆满鲜花，阳台乃至老城的街道有些像秘鲁的库斯科。库斯科与昆卡都是高海拔的山城，也都是联合国教科文组织的世界遗产，但库斯科老城里主要是旅馆饭店和礼品店，几无居民，羊驼和女人也是进城供游客拍照的，街上的建筑大多漆成蓝色，漂亮固然漂亮，但也有点儿做作。与完全是旅游城市的库斯科相比，昆卡老城虽有旅馆，但主要还是民居，商店以百货服装居多。

高海拔区空气稀薄，水汽也稀薄，但这里属于亚热带地区，三角梅开得很艳。在科州，别称五色梅的马缨丹不能越冬，在这里却长成了树墙。走过那面树墙，沿着阶梯走下去，一直能走到托梅班巴河边。沿着河边，垂柳拂面，河上人家粉墙上，一丛蔷薇探出身子。当地人皮肤细腻，河畔青草柔嫩，这里气温几乎是恒定的，让我忘记身处高原。

后来数日，我们都在雷米潘帕（Raymipampa）吃饭。这个饭店位于市中心广场（Calderon Park）的回廊里，饭店几乎总是客满。很多顾客一坐就是好几个小时，显然都是当地人。菜单只有西班牙语，看图点菜，要来浓汤、酸橙腌海鲜和猪扒。虽然地处山区，但距离瓜亚基尔不过数小时路程，海产很新鲜。

旅馆的早餐主要是水果、蛋奶和肉类，餐馆的菜肴也以肉类海鲜为主，即便特

昆卡广场

别指明要蔬菜，蔬菜份额仍然很小，十多天下来，因为缺乏蔬菜，我们都口角生疮。我去超市买蔬菜，发现此地超市与瓜亚基尔类似，以百货为主，蔬菜放在商店的最后面，而且很不新鲜。后来找到农民市场，才知居民极少去超市买菜。昆卡老城至少有四个农民市场，当地人每天买菜，极少吃冷冻食品。走进农民市场，蔬果十分新鲜，种类繁多，令人眼花缭乱。二楼卖各种汤和新鲜果汁，巨大的一杯鲜榨果汁只要 5 毛钱。我们吃了烤猪肉，但猪皮太厚，不如广东烤乳猪香脆。

在昆卡老城信步走着，前面有家英文书店，我就走了进去。店里卖的多是英文二手书，书店主人叫马文。当得知我来自博德，他说："我退休前在丹佛当教师，这儿的气候和科州类似，但温和得多，一年干湿两季，气温在 10 ～ 25 摄氏度，冬天不结冰，时区也是一样的。昆卡也是南美少有的自来水可以喝的城市。"问起他怎会来此定居，马文说："你知道当教师工资不高，退休金有限。我当初卖了丹佛的房子，退休去哥斯达黎加住了一年。我住的地方不是美国人集中的退休社区，而是小渔村。风景优美，却无事可做，我整天喝啤酒，在海滩上晒太阳，后来都超重了。那里特别潮湿，我受不了潮热。想想不能这样养老，就在一个国际居住的网站搜索，我把各项居住要求输入后，结果居然是昆卡。"

正说着，一个姑娘走到柜台前，拿着一本挺厚的书。我赶紧对马文说："你先忙你的。"那姑娘十分客气地急促地说了一大串话，马文显然听得云山雾罩。一个戴圆圆眼镜的男生走过来说："你愿意我帮你翻译吗？"马文说好。翻译完了，帮忙翻译的男生突然冒出一句中文："你好"。我问他："你会中文？""一点点。"他说曾在广东佛山学习过，还为一家中国企业工作。男生买了一本英文版《东方艺术》。

顾客离开后，马文继续说道："我来厄瓜多尔，开车转了 10 天，最后到昆卡，觉得比我到过的其他地方更令我满意，就留下来了。"我问："你买了房子吗？""我仍然租房，我租的是两卧两浴，月租 350 美元。"我又问医疗保险，他说："每个月交 76 美元。我在这里换了胯骨，那是我生平唯一的手术。做之前，我好紧张。手术做得非常好，我只要自付 65 美元。""啊！只要付 65 美元！不可思议！""是的！医护人员都很专业，照顾得特别好。""我在此定居两年，很喜欢。如果你想搬来定居，就搬来吧，这里有 1 200 个美国人，讲英语的群体大概有 5 000 人。你不会后悔的。"

告辞马文，我继续在老城逛着。突然听到有人讲英文，一看是一对男女。那女士抱着一束鲜花，男士提着印着"有机食品（Whole foods）"的袋子，袋里装满了新鲜蔬菜。我指着袋子说"whole foods"。男士立刻接话："美国来的？"女人热情地做了自我介绍："吉姆和詹妮弗，来自旧金山，退休定居在此。"我请吉姆写下联系方式，他说："我提前退休，患有帕金森，写不了，只能口述。"一个不到退休年龄的帕金森患者，如果生活在美国，医保会有多贵啊！看我写下电邮，吉姆说："我家就在旁边的楼上，你愿意的话，可以来我家坐坐。"我当然愿意啦。

这是一座依地势而建的二层楼，天井里种满各种植物。吉姆的家两卧两浴，装修和家具简单，美观大方。詹妮弗说："这公寓位于老城，背靠河，位置很理想。"詹妮弗带着我们在楼下参观，吉姆已在楼上，跟随着音响唱起歌来，那首歌是披头士的《昨天》（Yesterday）。我们上到二层后，吉姆已经放好了蔬果，鲜花插在瓶子里。我问："这里出去旅行可方便？""只有去基多的班机，但班次不少，飞去基多 45 分钟，但老年人的机票飞任何地方都打对折。我们每 3 个月飞回旧金山看孙子。""有这等好事？""你必须是厄瓜多尔永久居民。"说着，他拿出自己的居民身份证，简单扼要地介绍了一下办证手续。"当地英美人的退休生活很丰富，不需要开车。出租车很便宜，去机场只要 2 块钱，还有公车可以到处走。"当听说我们将

靠近河边的公寓楼

去加拉帕戈斯群岛时，吉姆说他们曾经在那里住过一个月。去那个群岛很贵，我猜他们也是享受老年人折扣吧。最后詹妮弗说："我们隔壁邻居就是博德来的，你如果搬过来定居不会后悔的。"

从丹佛飞往厄瓜多尔的班机上，我遇到一个在厄瓜多尔退休的女人。她住在瓜亚基尔北面的海岸城市曼塔，据她说那是一个村庄，但有欧美人上千，蔬果极为新鲜，当地人特别友善。没想到在群山之中的昆卡又遇到了退休的美国人。听说街上碰到素不相识，我们竟然被邀请去家里做客，哈维说吉姆和詹妮弗真成厄瓜多尔人了。

## 3.

从瓜亚基尔到基多的直线距离只有 258 千米，但在无机动车的年代，骡马要走 2 天，即便有了高速公路，258 千米驾车也要走一天。1895 年，当时的总统埃洛伊·阿尔法罗（Eloy Alfaro）决定将原有的海岸铁路延伸，最终连接基多。但从几乎处于海平面的瓜亚基尔到海拔近 3 000 米的基多，修铁路意味着平均每千米，铁轨都需要上升 10 米！铁路于 1900 年开始修建，其中最具挑战的是昆卡以北大概 170 千米的那一段。那段路被称为"魔鬼鼻子"，虽然只有 12 千米，但地势却直下 500 米。为了修建这条铁路，厄瓜多尔从邻国和哥斯达黎加雇来外籍劳工，修建中还发生过不少人身事故。1908 年 6 月，海岸到高原的铁路终于通车。其后几十年，该铁路是厄瓜多尔运输的主干线。20 世纪 30 年代，德国人玛格丽特·魏特默（Margret Wittmer）到加拉帕戈斯群岛定居，曾乘这趟火车从瓜亚基尔附近到位于昆卡和基多之间的安巴托（Ambato）。后来她在书中写道："在最初的四五个小时里，火车穿过了热带森林。然后开始稳定地爬升至大约 1 500 米，这里的水果和农作物变得不那么热带了，更似温带的欧洲。后来它到达将近 2 400 米的地方，但这样的高度上，却无欧洲那样的永恒降雪。桃子和杏子，香气四溢，数百万朵花摇曳、涌动，天竺葵灿烂。"（《佛罗瑞纳岛：一个女人的加拉帕戈斯群岛朝圣之路》*Floreana: A Woman's Pilgrimage to the Galapagos*）如果我在雨季后乘坐这趟车，沿途该多美啊。然而此地此季却极为干燥。

20 世纪 90 年代后，因修建了高速公路，铁路逐渐衰落，近年仅用于观光。如果全程乘坐大概需要 3 天，但车票奇贵。一般游客都选择住在昆卡，搭车去阿劳西（Alausi）镇，乘车去摸一下"魔鬼鼻子"。

我们一早出发，准备行驶 3 个小时，赶上 11 点发车的观光火车。沿河出了昆卡城，不久就经过阿索格斯（Azogues）。从公路上就能看到密集的民居，一座雄伟的双钟楼教堂屹立城中。昆卡是阿苏耶省的首府，阿索格斯已是卡尼亚尔省的首府。这小国居然有 22 个行政省，估计一个省与美国的郡县大小差不多。我想设立这么多行政区与其地理复杂有关。居住于地理复杂地区的人往往与外界隔绝，自成一体。中央政府对他们没什么影响力，他们对中央政府也无向心力。

一路都在攀山，沿途每一片谷地都住满了人。绿色的山坡上，散落着黄红相间的民居。城镇连着城镇，每个城都有至少一座教堂，而教堂都建在城中的最高处。圣法兰西斯堂、云中圣母堂、朝露圣母堂……就像咱们的观音菩萨，云中或朝露都是圣母玛利亚的不同化身，而不同化身的圣母又有自己的信徒。据说每年 7 月，信众从世界各地赶来朝圣。南美的教堂烟火气比较重，圣母像都很本土化。我在巴西，看到过印第安人打扮的圣母。出租车驾驶座前放着戴土著宽边帽、着披风的圣母，怀中抱着着土著服装的耶稣。

哈维说这里的居民都很虔信，当地有个被保罗二世摸过头顶的孩子被居民视为吉祥物。外子 20 世纪 80 年代在梵蒂冈天文台做学术访问时下榻于教皇夏宫，他曾不止一次见过教皇保罗二世，还和教皇聊过天。哈维听了说："如果当地人知道了，你立刻就会成为明星人物，人们会来争相与你握手。"

汽车继续沿着 35 号公路向北，这条路是泛美公路的一段。西班牙人殖民南美，最初的道路始于哥伦比亚的海滨城市卡塔赫纳，顺着安第斯山高原延展。泛美公路也基于相同的路线，理论上说沿着这条泛美公路一直向北可以到达阿拉斯加。越往山上走，草木就越绿。草地上徜徉着花色不同的牛，农妇在路旁挤奶，铁皮奶罐放在路边，一辆收取鲜奶的车子刚刚驶过，显然每天都有车来收取牛奶。这里的牛显然比养牛场的牛快乐，牛奶味道也更鲜美。沿途的住房大多是红瓦黄墙，景色不输瑞士，看起来居民生活稳定富足。再次经过小镇，哈维指着当地人说："那些土著的祖先公元前 500 年就来此定居，后来被印加帝国征服。他们戴的都是羊毛编织的帽子，不是呢帽。"这一带人手巧，昆卡的木工家具很有名。昆卡周边很多村庄编织草帽，编织草帽的主要原料是龙舌兰，昆卡、阿索格斯等城都有龙舌兰草市场，举世驰名的巴拿马草帽最初产自厄瓜多尔。

在一处山道拐弯处，哈维让司机停下。"这里山谷很美，你看那远处山窝里的雾，都是从太平洋上飘来的水汽，我们前两天从瓜亚基尔来时是上午，这片雾气在那边的山中，然后逐渐向东飘升，等我们下午回去时，它们就飘到这里了，傍晚返程时，我们会遇到浓雾。雾林区无所谓旱季和雨季，几乎每天都有雾气，草木靠雾气滋养。"我记得纳米比亚沙漠里的植被就是靠从海洋飘过来的云雾存活，滋养了羚羊等动物。再往前走，山更高了。过了雾林区，山谷又是一片褐色。

远眺太平洋云雾

还有半小时就到阿劳西，前面却开始堵车。这条路一直车辆稀疏，也许出了事故？车行缓慢，20分钟过去了。哈维跳下车去查看，回来说是阿劳西的民众因不满厄瓜多尔政府正在示威。

以前访问利马和布宜诺斯艾利斯时，我们都遇到过示威游行，却未想到这样偏僻的地方也会遇到示威的民众。虽然对面车道无车，但这边的车仍自觉地不上对面车道。哈维再次下车，回来后告诉司机："我跟前面的警车说了，我们的游客必须赶上11点的火车。警察容许我们开上对面车道。"

即便开了两个车道，车子仍行驶缓慢。哈维不停地打电话，说车站同意等我们10分钟。此时一辆警车冒了出来，闪灯鸣笛快速向前，几辆小车紧跟其后。虽然我们的车子也跟了上去，但终究无法快行。

差5分钟就11点了，哈维说："因为前面的游行示威队伍，车子走不快。唯一的办法是请各位下车，步行穿过游行队伍，坐另外一辆车去火车站。"

我们闻言立刻背上背包，跟着哈维下车。我们在游行队伍中穿行，越往前走，人群越密。游行的人大多是当地土著，男女老少挤满了公路。我一边插空跑着，一边道歉。有些示威者不肯让路，我就绕道。有时示威者又传递信息，特意为我让出空间。我终于走到了游行队伍的最前面，这才看到人们拉着横幅标语，慢慢地跟随着一辆卡车，卡车上坐满人，也都举着标语和彩旗。卡车的前面是一辆同样慢行的警车。

我穿过人群，跑过卡车和警车。一辆旅行车从路旁冒了出来，哈维招呼我快上车。上车不久，其他乘客也逐渐跑到了，但还缺得州来的玛丽。这里海拔高度约2 000米，我跑了一阵就感到气喘，玛丽微胖，会更加困难。

车子慢慢开着，哈维跳下车去找玛丽。眼看游行队伍就要跟上我们的车了，终于看到哈维带着玛丽快步从游行队伍里走出来。气喘吁吁的玛丽一上车，司机就加速向火车站驶去。拐过一道弯，在我们的惊呼中冲下近30度的斜坡。走进车厢，众人才松了一口气。

火车仍在等待，据说载有30人的大巴被阻，无法准时到达。哈维说大概一年前有过类似情况，火车最多等10分钟，此次涉及的人数太多了，不能不等。等了快1个小时了，我对面坐着的两个女生，一会儿拥抱，一会儿亲吻，其中的一个甚至亲吻另一个的双脚。虽然厄瓜多尔已实现同性婚姻合法化，但这种举动仍然相当开放大胆。当地常见的彩虹旗是某个政党的旗帜，并非代表支持同性恋，多少与欧美不同。

列车盘旋而上，山势险峻。在一片灰色和深浅的褐色之中，龙舌兰粗大得两人无法合抱，仙人掌有几米高。它们的生命之顽强，令人叹为观止。在北美的商店里，不需水分的多肉植物作为装饰，大多放在台几上或玻璃小瓶中，在这里，它们的根须长长地垂挂在悬崖绝壁上，个头大过我的手掌。

快到魔鬼鼻子时，山势已成绝壁。往下看，两条铁路迂回。因所经过的山区极为陡峭，魔鬼鼻子这一段不得不采用迂回式轨道。20世纪30年代乘坐列车的魏特默写道："我们爬升得更高，随着火车驶过陡峭的山坡，我们屡次从车窗看到下方的同一风景。有一次火车突然停在悬崖边，然后开始向后冲入山谷。我想会被扔进下面的深渊。它突然停止了，然后又猛地向前移动。如此遽停，前进后退好几次，列车长看到我脸色苍白，解释说一切正常，我们正在经过魔鬼的鼻子。"此时我们的列车也正经过魔鬼鼻子。停止，退后，然后再前进。如此退退进进，进进退退，终于下到谷底。众人纷纷下车与魔鬼鼻子合影留念，不枉此番周折。

荒山野岭中的车站，除了一个大阳台，只有一间大屋。屋内有餐厅，墙上贴了铁路图，图下是对这段铁路的赞美。记得北京八达岭也修过类似的轨道，但好像并未自称"世界上最美妙和最勇敢的工程之一"。那天在飞机上翻看杂志，其中一页将基多殖民前艺术博物馆与卢浮宫、冬宫、纽约现代艺术博物馆并列，我不禁莞尔。

餐厅外，铁道边搭了一个舞台，土著居民在舞台上为游客表演歌舞。游客与当地人共舞，其乐融融。

## 4.

下午 2 点，我们从阿劳西返回昆卡。出发不久，雾气就上来了。初时来来去去，树木房屋时隐时现。偶然，一缕阳光透过雾气，草木碧绿，房屋红瓦黄墙，甚是鲜明。这些房子建得方正结实，露台或镶于屋前或置楼顶，个别的还有门廊，总之都是比较典型的西班牙风格。虽然建得不如美西同类风格的房子精致，但在一个公共洗手间不提供手纸的国家里，这些房子已经相当好了，更何况还是农户。

可是，那些房子总有点不对劲儿。什么地方不对劲儿呢？噢，明白了，它们的窗玻璃反光，就是大城市摩天大楼常见的蓝玻璃。奇怪，大城市装反光玻璃是为了保护隐私，而且面积大形成的反射也颇成一景。这山野居家装这样的玻璃，不但显得窗户很小，而且有点儿贼光四射的感觉。

哈维似乎看出我的好奇，开口说道："这些房子很多主人都在美国，他们汇钱回来建房。你看，那栋建好了，还空着，那边还有一栋，也是这样的。""为什么不回来住？""他们大多是非法移民，不敢出境，也许以后会回来养老。你注意到那些玻璃了吧？当年他们出国时以为纽约是一个国家。到了那个'国家'，看到了摩天大楼的窗玻璃，觉得很新奇，以为那就是时髦。于是在故乡建房就用那种玻璃，不是必要，而是炫耀。"

"美国有多少厄瓜多尔移民，包括非法的？""大概 100 万吧。""啊，这么多呀！我感觉在南美国家中，厄瓜多尔政治比较稳定，经济也比较好，不像另外那几个，怎么会有这么多人往美国跑？""主要是因为 1999—2000 年厄瓜多尔的美元化。"

1999 年之前，厄瓜多尔的货币是苏克雷（Sucre）。在《巴拿马帽子小径》（*Panama Hat Trail*）书中，汤姆·米勒（Tom Miller）提到从昆卡到瓜亚基尔的公共汽车票是 160 万苏克雷，那相当于 3 美金。20 世纪 50 年代，苏克雷对美元的汇率为 15∶1，20 世纪 90 年代初汇率开始大贬，初期为 800∶1，5 年后贬到 3 000∶1，到了 2000 年 1 月则贬为 25 000∶1。为了稳定币值，总统宣布采用美元，废除苏克雷。

"采用美元是正确的，"哈维说，"但美元化的过程中，出了大问题。宣布兑换后，一些人不知道，没有及时兑换，待那些人知道了，银行又不给换了。后来同意兑换，但又只能换成兑换券。兑换券对民众无意义，他们又到银行兑换，这样一来一去，一些人财产被剥夺得只剩原值的 2.5%。全国因此爆发了抗议，人们包围总统府，总统只得乘直升飞机逃跑。那些偷了老百姓钱的银行家都跑到美国去了，跑到美国去的还有因此而破产的老百姓。"那时厄瓜多尔人口刚过千万，也就是说十分之一的人口跑到美国去了，其中大多数成为非法移民。哈维指着一栋低矮石头房子说："之前，大多数人住的就是那种房子。跑到美国后，汇钱回来盖了新房子，现在这房子就当牲口棚或工具间了。"我听着，怎么觉得很像中国福建某些地方啊。但中国大，靠国民外汇仅能振兴地方经济，但到了小国却能振兴整个国家的经济，记得以色列建国时也是靠外汇发展起来的。

哈维又说："我们的医疗、大学教育都免费，实行的是社会主义制度，但和委内瑞拉的那种社会主义制度不同。他们很腐败。""查韦斯最开始执政那些年很好，后来越来越糟，他们的资源是拉美最好的，他还反美，其实即使不赞同美国也没有必要反美，你也没有那样的国力。看看萨尔瓦多，他们也未必赞同美国，但和美国搞好关系，美援不少，老百姓的日子就好过一些。"

南美国家独立后，政治经济仍直接受大国影响。比如英国的债务，美国的联合果品公司在危地马拉的势力。如果考虑到后殖民时代南美各国的内战和国家之间的战争，厄瓜多尔的换币危机已经算是很小的灾难和不幸了。

在路上又走了好一阵，雾气越来越浓。到达印加墙（Ingapirca）时，能见度只有十几米了。在浓雾中，我们走过帝国遗址的仓储，净身处，前方就是太阳门。虽然此地是厄瓜多尔最重要的印加遗址，但建筑规模及其复杂程度根本无法与秘鲁的马丘比丘相比。走过太阳门，登上祭坛。同行的玛丽已先于我们到达祭坛，在某个看不到的地方做特别礼拜。看她的肤色和脸型轮廓，我猜她有印第安人血统。

在印加人到来之前，此地的原住民为卡纳尔（Cañari）人，就是沿途那些戴着白色羊毛编织帽子的土著。印加帝国来后，通过战争与和亲于 16 世纪征服了当地土著，但那时的帝国已是强弩之末。我们走出遗址，透过雾气稍散的瞬间，我看到祭坛之下竟是险峻的深谷。曼陀罗花开得正艳，那花大多数是白色，这里有黄色、红色和橘色。据说这种花有迷幻作用，大概就是咱们说的"拍花子"时使用的迷魂药吧。

回到昆卡已是夜幕低垂。次日清晨，我们从昆卡乘长途汽车翻山越岭返回瓜亚基尔。

记于 2019 年 9 月 28—30 日

印加墙

# 加拉帕戈斯群岛行

2019 年 10 月 1 日，瓜亚基尔、巴尔特拉岛、圣克鲁斯岛、伊莎贝拉岛

凌晨，瓜亚基尔的潮热已经散去。车子在黑暗中行驶，旅馆的司机依然睡眼惺忪。机场里，飞往加拉帕戈斯（Galapagos）群岛的航班还未显示，但已有人在排队等候了。我们的目的地是群岛中最大的岛伊莎贝拉，但岛上不通航班，必须先飞巴尔特拉（Baltra）岛。

虽然加拉帕戈斯群岛属于厄瓜多尔，但从大陆去群岛犹如到另一个国家，手续相当繁杂。轮到我们检查行李了。检查人员并未打开行李，只询问是否有活物带入，远不如新西兰入境的生物检查严格，感觉有点儿走过场。办理登岛手续的窗口仍未打开，队伍越来越长。后面的那些人大多拖家带口，手推车上装满行李，显然都是岛民而非游客。

加拉帕戈斯群岛最早的人类记录是 1535 年，记录者是巴拿马主教弗雷·托马斯·德贝尔兰加（Fray Tomás de Berlanga）。当时他为了调节两个主要殖民者的纠纷，乘船前往秘鲁。他们遭遇了劲风，漂到一座无名岛。乘客纷纷登岸寻找淡水，主教记下岛上所见："海狮、鬣蜥、可驮人的巨龟……还有很多很多的鸟，它们毫无戒心，愚而善，随手即可抓获……"主教绝想不到若非这荒岛，他的日记早被湮没。人类的纠纷与永恒的自然相比真是微不足道。

加拉帕戈斯群岛有几十个岛屿，它们星散于赤道线上下，东西延伸 220 千米，

南北约 430 千米。18 世纪中期，西班牙人、英国人、海盗、渔船登岛或寻找宝藏，或寻求淡水。太平洋激流环绕，雾气弥漫，航行者开始称这群岛为"迷幻岛"。年复一年，岁月漫漫，群岛又变成了"Galápagos"。"Galápagos"到底是什么？是巨龟龟壳？还是南美牛仔的马鞍？或干脆就是模仿马蹄之声？后人考证出那是西班牙古文的陆龟，无论怎样，名称显然与岛上的巨龟有关。虽然厄瓜多尔大陆与群岛相距上千海里，但 20 世纪提出二百海里海洋权之后，群岛归属于厄瓜多尔。归属后，它又有了第三个名字："厄瓜多尔群岛"。我记得属于智利的复活节岛也是一岛三名，但加拉帕戈斯群岛有几十个成员，那就比较复杂了。在达尔文的《小猎犬号航海志》中，圣克里斯托瓦尔的英文名为查塔姆，佛罗瑞纳为查尔斯，伊莎贝拉岛是阿尔伯马尔，而圣地亚哥是詹姆斯。为方便后世阅读，书中必须标出岛名对照。在群岛旅行中，我们常对岛名感到困惑，比如佛罗瑞纳仍被称为圣玛丽亚。

飞行两个半小时后，云层下露出蓝绿色的海洋。一片褐色的土地，由远及近。飞得更低了，只见地面坑坑洼洼，难觅绿色。厄瓜多尔一共有 47 座火山，其中 15 座位于加拉帕戈斯群岛。飞机下方，大地的色彩与样貌都证实岛屿诞生于火山爆发，但按照地球的年龄，它们都很年轻，最年轻的佛罗瑞纳岛诞生于 19 世纪早期。飞机快要着陆了，舷窗外仍看不到住房，唯有风力发电塔透露出人类的痕迹。

从空旷的停机坪走向大厅，风很大！候机室的门楣上写着"联合国教科文第一个世界自然遗产"，字迹已经斑驳。经过类似入关的手续后出站，我一眼就看到了写着自己名字的牌子。举牌的男生，个子挺高，一张憨厚的脸，笑容可掬。他名叫哈维，与我们在昆卡的导游同名。

窗外，掠过灰绿色仙人掌，以及红褐色火山岩土。仙人掌十分高大，树干粗大如乔木。那些刺是仙人掌的叶子，树干生满刺的大多年轻。它们的茎长成圆圆的蒲

岛上典型植物仙人掌

扇状，有些极为对称，好似一对对支棱起的大圆耳朵，不对称的那些又似下垂的铜钱。少雨，大风，几无乔木。枝丫灰白的小树丛生来就弯下腰，准备接受狂风的鞭笞。这个岛比在天空上看到的还要荒凉，飞机场大概是唯一的人类工作却非生活的地方。

海，在远处。一丝蓝色，随着车子前进，那蓝色伸成一条带子，再舒展为一片蓝绿色的绸子。一座孤岩，再一座，这两座都太小了，不能称之为岛。转过一道弯，突然下坡。在仙人掌的耳朵缝里，我看到了船码头。我们要先坐船到圣克鲁斯岛，然后再从那里换船去伊莎贝拉岛。

船员站在甲板上，码头工抛送着行李。行李都被固定在船顶上，乘客鱼贯而入。这些小渡轮人称"水上的士"，一船可载 10 个客人。在靠近码头的海域，盘旋着的海雀笔直地扎着猛子。有时两只同时扎下去，又几乎同时冲出浪花，那一只衔了鱼，另一只落空。两岛隔着一条不宽的海峡，航行不过 10 分钟。到了圣克鲁斯岛码头，船员一个站在船顶，一个站在码头，再次熟练地抛送行李。

初见圣克鲁斯岛，觉得环境植被与巴尔特拉岛类似。随着地势上升，周围变得越来越绿。雾涌了上来，淹没了前方。驶过第一个路牌圣罗莎，我意识到这里不止一个城镇。在群岛中，圣克鲁斯并非最大，但人口最多，大概有 12 000 居民。在它之后，按人口排名依次为圣克里斯托瓦尔（群岛首府）、伊莎贝拉、费尔南迪纳和佛罗瑞纳。游客大约每天 1 000 人，其中 60% 是厄瓜多尔人，外国游客大多来自欧美。群岛相对高的薪酬吸引了本土的人口前来打工，而常住人口据说是在 2 万～3 万。

哈维驾车前行，雾变成了雨，而且越来越大。地势明显升高，草木益发浓密，路旁开放着玻璃翠花，一片又一片的红色、粉色、白色。1 个小时内，我们已历经三种不同的气候带。当地雨季不长，因雨水稀少，诸岛都有类似巴尔特拉岛那样的干旱区（Arid），也有高地海拔区，虽然不过高出 300～600 米，但那里就成为湿润区域（Humid），干旱和湿润区之间还有一个过渡区。不同的地貌，不同的植被，滋养出不同的动物。群岛上的巨龟（都是陆龟）和陆地鸟大多生活在过渡区里。

又行一程，商户住家益发多了。虽然谈不上街道纵横，但也不是全城只有一条街了。此时我们已经穿越了圣克鲁斯岛，抵达岛屿南端的港口城市阿约拉（Ayora）了。

车子开进一条巷子，停在弗兰蒂娜旅馆前。旅馆院内三角梅攀援而上，藤架下砌了一圈儿舒服的座椅。距离开船还有 2 个小时，哈维安排我们在这里休息。他说："我带你们去看看吃饭的地方，我还要去接其他客人。吃完饭，你们在这里等我。"跟着哈维走上街，每过一个街口，他都要指着路牌让我们辨认并记住路线。

城市不大，随便走走，就走到了码头。我差一点踩上一只黑色的鬣蜥（Iguana），它横在路上，毫不躲避。鬣蜥极丑，有人说像史前动物，有人干脆直呼其地狱小鬼。还没定下神，又看到两只鹈鹕蹒跚而行。再一看，原来这里是鱼市。渔人的案板上放着刚打的鱼，前面还有一大筐龙虾。几个顾客排队买鱼，两个渔人忙着切鱼、过秤、收钱。突然，案板后冒出一只尖尖的小脑袋。哇，一只海狮就卧在案板下面，渔人之间！它时不时地抬起头，眯缝着眼睛，翘着小胡子，似乎在祈求着："给我吃一口吧。"我不知哪里的动物与人类如此接近？显然海狮和鹈鹕们都是常客，顾客和渔夫看都不看它们一眼，用相机拍照发出赞叹的都是游客。

走进码头旁的红树林，又看到鹈鹕，它正在睡觉，头埋在翅膀里。放眼望去，树丛高处，对面的树上栖息着好几只鹈鹕。一只加拉帕戈斯鹭（Lava Heron）站在矮树梢上，举手可及。虽是满脸不耐，却也任我随意拍照。

中午，我们去指定的餐馆吃饭。游客包饭简单，就是在肉、鸡或海鲜之间做个

上：码头鱼市场
下：加拉帕戈斯鹭（群岛独有）

选择。我们选了海鲜。端上来两只碗，一小碗米饭，一只更小的碗里是酸橙汁腌海鲜（Cerviche）。虽然海鲜极为新鲜，但从量上看，我以为可以大吃特吃海鲜的想法似乎难以实现。

我们到码头登船。这一带海岸水浅礁石多，大船无法靠岸。我们先乘"水上的士"，然后换乘大船，所谓大船也只能载 30 个乘客。大船在风浪中摇晃驶往伊莎贝拉岛。

达尔文当年探访群岛，也登上过伊莎贝拉岛，那时小猎犬号在海上已经近五年。1831 年 12 月 27 日，英国轮船小猎犬号从德文港启航，船上坐着年轻英俊的达尔文。彼时，他刚从剑桥大学毕业，作为一个粗通博物的学者随船航行。1835 年 9 月，小猎犬号到达加拉帕戈斯群岛。9 月 17 日至 10 月 8 日，达尔文分别登上圣克里斯托瓦尔、佛罗瑞纳、伊莎贝拉和圣地亚哥，历时月余的群岛考察赋予他发现进化论的灵感。达尔文访问之后，因远离大陆，特殊的自然环境，多种珍稀植物，群岛成为全球的"生物进化活的博物馆"，生物等学科的学者经常造访之地。我在大学工作 20 年，几乎每隔两三年，生物系都会组织师生来此。厄瓜多尔真是得了一个宝贝。

风大浪高，这条"大"船一会儿被抛入浪尖，一会儿又重重地被摔至波底。颠簸之中，一些人开始晕船。之前朋友提醒一定要带晕船药，而我又特别容易晕船。我提前服药 2 次，但外子不大会晕船，上船前才服药。颠簸 1 小时后，他开始晕船，而且晕得比较惨。他不仅吐了，而且吐得一塌糊涂。越难过，航程就越长，似乎这条船永远不能靠岸。

航行两个半小时后，终于登上伊莎贝拉岛。这一天好长！从清晨 4 时开始，海、陆、空，我们奔波了整整一天。旅馆门口是一片泻湖，几只火鹤对水顾盼。出旅馆不远就是火鹤保护区，我曾经在墨西哥尤卡坦星石村看过火鹤，更不用说看到过东非大裂谷玛雅拉湖上火鹤织成的粉色云彩，这里的火鹤根本不能与我看到过的相比。

这一晚，我在太平洋深沉的潮音下入眠。

10月2日，伊莎贝拉岛

伊莎贝拉岛窄而长，形如海马。岛上的6座火山分别是"海马"的眼睛、上身、腹部、腿和尾部。当年达尔文乘船绕过伊莎贝拉岛西南端时，因无风无法前行。他站在船上，一缕烟气正从一个巨大火山口顶巅袅袅升起。后来达尔文在塔格斯湾（Tagus Cove）登岸。那个海湾位于岛之西海岸中部，那里的一座火山口之后就以达尔文命名。更早些，印加王图帕克·尤潘基带了大约100人乘筏自埃斯米拉达港出发，数月后返回，他讲了航行中那一串火山岛的故事。显然他经过了加拉帕戈斯群岛，并目睹了某次火山爆发。

6座火山造就了伊莎贝拉岛，如今它的面积为4 500多平方千米。这6座火山中有5座仍是活火山，最高的火山厄瓜多尔和沃尔夫（Wolf）都超过1 600米。沃尔夫于2015年爆发，与前一次爆发相隔了33年。沃尔夫不是"狼"的意思，而是一个德国地理学家的姓。那人来此探查，绘制出第一幅可用的群岛地图。沃尔夫和厄瓜多尔火山都坐落在伊莎贝拉岛的北部，而岛上不到3 000人的居民和旅馆均集中于岛之东南，但2018年位于岛南中心地带的内格拉山脉（Sierra Negra）爆发时，岛民必须疏散。

上：水上的士

下：伊莎贝拉岛上的鬣蜥

虽然群岛距离大陆遥远，但没有智利的复活节岛那么遥远，它也不像复活节岛因太远而缺乏生物的多样性。人类涉足加拉帕戈斯群岛后，那些不知人类险恶的动物或供人取乐，或葬身人腹。19世纪之后，捕鲸船更纷沓而至。20～30年间，航行群岛的捕鲸船竟多达700艘。不过半个世纪，鲸鱼已近绝迹。1865年之后，再无捕鲸船。

群岛上的陆龟个头巨大，行动缓慢，完全无害，也无自卫能力。在航海日记中，达尔文写道："今天完全以龟肉为食，胸甲带肉烤食，像高乔人烤带皮肉一样，滋味颇佳；小龟做汤甚鲜美；其他吃法，则不甚得我胃口。""树林中有许多野猪野羊，然大宗肉食还是来自大龟。"人类捕获巨龟后，除了食用，还用龟油照明，用龟壳做包装物。达尔文也提到："当然，由于不断捕食，它们的数目早已锐减，然人们仍有把握，寻猎两天，就够吃一个礼拜。据说先前曾有一船便载走700只大龟……"200多年来，每条船都捕获几百只巨龟，少数龟肉成为食物，更多的装船运走。叠摞于舱中的巨龟不吃不喝，在长途贩运中仍能存活。短短几十年，多达几百万只巨龟被捕获或被杀害。1846年，佛罗瑞纳岛上的巨龟绝迹。目前群岛上仅剩20 000～25 000只。即便如此，相对于其他地方，因距文明遥远，群岛生态毁坏之程度远逊于大陆。又因诸岛相距甚远，岛上生态得以独立发展，生物进化各异。

除了人类捕杀，鼠类和家畜也是巨龟的天敌。最初命名的14个巨龟物种，目前只余11个了。由于自然孵化巨龟蛋越来越难，伊莎贝拉和圣克鲁斯岛都建立了人工孵化基地。这里的巨龟孵化基地是一座林木扶疏的大庭院，展厅里挂着文字和图片。庭院分成几个园区，园区内树木织成天棚。不同年龄性别的巨龟分住在几个不同园区，其中的一个专门抚养受伤的巨龟。资料介绍，巨龟交配需要2小时。人工的孵化期为110～175天，性别由孵化温度决定，雄龟的孵化温度是28摄氏度，

上：狭路相逢

下：与巨蜥合影

孵化雌龟则提高一摄氏度。幼龟长到 5 岁左右即可放归自然。巨龟不吃不喝可以生存一年，每天 16 个小时都在休息，寿命可达百年。伊莎贝拉岛上的巨龟低着头就能吃到食物，而圣克鲁斯岛上的巨龟觅食需要经常抬头。因长期获得食物方式不同，它们的龟甲形状进化各异。岛上的植物也因巨龟而进化，为了不让动物吃，那些仙人掌的叶子都长在上面，下部皆光秃。

巨龟孵化基地种了一丛丛芋头，绿叶大过蒲扇。饲养员扛着一大捆芋头叶子走进园区，撒在地上。众龟看见了，纷纷爬向食物。一般最先吃到食物的多是雄龟，或者个子大的龟。有些年轻的母龟爬得慢，爬到后，食堂的座位已满，它们就耐心地等着，待前面的龟吃完挪窝后才去吃。

有时两只龟爬着爬着，狭路相逢："你挡我的道儿了。""是你挡了我的道。"僵持一会儿，其中的一只当了缩头乌龟："反正我缩头不动，你能把我怎样。"另一只龟只得绕行。远处的一只龟只是看着众龟吃饭，自己却不挪窝。我正感到奇怪，只见饲养员特意为它撒下青饲料。为何它受如此优待，原来这只雄龟跟十多只雌龟交配过，成为好多只龟宝宝的爸爸。用饲养员的话就是："它最出活儿。"

看过巨龟孵化基地后，我们走过火山岩形成的湖泊和海滩。鬣蜥越来越多了，它们成群地趴在步道上，路牌上写着："请缓慢驾驶，鬣蜥正在过街。"

当年达尔文乘小猎犬号航行时，大多数时间都在晕船。他尽量待在陆地上，因此考察了更多的陆地生物。在《小猎犬号航海志》中，达尔文写道："海边岩石多有黑色巨蜥，体长 1 ~ 1.2 米；山坡上，一种丑陋的黄褐色巨蜥同样常见。后者我们见了很多，有的笨拙地逃开……""它们的四肢和坚硬的爪子，很适合在崎岖熔岩的棱角和裂缝间爬行，海岸到处都是这样的熔岩。"他还写道："钝嘴鬣蜥是蜥蜴的一个显属，仅限于这一群岛。（笔者批：别看我们丑，可是地球上独一无二的呢）"

虽然鬣蜥体型巨大，面目狰狞，但却是素食者。它们即便下海也不捕食鱼虾，只吃一种海藻。达尔文曾切开数只巨蜥的胃，发现它们胀得很大，里面满是磨碎的海草。他说："不记得曾经在潮礁上见过有许多这样的海草，我有理由相信，这种海草生长在海底，离开海岸稍远处。"

达尔文说："鬣蜥共有两个种，彼此大概样子很相像，一种陆栖（黄褐色的那种），一种海栖。"不会游泳的旱蜥怎么会来到岛上呢？据说它们躲在空洞的树干里，全然不知也无法选择地从大陆漂流到此。岛上还有一种独特的粉色鬣蜥，沃尔夫火山爆发时，很多人担心粉色鬣蜥会被灭绝。粉蜥大多住在北部，岛上南北距离大概100千米，虽有公路，但路况不好，多数人乘船去看粉鬣蜥，我觉得粉色的鬣蜥比黑黄色的更加诡异。

我们从海滩进入红树林，树林极密。在枝丫搭起的天棚下穿行着，我大致知道红树林都具有防风固堤的作用，环保意义重大。红树林看似一样，其实分为红、白、黑三种。再向前走就是"哭墙"，那是当年流放犯人的纪念遗址。这些荒岛作为流放地，不仅生活条件极其恶劣，无处可逃，狱方还可为所欲为。他们强迫犯人垒石造墙，唯一的目的就是折磨人。达尔文也曾提到过佛罗瑞纳岛上流放的政治犯。1958 年，伊莎贝拉岛上犯人暴动，导致很多犯人死亡。次年，厄瓜多尔政府关闭"浮动的监狱"。

虽然伊莎贝拉岛地处赤道，但受洪堡凉流（又称秘鲁凉流）影响，全年平均温度为 25 摄氏度。德国学者洪堡于 19 世纪初游历南美，其行程超过 10 000 千米，带回欧洲 3 000 种新物种、60 000 株植物标本。他是现代气候学、植物地理学、地球物理学创始人之一，还提出了等温线、等压线、地形剖面图等。达尔文正是读了洪堡的书才开始自己的科学考察远征。这里提到的洪堡是博物学家亚历山大·洪堡，有别于他哥哥，柏林大学的创始人威廉·洪堡。

与圣克鲁斯岛类似，伊莎贝拉的火山口与沿海沙滩之间的丘陵带处于湿润区和过渡区。虽降雨稀少，依靠雾气滋养，丘陵带林木繁茂，时见藤本植物和兰花。岛上的独特动物包括：不会飞的鸬鹚、巨龟，还有唯一栖息于赤道的企鹅——加拉帕戈斯企鹅。

下午，我们乘船去廷托雷拉（Tintoreras）小岛。船老大说现在浪小，乘客先作浮潜。这是本次旅行第一次浮潜，天暖水温，穿泳衣即可。我踏着礁石下海，慢慢在海上游着。不远处，一只海鬣蜥游得很快，它不时地抬头换气。这一带岩石很多，有些地方风浪比较大，并非最好的浮潜海域，但看到了加拉帕戈斯企鹅。

廷托雷拉面积只有 0.1 平方千米左右，但曲折的海岸线长达 2 千米。海陆交织，岛上铺满了黑色火山岩，岩石的一面被风浪染成白色，有些地方又被风侵蚀成浪花状。我们在火山岩中行走，举目望去，远山朦胧。在灰绿色的海洋和黑白色嶙峋的火山岩之间，走着一队人，那侧影和五颜六色的衣服构成的画面，奇特而美丽。

海岸岩石上橘黄、鲜红、暗红或褐色的螃蟹四处爬着，那是莎莉轻脚蟹（Sally Lightfoot Crab）。名如其蟹，它们跑起来飞快，还能跳跃。我注意到个子越大的颜色越鲜艳，据说大螃蟹不担心被欺负，发情时可以尽显颜色，而无须隐蔽，而那些小的颜色则更接近熔岩。螃蟹是中国人的美食，但这里的人不吃，任其自生自灭。后来听说这些蟹靠吃鬣蜥的死皮为生，想着就有些恶心，难怪人们不吃呢。

走出火山岩，到达海渠之前，一群群鬣蜥又来挡道。小鬣蜥爬在大的身上，密密麻麻，只有当人们走得非常近了，它们才勉强让道。达尔文说这些蜥蜴不懂咬敌人，受到惊吓时只会喷出液体。果然，其中的一只昂起头，两眼圆睁，它愤怒地喷出液体。但液体流量极小，射程很短，毫无伤害力，就是恶心你。

行走火山岩

群岛上最多见的动物——鬣蜥

走到海渠旁，海龟正在从容地游着，灰色的白顶鲨鱼潜藏渠壁的礁石之下。这种鲨鱼又称灰三齿鲨，体长 1.6 米，据说它们很怕热。廷托雷拉犹如厄瓜多尔的缩影，虽然小物种却很丰富。

伊莎贝拉岛的码头上总有几只海狮，有个家伙一直占据着座椅。本来它睡得好好的，游客偏要与之合影。又见一只海狮急急忙忙地追着一个女孩子，它摇头摆尾地跑着，没追上，气得大叫，那叫声像个喜欢抱怨的老头儿。

码头连着主街，主街上除了餐馆就是旅游商店。旅游店的招牌上写满了景点活动和价目，有些附带租赁潜水衣、皮艇、自行车等。这岛上没有现金提款机，几无礼品或百货店，防晒霜之类必须自带。天暗后，到处都是空荡荡的，只有餐馆开门迎客。这里餐馆都比较贵，旅馆的早餐明显不如大陆上的丰富，尽管如此，在旅馆餐厅吃晚饭还是比外面餐馆便宜。岛上的日常生活不容易，基建更难，什么都要海运进来，而且岛周边又难以停靠大船。与大陆相比，岛上建筑和装修都相对原始。当地工资必须与物价匹配，一日游一般都是 100 美金上下，租车出去 1～2 小时大多是 40～50 美金。我们旅馆前台的服务生都来自瓜亚基尔，图的就是当地工资比较高。在瓜亚基尔，我们旅馆的大堂经理来自秘鲁，后来到基多，那里旅馆经理来自哥伦比亚。看得出，这几个国家中，厄瓜多尔相对富足稳定。

10 月 3 日，伊莎贝拉岛

一大早，我们从伊莎贝拉岛坐船出发去孔道（Los Tuneles）。这条船能坐 10 个人，乘客来自东西方各国，导游用英语讲解。

上：我就霸着椅子
下：潜泳成三人

　　驶过一座大约两层楼高的岩礁，船绕礁石行驶。海浪猛烈地冲击着礁石，大群纳斯卡鲣鸟不畏风浪，或站立在礁石上，或在附近飞翔。这些鸟黑尾白身，眼睛周围一片黑色，像是戴了一副面具。这种大型海鸟一般生活在东太平洋上，最早描述和记录它的就是在加拉帕戈斯群岛，记录人是沃尔特·罗斯柴尔德。对，就是那个知名的罗斯柴尔德家族的一员。沃尔特是家族创始人梅耶·阿姆斯洛·罗斯柴尔德的玄孙，罗斯柴尔德第二代男爵。此人不仅纵横英国政治和金融界，还是一位杰出的动物学家。

　　不远处，一艘渔船在海浪中颠簸，护卫舰鸟（Frigate Bird）正绕船飞翔。护卫舰雄鸟发情时，它的喉袋会充气变得很大很红，鼓出下巴不仅吸引雌鸟，也吸引拍摄者。

　　经过一段风浪，小船进入一片宁静的水域，风浪为礁石和灌木阻挡，犹如一座天然泳池。这里就是我们的浮潜地。导游说他会为我们拍摄照片和录像，众人跟随他纷纷跳入水中。我担心水凉，租了长袖潜水衣，不想穿这样的衣服挺麻烦。我最后一个下水，快速游向队伍。在岩石边，导游逐个帮助队员沉入海底。啊，看到了白顶鲨鱼。与其堂表亲不同，这种鲨鱼不会伤害人类。一只海龟在我身边慢慢游过，导游正在拍摄，又一只游了过来。还没回过神来，对面又游来一只。虽然它挺优雅地，不紧不慢地游着，但游速比在陆地上爬行快多了，眼看我就要撞上它了，我赶紧向旁边游去，导游推了我一把，这才避免相撞。

　　导游带我游到一处，再次帮我深潜。海底，一只小海马正在海草和礁石间自得其乐地摇摆着。此海所见热带鱼并不比红海或加勒比地区多，但与鲨鱼、海龟、鬣蜥、海狮、海马共泳的经历却极为独特。海龟最可爱，它们在我下面、旁边游啊，游啊，似乎对人类有些好奇，会凑过来看看，而鲨鱼基本不搭理人。后来我拿到浮潜的图片，发现在一张图片里，我的身影出现三次，最上面显然是海面的反射，但左面的那个却不知从何来的，也许是水鬼？

浮潜完上船，船员递过热茶饼干。再次起航，海洋随云彩变换着颜色，黑色、深蓝、明蓝、冰蓝。小船驶过开阔海域，行进在礁石之中。翡翠色的海，绿松石色的海，火山岩浆熔成的黑色礁石，那些石头或成矮桥，或成石洞，一粒种子不经意飘落，在那里长成一棵小树。小船继续在礁石间绕行，景色越来越美。就我所见，这里不仅是群岛最美的风景，也是世间少见的美景。

小船停在岩岸下，缆绳系于巨岩之上，众人攀着软梯踏上陆地。这岛中有岛，岛间由天然石桥相接。孔道形成于火山爆发，彼时熔岩流淌，表层岩浆冷却，但下层的岩浆依然流动，造就了十分独特的岩礁孔、孔道和石桥。岸上岩石间，生长着灰绿色的仙人掌树。一棵树下，卧着一只蓝脚板鲣鸟。仔细看去，才知它正在孵蛋。与之前在海上看到的纳斯卡鲣鸟相比，它们的个头较小，羽翅尾部为咖啡色，只有眼睛仍然是黑眼圈。这鸟发情交配时，脚板会变成蓝色。尽管这种鸟和大陆巨龟都是群岛的招牌，我已在图片上看过，但那脚板的色彩很不真实。最初看到时，我还以为是塑料制品呢！

蓝脚板儿求爱时会跳舞，唱的是"亮亮蓝脚板儿"。唱过后，雄鸟衔着一个小小树枝，对雌鸟继续唱："献给你，我的爱，我们一起建设家园，生养宝宝吧！"雌鸟回应："再亮亮你的脚板儿吧！""哒哒，哒哒！看我的蓝色，我年轻雄壮，比那有深蓝色脚板的家伙更优生。""终生相守啊？""一定的！"没有钻戒，只有蓝脚板和树枝，求婚成功，继而白首不渝。

傍晚时分，我们自己雇车去看伊莎贝拉岛。经过高地、丘陵、火山熔岩洞，最后来到坎波·杜罗（Campo Duro）生态旅馆。这生态旅馆分成不同的园区，种植不

孔道美景两图

蓝脚板鲣鸟两图

同的作物。小路在椰林、芭蕉和橘树间穿行，绿茵茵的草地边搭着帐篷供游客宿营。原木棚里，火塘冒出青烟。走过果实累累却无人采摘的橘林，又见结了果的木瓜树，在扶桑花搭起的花架旁，司机以口哨呼唤着达尔文雀。

厄瓜多尔地处热带，物产丰富，火山区更是土地肥沃。农牧产品为厄瓜多尔最大宗的出口商品。我们曾在瓜亚基尔附近参观可可种植园，从瓜亚基尔到昆卡沿途，水田、香蕉林、可可种植园延绵。但所有农作物都需要人工播种和维护，特别是在少雨的群岛上。引水灌溉，烧荒整地，与祸害作物的老鼠、野生动物争食……近百年来，人们一直试图在佛罗瑞纳岛上种植烟草、咖啡、柠檬和柑橘，但多以失败告终。即便是人口多、面积较大的岛屿，我仅看到住房周围种了农作物和果树，这大概也是岛上食品昂贵的主要原因吧？

离开生态旅馆之后，我们又去一处观景台，观看海岛日落场景。我们走过西西里岛上的埃特纳火山，看过距离大陆最远的复活节岛上那个与太平洋仅隔火山壁的大火山口，这次就不打算再走火山口了。

晚上回到旅馆，外子有点儿不舒服，我让他去看医生，但他怕麻烦，不想去看。旅馆的小姑娘安卓亚得知后问为什么不去看看。我问她看医生需要多少钱，她答不要钱，然后主动带我们去诊所。

还不到 7 点，天已经完全黑了。走到巷口，一个小食摊还亮着灯。摊贩守着一个很小的玻璃箱子，里面放着些糕饼，不知谁会来买。黑暗中，涛声阵阵，这是岛上最常听到的声音。在海风和涛声中，安卓亚带着我们走上一段残疾人通道，来到一扇铁门前。这里没有任何医院的标志，看着像是一间仓库。敲了几下，立刻有人来应门。一个女医生一个女护士，一张书桌一张病床。女医生很和气，英文讲得非常好。护士测完体温，医生开始问诊。反复确认症状后，女医生说问题不大。她一

上：岛上女医生

下：达尔文雀族

再强调这里医疗条件有限，化验检查都要送到圣克鲁斯岛。虽然她的诊断与外子自诊吻合，但也让我们放下心。女医生说厄瓜多尔实行全民健保，医学院学生毕业后必须为社区服务一年，她很幸运被分到伊莎贝拉岛。这种社区服务大多是去偏远地区，猜想也是半义务性质。

10 月 4 日，伊莎贝拉岛、圣克鲁斯岛

清晨 5 点，我们来到码头，乘船前往圣克鲁斯。又是难熬的两个多小时，幸亏提前服用了晕船药。

邻座的一对母女以前见过，在这里遇到一次以上就算熟人了。妈妈看着至少 70 岁，要用拐杖助行，女儿 50 多岁，带了很大的旅行箱。聊天中，得知她们来自加拿大，今天要飞基多。基多正有大示威，出机场的高速公路被堵。她们的下一站是亚马孙雨林，很是担心。我想 3 天后也要去基多，麻烦应该都过去了吧。

船到圣克鲁斯，哈维来接。走出码头，穿过绿地，一排出租车正在等待。岛上的出租车都是小型卡车，座舱可坐四个人。岛不大，商业旅游区集中，到任何地方都是 1 元 5 角。车子将我们送到弗兰蒂娜旅馆，先吃早餐，餐后即去参观达尔文工作站，这可是外子一直念叨着要去的地方。

这位导游看起来年过 70，小个子，黑黑瘦瘦，典型岛人模样。他的知识丰富，但太啰嗦了。很多信息于我是老生常谈，但又不好表示出来，只能假装感兴趣地听着。也许是他的话太多，很多都记不住了，只记得路边一株矮树，用手去摸它的叶子，手指留香。导游说以前这里的龙虾非常便宜，但随着游客增加，现在已经贵得

吃不起了。岛上的东西确实贵，后来去一家咖啡馆吃巧克力慕斯，非常非常好吃，但价格比美国贵了一倍，也再次证明我那"可以大吃特吃海鲜"的愿望难以实现了。

达尔文工作站有一座展厅，展厅里最知名的展品是一只名为孤独乔治（Lonesome George）的巨龟标本。据说，孤独乔治生卒年约1910年—2012年6月24日，1971年被发现，2012年被确认死亡。它是平塔岛象龟（学名：Geochelonenigra Abingdoni）中已知的最后一只。该亚种属于生活在加拉帕戈斯群岛的大陆巨龟的11个亚种之一，也是世界上最稀有的动物之一。

原来以为工作站会有更多的达尔文介绍和更多的科学研究，但参观完毕，多少有些失望。其实达尔文从未登临圣克鲁斯岛，工作站不过是借用他的大名。庭院里总算还有一尊他年轻时的铜雕，供来访者合影留念。

岛上常见的莺雀（Finch）是生活在陆地的鸟，别看它们小小的，长相普通，但名气却挺大。在加拉帕戈斯鸟志上，这些被称为"达尔文雀族"的鸟又细分为13种。4种大地雀、2种仙人掌雀、1种素食雀，还有树雀、红木林雀、啄木鸟雀和莺雀。这些雀种间最明显的区别是喙部的形状和大小各异。当然鸟志上说得轻巧，对我而言实地辨认几乎是不可能完成的任务。

既然称为达尔文雀，自然与达尔文有关。在《小猎犬号航海志》中，达尔文做了图文讲解："其喙的尺度……地雀一属中，最大的喙见图一，最小的见图三；然其间不止有一个中间种……其喙大小呈难以觉察的梯度变化……看到这一梯度变化，看到一个彼此近缘的亚组的鸟类，其喙的构造呈现如此多样性，我不禁想，由于这一群岛上原生鸟类稀少，所以，或许只有一种雀科鸟，据以分演，而适应于各种目的了……"也就是说："它们之所以会这样，是因为它们通过适应不同的小生态环境发生了进化。于是，有一些发展出能够打开种子的鸟喙，其他的则发展出吃虫的喙，还有一些发展出从植物吸食花蜜的喙。比之各别创造说，进化论提供了远为简约的解释。"（詹姆斯·沃森的代序）。总之，这些小鸟在某种程度上促使达尔文产生了生物进化的思想。达尔文之后，生物学家大卫·拉克（David Lack）、彼得·格兰特（Peter R. Grant）等继续探查研究后，达尔文雀才真正被视为进化生物学中，尤其是适应辐射（adaptive radiation）的经典例证。

下午，我们去圣克鲁斯岛海湾游玩。第一站小船停靠在蓬塔卡马尼奥岛（Punta Camaño Isle），旅客可在此浮潜或上岛走走。我们走过岩壁间的冰蓝湖水，穿过巨型仙人掌林，当心着不要踩到巨型鬣蜥。最后，我们来到拉斯格里塔斯（Las Grietas）。西语"Las Grietas"的意思是岩缝，其实这是一条宽七米、长百米的小河，两岸都是峭壁，年轻人从峭壁上跳入河中，欢声笑语不断。若不跳入拉斯格里塔斯游泳，可沿着步道走到河之顶端。斜阳下，背着光，那些巨型仙人掌状如摇钱树，那铜钱上一根根的刺竟有几分玲珑剔透。站在高处，自仙人掌树丛中眺望，绿色海岸，灰蓝色的海，再一层绿色，再一片海，但那片海的颜色已经变成翠蓝。白色的游轮，白色的帆，这一切之外，灰色大地延伸至云雾，隐约见山。那些灰色的山不知何时又会火焰冲天。

海湾游时，我们在船上遇到一家人。爸妈、三个女儿，她们目前住在利马。我和妈妈露丝聊天："你家老大像妈妈，老二像爸爸。"露丝问："老三长得像谁？"我对着她的耳朵悄声说："老三最漂亮！"露丝大笑，也耳语道："亲戚们也是这么说。"孩子她爸很照顾女儿，二女儿游泳回来，他帮忙擦身擦脚，揩鼻涕。爸爸将近1米9，大女儿11岁，个子已近1米7了。没想到露丝的祖父是广东人，她说祖父名叫"戴国忠"。

在秘鲁时，我听说过广东人19世纪到那里当劳工。秘鲁海鸟粪资源丰富，因大量出口到欧洲而一度极其繁荣，中国劳工就是去挖鸟粪，那是最苦的活儿。听露丝说起自己的中国血统，女儿们纷纷玩笑地比划出妈妈细长的眼睛，爸爸说："我就喜欢妈妈的眼睛，她好美！"大女儿很开朗，时不时地管着妹妹。她英语说得很好，告诉我她在墨西哥上学时学的美式英语，回秘鲁学的是英式英语。南美人热情开朗，分别时露丝主动过来拥抱亲吻，每个人都给我一个大熊抱。我为他们拍了全家合影，在给露丝电邮照片时，顺手写了简繁两种"戴国忠"。露丝回信说小时候上中文学校，她祖父的姓就是这样写的。从电邮里，我看到她的姓是"Tay Wo Chong"，猜想是广东话发音。

傍晚，我们从旅馆步行到码头。在步行街上，一群女孩子在跳健身舞。入夜后，岛民和游客围成一圈，观看土著舞蹈。跳舞的都是女孩子，舞蹈语汇与劳动有关，纺线、织布、打谷、洗衣，我们在昆卡附近的"魔鬼鼻子"火车站也看过类似的表演，但这里的姑娘美得多。


10 月 5 日，圣塔菲岛


圣塔菲是我们跳的最后一个岛，主要活动是浮潜。这只游艇是跳岛中设备最齐全的船，底层有淋浴间和卧室，中层为厨房。导游的英文也最流利，说话的样子最霸气。同船的有来自上海的一家三口人，爸妈和女儿，父母是我这个岁数。他们自带潜水服和水下摄影器材，显然是浮潜老手。

圣塔菲位于圣克鲁斯岛东南，出海时天气不错，我爬到最高层，极目远眺，任海风吹拂。据说需要行船 45 分钟，但实际航行一个半小时，最后的半个小时，我

圣克鲁斯岛四图

上：露丝一家其乐融融

下：圣塔菲岛海上一景

开始晕船。

　　游艇放慢速度，终于在一片石头山旁抛锚。仍然是一片不毛的山，山顶长了仙人掌。此时云彩上来了，海水发黑。在这一点儿都不诱人的时刻，导游已在招呼乘客下水浮潜了。小船荡着，我晕晕地下了水，好冷啊！又向前游了一会儿，这水是这几天浮潜中最冷的，天气也最不好。我不怕冷，知道游一会儿就不冷了，但还是觉得头晕，好像不仅晕船，而且晕水。上了年纪还是保守点儿吧，我转身向游艇游去。上船后就直奔洗手间，幸亏有洗手间，我得以上下里外清理干净。上海爸爸上船后也开始呕吐，他比较皮实，吐完谈笑风生，不耽误吃喝。他们的女儿到底是年轻，最后一个上船。她说与海狮共泳。以往船上都是简餐，而这次端出鸡肉米饭，可惜晕船让我胃口全无。

　　再次开船，太阳出来了，大海真美。这一带海水极为清澈，停船处，海龟和热带鱼或围船游动或在船下钻进钻出。海狮卧在岸边岩石上，一只，或者一家子，那一家子的孩子还很小，躲在爸妈身后。加拉帕戈斯群岛的海狮主要是 Sea Lion 和 Fur Seal，中文都是海狮，但英文是两个词。它们都是海洋哺乳动物，皮毛黑或深褐。Sea Lion 个头比较大，叫声也大，耳朵虽小却竖起。它们在陆地上行走，大脚蹼吧嗒嗒。Seal 较小，脚蹼也小，陆地行走要靠肚皮帮忙。一岩壁上卧着一只很小的海狮，一船人靠过去，对着它拍照。它被惹烦了，扭扭搭搭地向更高处爬去。一只海狮跳下水，另一只紧追，到了水里，那个利索和灵活，简直是判若两狮。

　　圣塔菲岛是无人岛，我们乘坐皮艇靠近沙滩后，被容许湿着陆（wet landing）2分钟。黑色的海狮躺在金色的沙滩上，晒太阳的海狮中趴着一只海龟。一只海狮好奇地扭到海龟的前面，似乎是查看着，也许是交谈？再上船，皮艇陷入沙中，导游下船去推，船员打了几次火，终于开动。

上：圣塔菲岛海滩

中：合影

下：龟的节律

10 月 6 日，圣克鲁斯岛

今天我们要离开加拉帕戈斯群岛，班机定在下午。

前几天，我们只在陆龟孵化基地看到巨龟，觉得有些遗憾，也有些奇怪，难道野外巨龟真是难得一见？来过此地的朋友特地提醒我要去野外看龟。我们请哈维帮忙雇司机，带我们去高地看巨龟，然后直接去机场。

汽车沿着穿越全岛的公路行驶，再次看到浓密的雾林，再次看到一片片盛开的玻璃翠。在圣罗莎附近，车子离开主路，沿着一条土路行驶。路旁的树搭起了天棚，天棚下，走来一群花脸牛。它们走到车前，停下来，好奇地向车窗里观望，看够了才绕开继续前行。平坦的红土路一直通向远方，突然，我看到路中央趴着一只巨龟。我们兴奋地下车与之合影，这还是第一次在野外看到巨龟。

土路尽头，就见"查托牧场（El Chato Ranch）"巨龟保护地。大棚子内展示巨龟壳，司机钻进壳里给我们演示。语言虽然不通，但完全明白他的意思。仔细看，雌雄龟的龟甲不同，雄龟的肚下的龟甲进化成向内凸起，使之得以稳稳地趴在母龟背上做爱——进化论的又一生动例证。

藤蔓低垂，林木深深，白鹭翻飞。树林下，草地上，池塘里，匍匐着几百只巨龟，非常驯顺地让我们接近。看来它们的阅历比我们深多了，早已看透春花秋月，历尽枯荣兴衰，完全没了火气。

与诸多巨龟合影留念后，司机带我们去看一对火山口。事先根本没有这个计划，真令人惊喜。火山口内草木茂盛，几乎长成地下森林。

司机送我们过海到达巴尔特拉岛，看着我们乘上机场大巴，他才挥手告别。无论语言能否交流，岛上遇到的厄瓜多尔人无不亲切淳朴，言谈举止都透出内心的善良。

飞机正在升空，我们告别加拉帕戈斯群岛，飞往基多。

# 后记

我们在伊莎贝拉岛住了3晚，圣克鲁斯岛2晚。5天中，我们一共访问了5~6个大小岛屿，看到巨龟、企鹅、海狮、蓝脚板鲣鸟、鬣蜥、白顶鲨、达尔文雀、鹈鹕、加拉帕戈斯鹭、海马等，其中一些物种是岛上独有的，还与海龟、鬣蜥等共泳。景色最美的是伊莎贝岛孔道的火山岩浆区，那一天的活动也最丰富多彩。如果有机会再来，我会选择浮潜一次，去西摩（Seymour）岛看鸟，在高地上走更多的步道，了解更多的植物。

达尔文曾登上圣克里斯托瓦、佛罗瑞纳、伊莎贝拉和圣地亚哥四个岛。此次我只去了伊莎贝拉，其他3个岛也值得造访。

圣克里斯托瓦尔是群岛首府。佛罗瑞纳岛上有比较多的人类生活历史。《佛罗瑞纳岛：一个女人的加拉帕戈斯群岛朝圣之路》(*Floreana: A Woman's Pilgrimage to the Galapagos*) 是目前我能找到的有关著作。该书的作者德国人玛格丽特·魏特默 (Margret Wittmer) 1932 年随夫来到佛罗瑞纳岛。她在岛上生了两个孩子，种地盖房。在很长一段时间，她们家是岛上唯一的常住居民。刚上岛不久，她们住在洞穴里。一天，她们正在洞口休息，突然看到伊莎贝拉岛上的火，原来是火山爆发了！第二次世界大战期间，群岛虽远离大陆，但仍能感到战争余波。罗斯福总统乘坐休斯顿号军舰驶往群岛，计划停泊在佛罗瑞纳岛的邮局湾。总统亲笔致信玛格丽特，告知带来两箱日用品，但只能停留两个小时，希望她前来相见。上岛 68 年中，玛格丽特只回过两次德国。她在岛上一直住到 2000 年去世，享年 96 岁。目前玛格丽特的后代仍在经营着她所建的房屋，但似乎已经败落。

圣地亚哥岛上有一些石窟，可以在那里与海狮共泳。听去过的人说因为不是开阔海面，游泳时会与海狮碰触，它们会搔你的脚。虽然海狮是非常温和的动物，但也不喜欢与人类处于太小的空间里，如果搔得太重则会受伤。另外还听说白顶鲨鱼集体到达尔文岛产卵的奇观，但只有坐游轮才可能看到。游轮奇贵，这也是大多数游客选择跳岛的主要原因。即便是跳岛，套餐的费用基本上是每人每天 300 美元。如果有下次，我会直接飞到岛上，住下来再定旅游活动，至少便宜 1/3。

因为年龄，也因距离遥远，加拉帕戈斯群岛之行于我们不算轻松。此次旅行所见虽不能完全与 20 年前在东非看动物大迁徙相比，但在我的心目中，加拉帕戈斯群岛永远是生物学的第一圣地。

注：文中所有引文均来自查尔斯·达尔文著，李绍明译《小猎犬号航海志》。

## 附录：我心目中的生物学圣地

在我的心目中，生物学的第一圣地是加拉帕戈斯群岛。英国政府命令菲茨罗伊船长乘贝格尔号环航世界，船长物色一名粗通博物者随行。1831 年达尔文从剑桥大学毕业，由他的老师亨斯洛推荐参加此行。同年 12 月 27 日从德文港启航。1836 年 10 月 2 日返抵英国。其间 1935 年 9 月 16 日至 10 月 20 日造访加拉帕戈斯群岛。这次考察赋予他发现进化论的灵感。

1865 年，奥地利的教父格雷戈尔·孟德尔发表了研究结果，那是关于他在捷克布尔诺的圣托马斯修道院的豌豆实验。这可归纳为遗传学的显性原则、分离定律，以及自由组合定律。他开始进行豌豆实验时，达尔文进化论刚刚问世。在保存至今的孟德尔遗物之中有好几本达尔文的著作，并留有孟德尔的批语。但孟德尔的成果被埋没了35年之久。他和达尔文同代不相遇，殊为可叹！

1944年，薛定谔在爱尔兰都柏林三一学院的讲演结集出版，书名为《生命是什么》。他提出：（1）生命是负熵的非平衡系统。（2）遗传是以密码的形式通过染色体来传递的，而这种密码体现于复杂的化学物质的空间排列。（3）生命体系中存在量子跃迁现象，量子论（态的分立性）制约生命及遗传的稳定性与辐射下的变异。

1953年2月28日，克里克在剑桥的鹰吧宣布，他与詹姆斯·沃森在剑桥大学卡文迪许实验室共同发现了脱氧核糖核酸（DNA）的双螺旋结构。沃森说，他的生涯深受达尔文和薛定谔的影响。

21世纪初，霍金认为，"生命"不必是基于碳，还有一些其他原子，如氮或磷的原子链。总之，生命可以是宇宙中的任何能抵抗熵增背景的可复制自身的系统。薛定谔和霍金以理论物理学家的明晰语言界定了生命的含义。

这四处生物学的圣地，鹰吧距离剑桥国王学院学生宿舍不远。2018年夏天，我到爱尔兰的都柏林三一学院物理系的菲兹杰拉德大楼造访过薛定谔作《生命是什么》讲演的大厅。2019年，我访问了加拉帕戈斯群岛。现在向往的生物学圣地只余捷克布尔诺的圣托马斯修道院了。

记于2019年10月1—6日

薛定谔于1938年移居都柏林，这是他的工作地三一学院菲兹杰拉德大楼

1944年，薛定谔在这里的讲演结集出版，书名为《生命是什么》，作者在2018年6月访问这里，此处被命名为薛定谔大厅

上：剑桥鹰吧

下：1953年8月12日，剑桥大学物理系的克里克致信薛定谔，说明沃森和他深受薛定谔《生命是什么》的影响

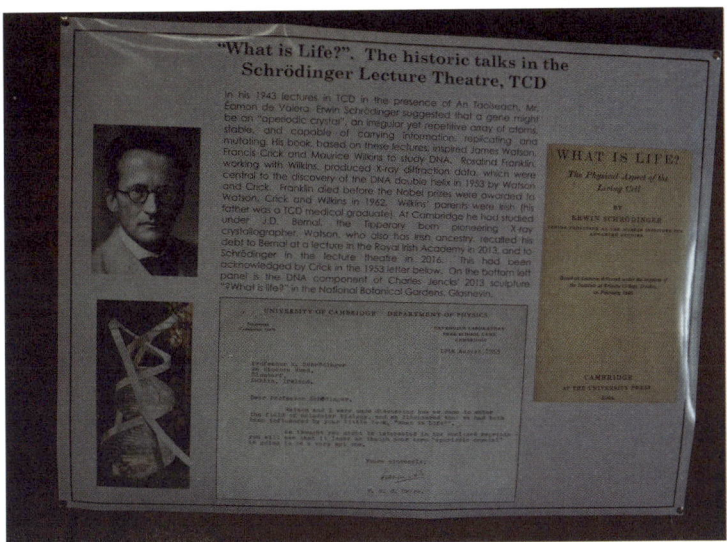

上：1953年2月28日，克里克和沃森在剑桥大学的鹰吧宣布发现DNA的双螺旋结构

下：剑桥大学卡文迪许实验室博物馆的克里克–沃森的DNA双螺旋结构模型

# 赤道之城

2019 年 10 月 7 日

安第斯山脉延展近 9 000 千米，山区最宽达 750 千米，南美大陆因之而宜居地稀少。大陆的农业活动局限于山脉间的洼地、高原和沿海河谷，但高原的气候限制了种植，海滨又因山峦骤然升起极为狭窄。一些山间洼地聚集了大量人口，也成就了好几座为群山包围的高海拔大城市：哥伦比亚的波哥大，玻利维亚的拉巴斯，赤道之国厄瓜多尔的首都基多。

在加拉帕戈斯群岛度过 5 天，我们昨晚 9 点到达基多。夜晚到达此地，人生地不熟，语言又不通，心中难免忐忑。当看到写有名字的牌子，我才放下心。举牌人个子不高，皮肤黝黑，一看就知道他的祖先是印第安人。南美混血人口庞杂，但各国亦有不同。很久以来，由于距离、气候和地形等原因，拉丁美洲西海岸对欧洲移民没有太大吸引力。相对于西半球其他地区，厄瓜多尔、秘鲁、玻利维亚的人口构成基本上保存了殖民初期的样貌。玻利维亚 50% 左右的人是纯正的印第安人，而厄瓜多尔印第安人和白人混血占 90%，白人只有 10%。

我们的司机面相很善，他周到地安顿好一切即向老城驶去。在加拉帕戈斯群岛时，我就听说基多的示威游行。眼前高速公路十分通畅，我不禁庆幸运气不错。公路绕城，斜坡上盆地里灯光犹如繁星闪烁。基多建在皮钦查（Pichincha）火山东坡上，曾是印第安土著的基多国。印加人打败了当地土著，基多成为印加帝国的另一

基多旧城区

个首都，由帝国的一位王子阿塔瓦尔帕统领。西班牙人征服南美期间，带了天花、麻疹等病毒，而印加人对此毫无免疫力。1528 年在位的君主瓦伊纳·卡帕克和皇太子在基多附近突然染病身亡，遗下可能的王位继承者是瓦斯卡尔和阿塔瓦尔帕。这两位王子一嫡一庶，分别住在库斯科和基多，不久就为继位而开始大战。兄弟相残进一步削弱了印加帝国的国力。1532 年 11 月 16 日，西班牙人皮萨罗抓获了得胜不久的阿塔瓦尔帕，印加帝国至此灭亡。

西班牙殖民者彻底摧毁印加帝国后，1534 年塞巴斯蒂安·德·贝拉卡萨尔在基多的废墟上再建城市。最初房屋都建在盆地里，后来沿着山坡逐渐扩展，民居叠次而上，形成南北长东西窄的带状分布，如今近 300 万的居民都挤在周边的坡地上，盆地里唯余老城，而老城的中心成为联合国文化遗产，主要是教堂、广场、政府机构和旅游设施。

一进老城，道路开始弯曲，狭窄陡峭，绕上绕下，有些地方斜度达到 45 度，看司机开车都替他紧张。这里行路难类似埃特纳火山下的小镇，但人口却稠密千百倍。左转右转，终于转到了"仰望天使城堡"宾馆。此时已近深夜。

清晨 4 点，我就听到鸟鸣。这样拥挤的居民区，居然还有那么多鸟！高原的太阳总是非常明亮，走到顶楼去吃早餐。餐厅里，每个窗户都能俯瞰老城。昨晚也是在这里，遇到一对北京来的年轻人，他们本来订了科多帕希（Cotopaxi）火山附近的旅馆，因为示威路不通，临时换来此地。听说原本打算多住几天，但因示威哪里都看不了，决定先去昆卡。此刻圣母像（La Virgen de Quito en El Panecillo）沐浴着朝阳，基多老城一派宁静，哪有示威的迹象？

早餐相当丰富，蛋奶、起司、香肠、水果、咖啡和吐司一应俱全。水果切片，很艺术地摆放在黑色石头平板上，还撒了一些巧克力粒。对我这样快节奏的人而言，这样的早餐又有点儿太"作"了。这个餐厅提供三餐，却没有菜谱。晚餐大致是在肉类和意面之间选择。总体而言，厄瓜多尔的餐厅很少提供蔬菜，好像吃肉才算是一回事。在不熟悉的地方用餐，我秉承选意面总是没错的原则，但南美却不大行得通。我喜欢传统的意大利细面条（Spaghetti），天使发丝或者宽面也行，但这里只有螺旋面或蝴蝶结面。后来我去阿根廷的乌斯怀亚，那里就更奇怪了，他们的意面不搭配肉菜，只放酱料，而且酱料另外收钱。

宾馆门口没有停车处，却有一个不小的后院。走到后院，大树，挂满整面墙的多肉植物，小花园，拾级而上又看到了按摩浴池。在这样土地稀有的地方建一个这样的宾馆，可见主人之富裕。听说主人来自哥伦比亚，他的亲戚安东尼管理日常工作。安东尼中等个儿，肤色介于出租车司机和餐厅服务生之间。厄瓜多尔人口统计中，梅斯蒂索（Mestizo）占绝大多数，所谓梅斯蒂索本来定义为西班牙男人和印第安女人所生的女人，但在厄瓜多尔，我遇到的比较偏欧洲血统的人大都自称为梅斯蒂索。西班牙殖民者曾根据父系母系，非常细致地划分过拉美的人种，简单的例子就是梅斯蒂索男人和西班牙女人生出的孩子就称为卡斯蒂索人（Castizo）。据说之所以细分是因为穆斯林和犹太人都统治过西班牙，他们特别在意血统的纯正，当然现在看那是种族歧视的一种托辞，细分人种已不流行。虽说不流行，但历史的积淀并不会立刻就清除干净。南美一路行来，我观察到大城市里血统与工作也许还有阶层的相关性还是挺高的。一般而言，导游和旅馆领班更偏欧洲血统，而旅馆清扫妇和司机更接近土著印第安人的相貌。

虽然听说了示威，但还存有或许还能在附近走动的侥幸。我问安东尼，他说应该可以去看科多帕希火山。基多城市建在火山走廊上，由此就能看到西面的皮钦查火山上的皑皑白雪。位于基多之南 50 多千米的科多帕希海拔 5 897 米，它是世界最

前面是戒严的历史区

高的活火山之一。除了皮钦查和科多帕希，基多以东的中央山脉（Royal Cordillera），环绕着瓜拉拉班巴（Guayllabamba）山谷，还有辛卡拉瓜（Sincholagua）、安蒂萨纳（Antisana）和卡扬贝（Cayambe）火山，瓜拉拉班巴山谷以西耸立着伊莉妮莎（Illiniza）、阿塔卡佐（Atacazo）和普鲁拉瓦（Pululahua）火山。2002 年 11 月，雷文塔多（Reventador）火山喷发时，这座城市沐浴了火山灰。虽然火山灰也染黑了西西里岛上的城市，但基多是世界上唯一与火山如此贴近的首都。

安东尼循着谷歌开车，他显然对基多不熟悉。我猜他很可能是想自己赚这笔钱，而不为我们叫出租车。从他破碎的英语里，我了解到他来此 2 年。他的故乡是靠近厄瓜多尔的边界城市，他在哥伦比亚时当过警察，工作危险。孩子 1 岁时，孩子的妈离家出走，单亲父亲带孩子很困难，因此来基多为亲戚工作。他吃住都在宾馆，孩子由亲戚照顾。他说与哥伦比亚相比，厄瓜多尔已经很好了。安东尼显然思乡，他播放的都是哥伦比亚的流行歌。实话说，那些歌不怎么好听。

沿环城高速公路出城，我方一片通畅，对方不时地拥堵。看起来一切正常，至少上班族还在进城。出城后，时见有人在高速公路上行走，方向是基多。一些小型卡车上站满了人，飘着旗帜，看起来那些是前往基多示威的。在高速公路休息站稍事休息，我们继续向南行驶。出发已经一个小时了，前方似乎是公路收费站，远处云雾缭绕，显然那里就是山区了。还没来得及高兴，我又看到前方停着几辆车。再往前看，路已经封了。人们纷纷下车向警察打听，结果是任何一条去火山的大路都因示威封了。能不能抄小路去？安东尼去问警察，答案是否定的。

我说那就转道去赤道纪念碑吧，行不久又见路障，路也封了。总不能回旅馆坐困愁城吧？只好去艺术家瓜亚三明（Oswaldo Guaysamin）的故居。

虽然瓜亚三明是厄瓜多尔第一大艺术家，但在昨天之前，我从未听说过。车子

上：瓜亚三明故居雕塑

中：展厅

下：从瓜亚三明的故居看基多

向西北开去，沿着小街层层向上。住宅密集，偶然一处稍宽的街上建有六七层高的楼房，这是我在基多老城区第一次见到这样现代的楼房。大约半小时后，车子停在一条街的尽头。这里地势已高，显然是很富裕的社区。前方森林郁郁葱葱，再往上走就是基多森林公园（Pargu Metropolitano）。

沿着灰砖甬道走进纪念馆，先看到瓜亚三明的大幅画像。大型印第安人木雕，抽象派的铜雕。灰墙，灰塔。最初，我以为那都是灰砖砌的，仔细看才发现那是灰色的小石头，基多街道铺的就是类似的鹅卵石。灰色的长方形的墙，巨大的方体上是圆锥形的塔顶。白云就在这方灰色小广场的尽头，原来这里是展览馆的顶层，在此可以俯瞰基多城。

展览大厅入门不大且暗，进去后才发现气势恢宏。展览大厅名为"人之庙宇"，它于2002年建成，那时画家已去世三年。目前画家的基金会收藏了2 000件前哥伦比亚时期的艺术品，500件殖民时代的艺术品，250件现代作品（其中包括他自己的作品）。

墙上挂着画家的巨幅画作，他的画受毕加索影响，但表现的是痛苦。痛苦的面孔，扭曲的身体，骨节粗大的残肢，错搭或变形，但都是色调阴沉。卧倒的牛，委屈又惊恐地睁大眼睛，一只张牙舞爪的公鸡正扑上去，似乎是虎落平阳。展厅中心光线稍亮，唯一的自然光来自圆顶上的那扇窗，窗的四周聚集了灰色的人体和骷髅，似乎想从那个窗户里逃出去。此地展出的许多作品来自画家的《愤怒的年代》，表现战争、酷刑、冲突和痛苦。即便表现温柔和亲情，他的画作也没有微笑。家庭成员交织在一起，紧密也痛苦。太多的家庭爱恨交加，我看到的不是爱恨而是扭曲、麻木和无助。很多人创作灵感来自痛苦，但并非痛苦产生的灵感一定要表现痛苦。我不喜欢这样的画。

　　艺术家的故居为典型的西班牙风格，一池清水将故居衬托得更为洁白。屋内屋外，艺术家收藏了大量的艺术品，一些老轿车据说是为了纪念他父亲作为出租车司机的人生。除了各种画作，屋内摆满了前哥伦布时代和殖民时代的艺术品，那些殖民时代的艺术品大多与宗教有关，而艺术家本人是无神论者。我觉得住在这些收藏里，肯定会做噩梦。

　　瓜亚三明父亲是当地土著，开出租车勉强为生。母亲是土著与欧洲人混血，家中有 10 个孩子。他于 1919 年出生，几乎无法完成小学教育，但显示出卓越的艺术才华。14 岁那年，他进入基多艺术学校，并成为该校最杰出的学生。他的创作灵感主要来自厄瓜多尔社会的贫困和不公正。21 岁时，瓜亚三明得到若干艺术奖，并引起了纳尔逊·洛克菲勒（美国知名富商，做过美国副总统）的注意。通过洛克菲勒，他的画卖到美国，其后他得以在美国旅行和世界旅行。

　　不必说，画家越来越富有。几乎不用问，拉美国家的知名文学艺术家都是左派。瓜亚三明一边过着奢侈的生活，一边痛惜着穷人。他支持卡斯特罗的革命，与聂鲁达（Pablo Neruda）和迭戈·里维拉（Diego Rivera）是好友，其中一幅画就是题献给聂鲁达的。这样的艺术家感情生活也几乎可以断定丰富多彩，瓜亚三明有过 5 次婚姻。故居里挂着他与所有重要人物的合影，这些人物包括尼克松、卡斯特罗等。

　　瓜亚三明收集的艺术品都藏于室内，只有土著提瓜（Tigua）人的画作挂在户外的走廊里。那是游客很容易忽略的地方，似乎他潜意识里忽略了那些和他一样的土著艺术家。他一生的画作和政治生活都在呼吁消除阶级差异和不公正，然而他的成功和富有又与不公正的资本主义无法分开。

瓜亚三明故居二景

2019 年 10 月 8 日

昨夜警笛不断，直升机一直在夜空盘旋。今早还算太平，除了卖食品的小店，也有若干小店放下了门板。居民商户走出门，开始打扫昨晚示威者留下的痕迹。砖头、碎瓶子、废纸……一些路口仍有焚烧过的痕迹，但看着不是特别糟糕。我决定出门走走。

理论上，从旅馆走到老城的历史区只需 9 分钟，但路极陡。上坡费力，下坡更要仔细小心。基多地处赤道高原（海拔近 3 000 米），年平均温差只有 1 摄氏度。看未来 10 天的天气预报，气温几乎恒定。虽然今天的最高气温只有 17～18 摄氏度，干爽舒适，但走走停停，仍会出汗。

走到大约距离历史区 6 个街口时，就走不过去了。我们不甘心，又走到国家大教堂（The Basilica del Voto Nacional）前，准备打车再去赤道纪念碑。对街的小店门口站着几个人，打着手势让我们离开。他们显然担心我们听不懂西语，差遣了一个小伙子跑过来。那个孩子确定我们会说英语后，就拿出手机，将西语翻译成英语："你们回到旅馆去吧，这里危险，有人会抢游客。今天哪儿都不通行。"我明白哪儿都不通行的含义是指游客想去的那些地方。可是示威已经好几天了，听说过示威民众封路，焚烧轮胎树枝，用石块与警察对峙，但未听说抢游客，当然街头运动难保不失控。

回旅馆，走过国家大教堂，它居然开放！

教堂收门票，礼拜堂空无一人。攀着楼梯走上去，经过很美的大花窗。这座教堂极其宏伟，已经建了近百年，但仍未完工，一种说法是一旦完工就是世界末日。我们在阳台上俯瞰城区，眺望远山。屋顶的小礼品店已经开门，店主说只有历史区中心和总统官邸仍然封闭，以免示威者进入。他还说昨晚总统已经坐直升飞机离开基多，去

国家大教堂

瓜亚基尔了。我想总统离开了，示威者该会离去了吧？下午再次去历史区，没想到仍有民众聚集，个别路口还有人在焚烧。看起来，很多人是远道而来，因为示威公交瘫痪，他们无法离开。历史区里店铺都大门紧锁，有些上了门板，小摊趁机做生意，但小吃总不能填饱肚子。唯有一家炸鸡店里挤满人，看起来顾客都是示威者。

在基多这样高低起伏的地方，左邻右舍上下参错。我住的这家宾馆是四星级，当初选择它就是因其距离老城近，景观也好。从酒店看出去，周遭的邻居并非都是中产以上，看看屋顶就知道了。铁皮屋顶散落在红瓦或教堂拱顶尖顶之间，有些还有院子，院子也用铁皮隔断，一看便知是所谓的违章建筑。傍晚某家露台传来孩子或者女人的声音，顺声望去，那也是一家碎砖房，铁皮屋顶。在旅馆附近行走，看到一个姑娘坐在门口，闺房门敞着，里面黑黑的，没有窗户，床边小桌上放满了用品。显然那些铁皮屋的居民大多是来自外地的穷人，又主要是土著印第安人，有点儿类似大陆的农民进城。我 2004 年去巴西，里约的海滩很美，富人大多住在海滩附近，附近山上则是成片的贫民窟。当时感叹里约贫民虽穷，却有好景看。南美各国政府对违章建筑一向比较宽容，看看巴西和厄瓜多尔大城市的贫民窟就知道了。秦晖多次访问南美，曾撰文比较几个国家的贫民窟。在该文中，他提到基多地形特殊，市区位于盆地，西山坡上的"苏克雷公路"与东山坡上的"玻利瓦尔公路"合成的环城高速道居高临下，转一圈可俯瞰环内一百多平方千米主要市区，给人的感觉是基多的确没有什么很大片的富人区与穷人区对照的情境。从古老的教堂和历史建筑，到现代化的市政设施、高层大厦、金融商业楼宇以及高档住宅几乎都与"私搭乱建"型街区混杂分布。

黄昏来临，橘色的晚霞，白色的浮云。老城区里，教堂的燃灯已亮，圣母像下众生芸芸。这是我们在基多的第 3 个晚上，明天就要离开了。

2019 年 10 月 9 日

今天计划去赤道纪念碑和博物馆，然后直接去机场。我们的司机就是接机的那个，他虽然不会讲英文，但会用西语英语翻译语音软件做必要的沟通。赤道纪念碑的西语叫"Mitad del Mundo"，其意为世界的一半，中文翻译成世界中线城。另一处赤道纪念碑位于印尼坤甸。

大概向北行驶了近一个小时，司机停在一处公园门口。我以为就是赤道纪念碑了，下车看到标牌才知此地是普拉霍（Pululahuo）地质保护地。我们以绿色大山谷为背景拍照。

离开普拉霍不久，又来名为"印地酿"的博物馆（Intinan Museum）。这再次出乎我意料，不知是沟通不便还是想给我们一个惊喜，反正我们将自己交给了司机。"印地酿"是印加文明的语言克丘亚语词汇，意思是"太阳之路"。这个博物馆展示的是印第安人部落生活，中心区是赤道标定。当地人在地上画了一条红色的赤道线，放了一块写着"纬度 0 度 0 分 0 秒"的牌子，供游人拍照。然而有人说借助 GPS 的精确测量发现，"印地酿"博物馆不在赤道上，而是位于赤道南侧 30 米左右。博物馆人员演示了下落流水，宣称因受科里奥利力沿顺时针或逆时针方向旋转，就此判断地处赤道之北南。两个实验位置相差不过区区几米。这当然是魔术。在这里的日晷面垂直于地面，只要和赤道面平行就可以当作准确的时钟，此地使用日晷比他处方便得多。

"印地酿"博物馆几乎与赤道纪念碑比邻，想不到赤道纪念碑却因示威关闭，我们只能在门口拍照。从门口看过去，这纪念碑公园面积很大，纪念碑相当宏伟。赤道纪念碑有新旧两座，门口能看到的是旧碑，它落成于 1774 年，位于西经

"印地酿"博物馆

"印地酿"博物馆里的赤道线

赤道纪念碑

78° 27′ 8″和纬度 0°交叉处，大概高 10 米，通体用赭红色花岗岩建成，方柱形的碑身，四周刻有 E、S、O、N，四个表示东、西、南、北的西班牙字母。碑顶是一个石刻地球仪，上面有一条象征赤道的白色中心线，从上至下与碑东西两侧台阶上的白线相连，这条白线把地球分为南北两部分。如果能走上去，双脚分别踏在白线两边，就是同时站在南北两个半球上了。1981 年厄瓜多尔政府决定在此碑附近的埃基诺西亚尔谷再建一座新的赤道纪念碑。新碑落成于 1982 年 8 月 9 日。其外型基本与旧碑相同，但比旧碑大 3 倍。碑里修建了电梯，碑顶设有瞭望台。可惜我们都无缘拜访了。

虽然是半夜的班机，因担心到不了机场，我们离开赤道纪念碑即驶往机场。平时从纪念碑到机场只要 50 分钟，但因示威封路，今天只能绕路。停车询问时，正好有辆车与我们同路，于是结伴前行。

经过一个小镇，路被堵住了。换了一条路，再经过一个小镇，路又走不通了。在南美国家，抗议示威经常发生。即使是在深得人心的前任总统科雷亚执政时，示威也未断绝过。此次长达数月，造成基多瘫痪也近一周了。表面上看，示威的主因是抗议政府取消燃油补贴，致使油价上涨一倍，对低收入民众影响大。但原因相当复杂，各界也评价不一。一些意见是左翼民粹党当权时补贴多，老百姓特别是低收入群体高兴。但如今厄瓜多尔已经是债台高筑，政府早已拿不出钱来补贴。现任总统不得不改变政策，缩减公共开支，偏偏经济开始下行，委内瑞拉来的难民又令当地负担沉重。

示威民众远道而来，在公路上放置了轮胎和树干等，堵住基多周边主要景点的公路。现在他们又堵住了机场周边所有的公路。我们司机向北，绕到山里，驶过陡峭的山岭，湍急的河流，在抗寒又抗风的树下，一个人正在艰难骑行。科多帕希火山突然伫立前方山中。翻山越岭，绕了很多大圈后，又换了几条路，然而每条能走机动车的路都被堵住了。在距离机场不到 20 分钟的地方，车子就是过不去。正在走投无路时，当地人指点我们开上村庄后的一条土路。

绕了 2 小时之后，我们终于到达基多机场。虽然出发前已经说好了价钱，但司机多开了两个小时，回程还要绕路。我问他需要加多少钱，他想了想，不好意思地说："那就加 10 块美金吧。"我多给他 50 美金，他很高兴。我们拥抱道别，此生恐怕无缘再见这个好人了！

记于 2019 年 10 月 6—9 日

# 天之涯，地之角

## *1.*

火地岛（Tierra del Fuego）群岛位于南美大陆之最南端，其中最大的岛称为大火地岛。该岛的东边属于阿根廷，西面属于智利。大火地岛上的乌斯怀亚（Ushuaia）是群岛中最大的城市，也是阿根廷火地岛省的省府。乌斯怀亚之名来自火地土语，意思就是"深海湾"。

当看到乌斯怀亚时，我已在旅途 3 天了。今天的飞行始于昨夜，而那时因班机延误，我们已在达拉斯滞留了一天一夜。飞机在黑夜中，飞过巴拿马运河，穿越赤道线。在智利首都圣地亚哥转机，12 个小时后抵达阿根廷首都。再次起飞后，飞机几乎是贴着大西洋海岸线，现在已飞行了 4 小时。此时白色的云层下，小岛和峡湾似乎随着机翼升降。明亮的白雪，深色的海，乌斯怀亚倚在连绵的雪山下，濒临小猎犬海峡，可谓三面环山一面临水。机翼侧起，湿地和房屋更加清晰。粗看过去，它们与北半球类似，细看却有些不同，大地阴郁的色调透出诡异的神秘，旅行的焦虑也渐渐消散在好奇之中。

风大，云低，虽已是南半球的初夏，但依然寒冷。夜晚 9 点，仍像白日，无须打开车灯。行驶大概 10 分钟，还未仔细看清周遭风景，就已经进入了乌斯怀亚市区。这是一座靠山的城市，笔直的道路倾斜而上，这令我想起另一座南半球的城市——新西兰的皇后城。单行道，经过几个路口，我们转进迪洛魁州长路。在一座

小猎犬海峡上的轮船

楼房前停下，这里就是南太平洋人公寓。门口空无一人，我期盼的管理员还未露面。一个中年人走过，他打着手势问我是不是入住的客人。他领我们进门，一番英语、西语加手势的沟通，才知他不是管理员。得知我们的门牌号后，他又联系了管理员。

虽然入门时费了一点周折，但这个每天50美金的民宿却物超所值。一室一厅，厨房浴室，温馨干净，用品俱全！公寓的洗手间多了一个卫浴设备，不便说那是什么，去过意大利的人都知道。此地的自来水可以喝，水压极大，也许是水源特别充足？

长日黄昏的阳光冲破了乌云，小城不仅温暖而且热闹起来。城里的住宅顺山而建，有些街区以木制阶梯连接。虽然没有厄瓜多尔的基多那么陡，但绝大多数居民仍需要爬坡。我沿着台阶，向海的方向走去。

夕阳照在壁画上，画中的人物大多是原住民。最早在火地岛生活的主要是亚格汉人（Yaghan），俗称火地人，此外还有其他两种土著人。火地人的"乡野是一片乱石滩，险峻的高山和无用的森林；隔着浓雾和无休无止的暴风雨，看到的山林，皆是一派狰狞凄凉。可住的土地，只剩下海滩上的礁石；为了寻找食物，他们被迫迁徙"（达尔文）。这些土人以女人采摘贝类，男人乘独木舟出海猎取海豹为生。偏偏这里气候恶劣，冬天饿极了，他们甚至会先杀食老年妇女。因为狗能捕水獭，狗的生存权优于族中的老妇人。直到19世纪，火地人只有一片水獭皮或一片手帕大的破布勉强遮体。夜里，他们赤身露体地蜷缩在火堆边取暖。麦哲伦驾船经过火地岛北方的入海口，他看到了岛上的点点篝火，于是他将这片土地称为火地岛。孤寂、荒凉、阴郁、远离文明，死气多于生机，这也是我们对火地岛先入之印象。

风又大了，吹散了夕阳投下的那点热气。小花坛里开着蝴蝶花，花儿随风摇曳，颤抖匍匐，看得出它们尽力了。房屋外观大致能看出住户的经济状态，有些特别简朴，仅能遮挡风雨而无余力做一点儿装饰。接近海边，住房条件明显改善，商户和公用建筑也开始多了。放眼看去，这些建筑几乎没有西班牙风格，却与德国或北欧接近。这样的风格一方面是因为气候，另一方面也反映了当地的人口构成。乌斯怀亚的历史类似澳大利亚的塔斯曼岛：土著、瘟疫、淘金热，因地处偏远，环境恶劣，这里也曾是流放地和监狱。虽然一度因距离、孤立和气候阻止了欧洲移民，但目前看白人还是占了多数。令人不解的是那些火地人怎会选择住在这样悲惨的地方，而那些白人又有怎样的移民故事？

自麦哲伦驶过火地岛后，19 世纪上半叶，英国皇家海军的小猎犬舰首次进行环球考察。当他们停泊火地岛时，舰载的一只小船不见了。为了找回小船，船长菲茨罗伊捉了几个火地人当人质。后来他用一只珍珠纽扣买下了 4 个土人，并将他们带回英国。船长计划 4 人受教育后再送回故地，带领土人走向文明世界。在船长的关照下，这 4 人旅途颇为愉快，甚至先于其他船员用餐。船员们也为他们取了英文名字：杰米·纽儿（Jimmy Button，姓的意思就是纽扣）、约克·明斯特、火地·蓝和船·记忆。其中的火地·蓝是女孩，而船·记忆患病死于旅途。

1832 年，达尔文参加了小猎犬号的第二次探察航行。达尔文说："菲茨罗伊船长肯出掌这次航程，主要是为了将几个土人归还故地。"在英国两年间，3 个火地人已基本掌握了英语，火地·蓝更是聪明和气，还会说一些葡萄牙和西班牙语。到达火地岛后，船长备好四条小舟，根据土人的愿望，将他们送回故地。这一行花费了10 天才到达纽儿故土所在的坞里崖（Wollya）海湾。此地异常秀丽平静，似宜于居住，于是三个火地人都愿意留下，同时留下的还有英国人马修斯神父。"全队花了 5天时间，为他们建造了宽敞的棚屋，安放下一应物品，开辟出两处菜园，种下几样蔬菜。"（达尔文）然后船员划着小舟离去，这一天是 1832 年 12 月 28 日。

一个多月后，船员们又回到坞里崖。达尔文记述："见了马修斯神父，听他诉说火地人的种种恶行，菲茨罗伊船长当即决定带他回小猎犬号。""且说我们离开 4 人后，土人开始系统性的抢劫。他们一拨一拨接踵而至。约克和杰米丢失了许多物品，而马修斯丢失了所有物品，唯有藏在地下的东西，没给抢去。"可怜的杰米，连手足都偷他的东西，"毫无疑问，假若我们带他回英国，他会跟我们走的"。"又过了一个多月，舰船最后一次回到坞里崖。四近不见一人，后来听说新近发生了战事……不大一会儿，一只独木舟出现，舟中一人，在掬水洗去脸上的颜料。原来是可怜的杰米——已是消瘦憔悴的野人，长发散乱，赤身露体，只腰间系一方毡布蔽体。"数月之前，杰米还是个胖乎乎的好脾气的年轻人，在船上几乎是人见人爱。据杰米说约克和火地·蓝结为夫妻，并造了一艘大独木舟要回故乡，并说服杰米同去。走到半途，约克趁黑夜卷走了所有财物。达尔文以为杰米遭此变故，一定愿意跟船回到英国。然而他已娶妻，再也不愿离开故乡。

在火地岛的第一个晚上，我们走到超市去。虽然此地居民接近 6 万，但若非旅游旺季，超市不会开到夜间 10 点。今天阿根廷的比索与美金的汇率是 60：1。鸡蛋、牛奶、面包、生菜、番茄、香蕉，再买一只烤鸡。大约因地处遥远、气候严寒，超市里基本食品价格不算便宜。采购之后走回民宿，突然注意到超市隔壁就是墓地。显然随着城市的扩大，早年拓荒者的安息地已被民居和超市包围，几个年轻人抄近路正穿行在往生者之间。回到公寓，拌好沙拉，煮了番茄蛋汤，这是 3 天以来第一顿热饭。看着盘中那只挺大的烤鸡，不由得想作为食物的鸡真是世界上最悲惨的生物。无论哪种宗教，它都不是禁食品，无论天涯海角，不仅能买到烤鸡，而且价格所差不多。

乌斯怀亚城标

## 2.

天上几片薄云，阳光灿烂！沿着海边步道向前走，很快就走到了游客中心。里面挤满了人，问询需要排队。这里无论老少都是一身运动服打扮，好几个人在飞快地敲键盘，显然青年旅舍的网速不够快。轮到我了，接待人员递来地图，耐心地解答问题。中心附近的木屋可订购各种旅游活动，木屋群外，海边上，伫立着乌斯怀亚的城市地图。褐色木牌的正面写了城市名，画了花鸟和城市经典风光，后面贴满了来自世界各地的不干胶图标。

海边步道旁，人们在水泥躺椅上晒太阳。海湾的这一边，连绵雪山，教堂钟楼，德式尖顶屋。海湾的那一边，依然是雪山连绵，不远处泊着一艘游轮。乌斯怀亚是去南极的集散地，我去过南极的好友甚至认出了那艘停泊的游轮。她从澳大利亚来此，乘船的那天风狂雨猛，天气极坏。前面就是南极探险先驱大道，路旁伫立着雕像。可惜碑文都是西班牙文，大致记得先驱是俄国、英国和法国人。

再往前走，看到阿根廷和英国 1982 年的海战纪念碑。阿根廷人称那场战争为马尔维纳斯群岛战争，而英国人称之为福克兰群岛战争。那个群岛距离智利南部海岸大约 500 海里，距离它的主权国英国更远。南美各国独立后，仍有 4 个地区属于原来的宗主国，法属圭亚那，英属福克兰群岛和南乔治岛，还有一个属于挪威的布维岛。这 4 个飞地中只有前两处有永久居民。

1982 年，阿根廷几乎处于经济崩溃的边缘。为了转移国内不满情绪，阿根廷以收回主权为由发动了战争，并占领了福克兰群岛。彼时英国当政的保守党威信也处于低谷，且地域遥远，出征不易，但最终英国人还是赢了。那届阿根廷政府因输了战争而倒台，史家评论是："再没有比 1982 年更坏的时间发动战争了。"

乌斯怀亚远眺

　　我们在码头登船，沿着小猎犬海峡向东驶去。小船乘风破浪，阿根廷蓝白两色国旗迎风飘扬。乘客大多是冬天打扮，雪衣、围巾、帽子和手套。可我低估了寒冷，只穿夹克，只好躲进船舱。

　　乌斯怀亚渐渐远去，两岸雪山延绵不绝。"火地岛是一片山地，部分沉入海中。那些本应是山谷溪涧之处，于今却是一道道深汊与海湾。四周的山麓，除西海岸无遮拦之外，整个覆盖着一片大森林；繁茂林木从水边生起，直到1 000至1 500英尺（1英尺=0.3048米）的高处，往上是一带泥炭质山坡，生长着各种矮小个高山植物；再往上就是雪线，此线以上，积雪终年不化。"（达尔文）

　　游船经过鸟岛，岛上海鸥、信天翁、鸭子……密密麻麻，白花花的一片。再过海狮岛，海狮们四脚八叉地躺满了黄白色的岩石。一座岩石岛，岛上无人居住，只架了一座红白色的灯塔，那座灯塔于1923年使用，至今仍在指明方向。另一座岛上林木森森，一条小船泊在岸边，看似只有一户人家。在挪威北极圈里，我也看到过雪原中的独门独户，不知哪个遗世独立更加孤寂。但无论如何，这里的日子也比达尔文乘船来时的好太多了。

　　这条海峡是小猎犬舰第一次考察时发现的，也因此得名。在戈登岛附近，它分为南北两叉，小猎犬舰将土人送到坞里崖后，曾开上了靠北的一支，回程走靠南那一支。航行中，达尔文看到"峰回水转，景物较前更觉壮观。北面高山，构成此地的花岗岩主轴和脊柱，高耸入云……各座山头，均有终古不化的积雪覆盖；无数泉流，自云端飞泻而下，流过密林，注入底下的溪涧"。

　　游船减慢速度，逐渐靠向岛屿。我走出船舱，此时太阳出来了。一群麦哲伦企鹅或在岸边行走，或在海中游泳。稍远处，沙岸逐渐上升，一只企鹅正摇摇摆摆地翻过沙丘，向海岸走来。距离企鹅不远，一小队游客或蹲或站举着相机，还有人干脆趴在地上拍摄。麦哲伦企鹅别称公驴企鹅，其显著特征是脖子正面的黑色羽毛是双带，像戴了一条项链。事实上这是一种非洲的企鹅，达尔文曾形容它们喜欢后仰着头，发出如驴般的叫声。它们的体积小，一般只有 60 厘米高。看多了企鹅纪录片，我以为它们都很高大呢。那些纪录片往往只展示企鹅的可爱，隐去不美好，更无法让观者闻到臭味。

小猎犬海峡是智利和阿根廷的国境线，这段分界线的北面是大火地岛，南边是智利的纳瓦里诺（Navarino）岛，而纳瓦里诺岛就是火地土人杰米·纽儿的故乡。小猎犬号探险之后，英国教会开始关心火地土人。1858 年，福克兰岛的传教士乔治·迪斯帕德（George Packenham Despard）与杰米·纽儿取得联络，说服他接受英国来的传教士。那时杰米已回故土 20 年了，但仍能说英语。1859 年年底，一组新招募的传教士历尽艰辛到达纳瓦里诺岛的乌莱亚（Wulaia）海湾。他们从未接触过火地人，根本无法沟通。不久，这些传教士就被火地土人杀害，只有船上的伙夫幸免。有人说杰米·纽儿是该惨案的幕后主使，但究竟发生了什么，永远无从知晓。惨案发生后，迪斯帕德决定回英国，但其养子托马斯·桥（Thomas Bridges）留了下来。1870 年，托马斯·桥来到乌斯怀亚。他从福克兰群岛运来事先组装好的建材，搭起了火地岛的第一栋房屋，成为第一个在此生活的欧洲人。桥牧师会说流利的火地土语，他还编辑了第一本英语和土语字典。19 世纪早期，西方传教士开始去中国宣教。比起此地，无论多么贫穷的中国都堪称天堂了。

游船经过威廉姆斯港，它倚在雪山的怀抱之中。岛上的草木格外青翠，彩色的屋顶也显得十分鲜艳。虽然该港口是纳瓦里诺岛上最大的城市，也是海峡上第二大居民点，但该城居民不到 3 000 人。因其位置更南，它努力地与乌斯怀亚竞争着"地球上最南的城市"的头衔。

上：小猎犬海峡上的灯塔

下：乌斯怀亚市区

南美洲大陆终止于麦哲伦海峡，但火地岛实际上是大陆的一部分。海峡由大陆的冰川冲刷和板块构造而形成，这些海峡又成为海洋之间的水路。在太平洋和大西洋之间，南美有三条海上通道：位于火地岛北面的麦哲伦海峡，位于开放海面的德雷克通道（Drake Passage），还有就是我们正在航行的小猎犬海峡。巴拿马运河最宽为152米，麦哲伦海峡最窄为2千米，这里是5千米。虽然巴拿马运河开通，但仍有一些大船无法通过，必须继续向南走麦哲伦海峡或小猎犬海峡。如果走德雷克通道，那就要绕过合恩角（Cape Horn）。那里是地球上最狂暴的海域，合恩角一年中的大部分时间都有暴风骤雨，要比绕过好望角难得多。乌斯怀亚也有一些游船愿意载客去看合恩角，但多数都难以成行。我觉得航行德雷克通道更多是出于挑战的目的而非实用。游船开始掉头，显然我们不会经过皮克顿岛，更不会进入大西洋的开阔海面。

乌斯怀亚初夏的黄昏，太阳仍然挂在北天。在南半球之南方，太阳似乎是沿着弧线向北方移动。海面波光粼粼，白帆彩船、奥利维亚峰、五兄弟峰尖峰耸立。鸥鸟在蓝天上飞翔，在水边跳跃。海鸭、鸬鹚、千鸟，其中有一种海鸥，白身黑翅，嘴唇犹如涂了很多口红，成为脸上最夸张的部分，那黑豆般的眼睛毫不畏惧地盯着人。骑车的，跑步的，孩子们在追逐嬉戏。我仿佛置身于地中海上某个美丽的港口，此时的乌斯怀亚绝不凄苦。

## 3.

乌斯怀亚三面环山，一面临水，那水是海洋、泻湖和湿地，那山是安第斯山的末段。在这里，全城都可以步行、骑车，城市周边也有很多步道。

武侠冰川（Glacier Martia）步道位于城市的西北角，我们乘出租车大概10分钟就到步道口。步道口有几栋房子，步道顺着缆车线而上，看起来就是滑雪道。石子路，坡度较大。然而此地海拔只有 900 多千米，比我在科州的家还低了 610 千米，走这样的步道非常舒服。前方的武侠冰川越来越近，风也大了。然林木渐密，涧深流急，风止于绿荫。我们期望攀上雪峰，探究峰后，但雪封山路。登高回望，蓝天白云，岛屿海湾，连绵雪山，密林湿地。在如此大背景下，即便是楼宇林立，乌斯怀亚城仍显得微不足道。

武侠步道只需半日就可走完，而火地岛国家公园内的步道更长，景物也更丰富，需要一整天才能走完。

这天一早，我们就来到小巴站，乘车去火地岛国家公园。这辆小巴可乘 15 个人，票价是 15 美元。出乌斯怀亚城向西南驶去，一直驶到柏油路断。树林密了，路变窄了。错车时，小巴要退入树丛。在公园管理处的木屋前稍作停留，这里的门票是 10 美元。

火地岛国家公园面积为 630 平方千米，西面沿着小猎犬海峡南北延伸 60 千米，北面和东边与两个大湖相接。公园内有高山冰川、瀑布湖泊、湿地峡湾、群岛和密林。但目前公园里只有一条公路，而公路也就二十几千米。

在林荫中行驶一阵，突然大海展现在眼前。汽车停在码头上，这是第一站罗非鱼峡湾。司机招呼着："有人在这里下车吗？"我们下车时，司机一再叮嘱最晚下午 2 点回到停车站。如错过，就再也没有车子回乌斯怀亚了。

公园里 4 条主要步道分别为向北登山的高潘帕步道（Pampa Alta），向西的沿海步道（Costera），24 里程碑（HITO XXIV）和瓜纳科山步道（Cerro Guanaco）。我们打算走沿海步道，向西北，沿着小猎犬海峡走 8 千米，最后到访客中心车站搭车。

罗非鱼峡湾风和日丽，微风吹动，海面荡起阵阵涟漪。峡湾对面，白云开始聚

上：火地岛国家公园
下：火地岛公园海滨步道

集在雪山之巅，那雪山脚下就是智利的领土。火地岛其实有很多高山，但不知为何并不显高，大概是因山巅到水边一览无余吧。

踏着礁石，走过沙滩，松树挺拔，青苔深翠。惊起大群海鸟，而远处岩石上的鱼鹰却不动声色。攀上岩石，走入密林，树荫搭起天棚，藤蔓交相缠结。在这片亚南极森林里，主要树种是常绿的山毛榉。达尔文曾形容山毛榉幼树浓密如修剪整齐的树篱，他们曾爬到树顶上匍匐前行。又见海洋，开阔的海滩上开着野花，俯身看每一块都是美丽的小景。其中最显眼的火树，高不过 0.3 米就开红花了。对岸雪山延绵，风起云涌，似乎要变天了。再走入密林，这一段泥泞湿滑，沿途枯木朽株。海边礁石和这一段都很容易滑倒，须小心应付。

一株，又一株，那几棵树的白色树干上簇生着一圈鲜黄色的球。凑近细看，白色的圆圈非常均匀地分布在球面上。摸一摸，光滑且有弹性，软泡泡的，掰开了，里面充满黏黏的汁液。看起来不像花朵，更像是蘑菇。哦，这大概就是达尔文首次发现的并以其命名的那种蘑菇吧。达尔文说这是一种球形真菌，在山毛榉树上生长甚多。据说它成熟后就会变得干硬，火地岛人大量采集，不经煮熟就可食用。后来我在百内国家公园（Torres del Paine）也见过这种菇，其别称为印第安人面包。藻类、菇类、苔藓和蕨类都属于隐花类植物，达尔文说新西兰引进马铃薯之前，曾大量食用蕨根。在他的时代，火地岛是唯一以隐花植物为主要食物的地方。

再次看到海洋，礁石上长满了不同色彩的苔藓，岸边火树红花正艳。再次进入密林，然后就一直在攀高。这一带树很大，可知地势高而阳光充足。远望，青草地、灌木丛、森林之后雪山耸立。下坡后走进了泥炭沼泽，地面虽平，但盖满了腐殖质，腐殖质下浸满了水，踩上去很容易陷入。这条海岸步道融合了冰川、山地、海洋和森林，路标明确，难度适中。沿途的自然风景有些像我在新西兰南岛走过的

达尔文菇

步道行者

步道，但植物相对单一，也没有高大的蕨属植物。今天走了 14.5 千米，却不觉得累，我评价这个沿海步道为 5 星级。

步道最后一段离开了海岸线，与 3 号公路重合。沿着公路，我们向访客中心走去。雪山下几顶帐篷，帐篷前一片湖。湖平如镜，与天空争辉。又一片更大的湖，一只橡皮艇划了过来。划到岸边，众人拖船上岸，扛着船走过公路。在公路的另一端，他们放下皮艇，向前划去，那前方是岩石湖（Roca Lake）。岩石湖是阿根廷和智利共有的冰川湖，通过罗非鱼河与罗非鱼峡湾相通，河上有小岛，一座桥连接了大陆、小岛和罗非鱼峡湾。公路经过那座桥后，就到达了罗非鱼峡湾的南岸，再走 4 千米即是阿里亚斯港（Arias Port）——3 号公路的尽头。罗非鱼峡湾南岸有泥炭沼泽湖，色彩很美，那里距离智利已经非常近了。达尔文说小猎犬海峡因一串串湖泊海湾，可与苏格兰湖群如带的尼斯湖区相媲美，可惜我们必须赶班车，没有时间去看阿里亚斯港和岩石湖了。乘车返回时，路过"世界尽头"火车站和邮局。火车是观光车，沿线可观赏火地岛国家公园，在邮局里寄信可盖上"世界尽头"的邮戳。

## 4.

当年小猎犬号在火地岛航行盘桓一年多，达尔文记下了浓雾冰雹，风狂雨豪。夏至过了，山上仍日日风雪。此地和基多是两个极端，后者气候很稳定，而这里的天气一日三变。我们很幸运，连着 3 天都有太阳，但这好运气终于结束了。

我们打算驱车直抵火地岛的东北端，探访 500 年前麦哲伦遇见火地人的旧址，但这天一早就豪雨如注。冒雨租车，好不容易开上了公路。但我已近 20 年没开过

隐湖气势磅礴，一望无尽

帝王蟹

手动车了，车子总是熄火。幸亏路人相助，帮我把车开回城里退掉，另叫出租车前往。开车的小哥何塞不会讲英语，我不会西语，但还能做基本沟通，实在不行就谷歌翻译。他很机灵，拍照拍得好。

3号公路从乌斯怀亚到托尔海因（Tolhuin）是风景公路，沿途山峦巍峨，瀑布飞流，森林葱郁，几无人踪。我们在雨雾中行驶，密林覆盖着几乎每一块土地。显然火地岛因潮湿季风而雨量充沛，烈风寒流也无法阻挡枝叶繁茂的生命。我们到了隐湖（Lago Escondido），此地距乌斯怀亚60千米。隐湖湖如其名，伸向天边，一望无尽。湖畔有个村庄，村民150人。大山大川，气势磅礴，我们再一次领略了火地岛的宏大风景，心满意足。

雨过天青，阳光明亮，乌斯怀亚街头音乐声起。身材高挑的三女两男跳起探戈舞，微风掀起她们的裙裾。我十多年前在布宜诺斯艾利斯街巷里也看到过探戈，没想到这舞跳到了天涯海角。来之前，我以为这里还是洪荒之地呢。

我们去弗雷迪食堂（La Cantina de Freddy）吃晚餐，这是当地人喜欢的餐厅，食客拥挤，桌距狭窄。我们点了当地特产帝王蟹。那只蟹比我张开的巴掌还大，旁边配了柠檬、米饭、酱料和沙拉。这蟹不像一般的螃蟹，蟹壳和蟹腿都有尖刺突起，吃起来几乎无处下嘴，对付这棘手的蟹爪只能用大剪刀一点点顺向剪开。蟹肉味道像龙虾，但比龙虾更加鲜嫩。我们在此吃过的海鲜都非常新鲜，但菜肴皆比较咸，毕竟此地出产不易。

我们在乌斯怀亚住了5夜，明晨将飞往卡拉法特。

记于 2019 年 11 月 22—26 日

# 菲茨罗伊峰记

2019 年 11 月 27 日

清晨，我们从火地岛飞到卡拉法特（El Calafate）。在卡拉法特着陆后，我们乘车前往恰顿（El Chalten）。

此刻车子正行驶在阿根廷的巴塔哥尼亚（Patagonia）。所谓的巴塔哥尼亚通常指南美 39 度平行线以南的整个区域。这片广袤土地大部分属于阿根廷，少部分属于智利，包括安第斯山脉，智利的群岛，从阿根廷潘帕斯草原南部直至麦哲伦海峡和火地岛。

10 多年来，我一直向往巴塔哥尼亚，但因交通不便未能成行。此次旅行全赖陈莺和桑迪同学安排，团队成员 12 人将于今明两天分别从卡拉法特包车前往。按照计划，到达恰顿后，我们将会徒步 3 天，攀登菲茨罗伊峰（Mt. Fitz Roy）。然后再回卡拉法特乘车前往智利的百内国家公园（Torres del Paine），最后从智利的阿莱纳斯港（Punta Arenas）飞往智利首都圣地亚哥。

车子开上 40 号公路，向东北行。蓝天和褐色莽原汇聚于茫茫天际，天际间闪出一丝奇特的蓝色，继而那一丝蓝色逐渐扩大，切割着广袤的灰褐色。冰川和蔚蓝天空孕育出的湖水，蓝、绿、奶白色，其微妙难以用绿松石或碧玉形容。那是我们已在天上看到过的阿根廷湖，大湖南岸的卡拉法特消失了。

车子继续沿着 40 号公路行驶。窗外掠过大片灰褐色的荒漠。虽然英语都称此

在菲茨罗伊峰前

类地貌为"Desert"（沙漠），但此沙漠并非黄沙堆积，而是散布着玄武岩石块，那都是冰川的遗物。达尔文曾记述："整个巴塔哥尼亚平原物产之千篇一律，也算是一大特色了。干燥不毛的沙砾平原，在此养活着同样的矮小植物。"那些低矮的植物中最常见的是柳草，此时恰逢花季，黄色的花朵不大，开得散乱，但仍然为枯燥的荒漠涂抹上点点亮色。

此地距离巴塔哥尼亚冰原不远，那片巨大的冰帽从南纬47度一直延伸至52度。达尔文曾将巴塔哥尼亚地区与欧洲对比，得出的结论是因海洋和南极的影响，此地比欧洲对应区域更为寒冷，更不利于动植物的生存。后来也是在这条公路上，我碰到一群自行车骑手。他们一行30人，从厄瓜多尔骑行到此，历时4个月！我问每天骑行多远。"100多千米吧。巴塔哥尼亚经常刮大风，因此只计划骑60千米，没想到此地竟然无风。"然而，我住在百内国家公园的灰冰川时，狂风让人寸步难行。那些能在此生存的植物都是地球上最坚强的种群，不仅耐旱、耐寒、耐热，还能抗住狂风。

眼前的景色令人打瞌睡，车厢里响起美国流行音乐。在南美诸国旅行，我听的都是拉美音乐，这首乐曲显然是司机特别挑选播放的。年轻的司机神采飞扬，同时，车子也开得有点儿飞扬，坐在后座上的桑迪开始晕车。

此地气候恶劣，人口极为稀少。据说阿根廷巴塔哥尼亚的主要省份圣克鲁斯每平方千米不到一个居民，而每个居民拥有35只羊。

公路孤独地伸向天边，然而再孤独的路也有人走，有人走的路上最终会遇到歇脚处。大概距离恰顿一半的路上，车子停在一家客栈前。门口竖着一块路标，上面的路牌指向不同的大城市，这里距离最近的布宜诺斯艾利斯也有2 000多千米。

客栈的屋顶上刷了"美洲母狮（La Leona）"几个大字。那不仅是客栈名，也是附近一条河的名字。19 世纪下半叶，阿根廷科考探险人弗朗西斯科·莫雷诺考察巴塔哥尼亚。他经过一条河时，在河边遇到了一只母狮。不知他怎么得罪了那只狮子，河东狮吼后，她几乎将他咬死。后来那条无名河就被命名为美洲母狮河。

在修 40 号公路之前，人们多走水路。母狮河边有个渡口，但渡筏太小，羊群渡河要等上好几天，于是一家丹麦人在此开了客栈，供牧羊人食宿。这家客栈建成之时，地图上还未清晰标出巴塔哥尼亚呢！现在它仍是卡拉法特和恰顿之间唯一的客栈，来往于恰顿和卡拉法特的大巴都在此打尖。

店内外人来人往，颇为热闹。柜台卖咖啡、披萨、三明治，还有"肉馅卷饼（Empanada）"。Empanada 是一种带馅的小点心，馅料有荤有素，有点儿像咖喱角。除了卖吃的，店里还卖马黛茶杯等纪念品。马黛茶在南美非常流行，冷热皆宜。端着热咖啡和点心，我找个角落坐下。墙上挂着一些老照片，5 人合影，两男一女站在牧场房前。一张通缉令："无论死活，赏金 4 000 美元。"通缉犯名叫布奇·卡西迪（Butch Cassidy），这位卡西迪也在每一张合影中。

1905 年的一天，母狮客栈来了两男一女。三人盘桓数日，离去。不久警察找上门，对着照片，店主才知那三怪客是正被通缉的银行抢匪。

布奇·卡西迪真名是罗伯特·帕克（Robert Parker），美国犹他州人。帕克的前辈跟随摩门教主杨百翰西迁，长途跋涉，定居于犹他州的瑟克尔维尔（Circleville），据说他家住房仍然保留在那里。帕克家世清白单纯，生活贫苦。在 11 个孩子中，帕克是老大。除了出神入化的骑术，似乎他的未来不是农夫，就是矿工。

1884 年，帕克 18 岁，他对母亲说去科州的特柳莱德当矿工，但不久老帕克便得知儿子偷了牛正被警方追捕。帕克从此名号为布奇·卡西迪，领导着野兔犯罪团伙。这群惯犯在美国西部抢银行、抢矿山、劫火车，与警察发生过若干枪战。1900

上：通缉令

下：三人帮

年，西部政府加强了执法力度，迫使一些犯罪团伙成员参军。那些人到古巴甚至菲律宾去发挥战斗才能，然而布奇一伙并未金盆洗手，依然是狂野西部故事中的主角。

仔细看，墙上的那张 5 人合影拍摄于 1900 年。同年 9 月，他们流窜到内华达，抢了一家银行。在写给朋友的信中，布奇谎称一个叔叔死了，留给他 30 000 美元，那个"叔叔"就是他抢劫的银行。

那次抢劫之后，布奇一直处于逃亡中。他逃到纽约，遇到了哈利·隆格博（Harry Longabaugh）及其女友埃塔·帕雷斯（Etta Place）。哈利也是大名鼎鼎的惯犯，绰号为"日舞小子（Sundance Kid）"。在蒂芬妮首饰店，他们为埃塔买了一只金表，然后一起前往阿根廷。

在布宜诺斯艾利斯，这 3 人以化名和自称的无犯罪记录获得了 12 000 英亩（1 英亩 ≈ 6.07 亩）土地，然后前往巴塔哥尼亚的丘布特（Chubut）。他们在丘布特盖了一栋房子，房屋与布奇故乡的那座式样相同。他们定居于此，养羊，结交邻居，去集市……从那 3 人合影中，可以看出小日子过得相当不错。

这三人帮安分守己地生活了 5 年，又重操旧业。1905 年，他们从丘布特南来圣克鲁斯，抢劫了一家银行，遭到通缉。1907 年，他们返回丘布特，匆匆处理掉财产就突然离去，再无音讯。为何再次踏上不归路，据说是埃塔感到乏味，要去丹佛做阑尾手术。另一种说法是她怀了孕，而孩子的父亲既非日舞小子，也非布奇。埃塔身世一直成谜，她的注册身份是丹佛老师，由此基本肯定她是丹佛人，直到 1924 年她还住在丹佛。据说埃塔诞下一女，此女长大后，也成为知名的银行抢匪。

至于布奇的结局，一说是 1909 年终结于与警察的枪战。那个枪战发生在玻利维亚，他打死了重伤的日舞小子后自杀。布奇绝不会活着被俘，他一直宣称其抢匪生涯中从未打死过一个人，而日舞小子是他杀的第一个人。这种说法的证据是在现场发现了埃塔的那只金表。20世纪70年代末，《在巴塔哥尼亚》的作者布鲁斯·查特文（Bruce Chatwin）前往犹他州调查。作家拜访了布奇90岁的小妹妹，那个小妹妹信誓旦旦地说1925年布奇回到犹他的家，吃了家制的蓝莓派。她说布奇于20世纪30年代在华盛顿州死于肺炎。1969年好莱坞将这个故事拍成经典西部片，保罗·纽曼扮演布奇，罗伯特·雷德福扮演日舞小子，片名就是《布奇·卡西迪和日舞小子》。

转到客栈后面的房间，我看到墙上数位世界知名攀冰攀岩好手的照片。近几十年，户外活动者大约是巴塔哥尼亚的主客吧。这一两百年间，踏足这片土地的人，或远征探险，或寻宝，或做梦，或作战，或逃离……巴塔哥尼亚并非宜居之地，一些定居者寻求长期逃离，而徒步攀岩者得以短暂逃离。

出了客栈，行驶一阵，我们看到了韦德玛湖（Lago Viedma）。母狮河发源于此，再向南流入阿根廷湖（Lago Argentino）。韦德玛湖以西班牙探险者命名，此人18世纪考察巴塔哥尼亚，他是第一个看到菲茨罗伊峰的欧洲人，他的考察也比莫雷诺早了近百年。麦哲伦、达尔文是世界的知名人物，而当地英雄却是莫雷诺。阿根廷湖和菲茨罗伊峰都是他命名的，菲茨罗伊就是当年达尔文搭乘的小猎犬号船船长的名字。后人又以"莫雷诺"命名了距离卡拉法特70千米的大冰川。

湖水澄碧，雪峰屏列，那遥远的对岸正是菲茨罗伊峰。公路尽头，云彩飘散处，奇峰狰狞。山峰似针如剑，石壁如墙，冰川与白云交相呼应。我们以山湖为背景拍照，走走停停，一路拍到恰顿镇。

几十年前，恰顿没有游客也没有公路。1968年，道格·汤姆金斯（Doug Tompkins）和伊冯·乔纳德（Yvon Chouinard）等一行四人来到这里，准备攀登菲茨

前往菲茨罗伊峰

罗伊峰。

在道格和伊冯的时代，15美元就能买一辆旧车。他们自己锻造岩钉，攀登世界知名的绝壁，自由地宿营于优胜美地国家公园中。那些远离主流社会的自由人，那些只想征服山川的"无用"之人，生活还是相当容易。这一行人从加州出发，在路上走了半年。自智利进入阿根廷后，又走水路。他们弃船登岸，沿着一条土路驶向菲茨罗伊峰。在距离菲茨罗伊峰60千米处，他们第一次看到了那直立的山峰，觉得攀上去几无可能。探险者继续沿着维尔达斯河（Rio Vueltas）前行，最终路断。那时恰顿镇还不存在，当地驻军牵来牲口，人畜并用带上装备。当走过木桥时，道格决定继续向前，攀登菲茨罗伊峰。

今天的恰顿已是旅游小城，沿街都是旅馆、餐馆、咖啡馆和体育用品店。镇口伫立着一块标牌，标牌最上方刻着菲茨罗伊峰，而从木牌上方望去就是真正的菲茨罗伊峰。现在这座山峰的全称为恰顿菲茨罗伊峰。因山峰常为云雾缭绕笼罩，恰顿的意思就是大烟山。

与巴塔哥尼亚很多地方类似，菲茨罗伊峰也是智利和阿根廷争夺的土地之一。虽然两国并未因菲茨罗伊峰正式宣战，但在20世纪80年代的紧张时期，阿根廷曾在菲茨罗伊峰下驻军，恰顿镇因驻军而建。恰顿是阿根廷最年轻的城市，因距离周围雪峰、冰川和湖泊最近，它已发展成世界级的徒步攀岩基地。虽然人口只有1 000左右，但旅馆的床位超过3 000。类似加拉帕戈斯群岛和智利百内国家公园，这里的从业人员大多来自外地。

在庞塞诺旅馆（Hotel Poincenot）安顿后，我们立刻去国家公园管理站。沿着圣马丁大道向南，出镇口，穿过维尔达斯河桥。过了桥，我就看到了国家公园的标牌。恰顿镇在阿根廷冰川国家公园辖区内，卡拉法特附近的莫雷诺大冰川也属于同一个冰川国家公园，而国家公园的标识就是菲茨罗伊峰和大冰川。

管理站外，一个女生躺在长凳上晒太阳，显然她刚完成了一次长途徒步。对面一条小路，路口一张木刻的地图，那上面清晰地画出菲茨罗伊以及周边山峰的位置和高度。这张图还画了主要步道，然而 3 天之后，当我走完恰顿的主要步道，才真正明白了这张地图。

下午 5 点，斜阳高挂，此地 9 点 30 分夜幕才会降临。绿树之上，菲茨罗伊主峰在云雾中时隐时现。从峰后散射的阳光令峰壁上的冰川失去光泽。尖峰时为云雾遮挡，显得不那么狰狞。初上观景台步道，我们先背向菲茨罗伊峰而行。山道蜿蜒，追随着维尔达斯河。当小路与河分道时，地势已经升高。在这里，我能看到菲茨罗伊主峰了！主峰之下，山峦起伏，而恰顿城就窝在一大片缓坡之下。

步道旁生长着灰绿色的灌木，俯身细看，灌木叶长得极密，又极为均匀。每株灌木呈现出的圆形完美得胜似人工修剪。摸一摸那些叶子，才知看似柔软的叶面竟然坚硬如针。放眼望去，褐色山峦上的绿色大多来自这些灌木。黄色、白色、紫色的花朵正在开放，此时正是南半球的春天。紫花显然是豌豆科，落基山区常见的白色银莲花在这里长得更为挺拔，花朵也更为规整。那黄色的状如一只鞋，俗称为"妇人拖鞋"，我以前在秘鲁印加步道上见过。再往前走，另一种低矮的圆形灌木开出了火红色的花。一朵朵火色的花从灰褐色窜出，犹如一团团跳动的火焰。查阅植物志，果然这种灌木的俗名就是"火舌"。

终于走到观景台，此时风牵云飞，菲茨罗伊峰已经积满了云彩。脚下，夕阳泄露了小河所在。一些人坐在观景台下的背风处，尽情地观赏着奇峰和飞云。另一些人坐在坡的另一面，眺望韦德玛湖。

听一些前行者说因为雨雾，他们在恰顿耽搁了一周竟然没看到菲茨罗伊峰。我

上：火舌

下：观景台看菲茨罗伊峰之真容，
左为托雷峰

们今天到达，就看到了菲茨罗伊峰之真容，运气太好了。

夜幕降临，我们去巴拉多餐馆吃饭。这家店极小，堂吃只有 4 张小桌，一桌两客。怀宇、桑迪坐在最里面。满街的餐馆，会吃的怀宇选中这里肯定是有些道理。怀宇说："我们刚好吃完，你们可以用这张桌子。"侍者是个很漂亮的姑娘，我见她面有难色，就问是不是需要订位。她点点头。一个帅气的年轻人走出来，和姑娘用西语说了几句，姑娘说："你们等一会儿，我赶快收拾一下。"原来那个年轻人是店主兼厨师，无论相貌、个头和气质，他与侍者姑娘非常般配。

我问怀宇要了什么，回说："一个羊肉炖，一个蘑菇炖。"我们照样点了，一份 8 美元。端上来，羊肉只撒了一点青葱，尝尝，极为新鲜。用羊肉煨出的汤汁拌饭，味道很好。巴塔哥尼亚的羊肉果然名不虚传，后来这家店成为我们的食堂。


2019 年 11 月 28 日


虽然国家公园管理人告知今天下雨，我们依然决定去走托雷湖（Laguna Torre）步道。清晨，滩滩雨水映出晨光，显然昨晚下了雨。按照指示，我们走过几条小道，却不见步道标牌。时间太早，居民还未起床。好不容易等来一个小姑娘，在她的指引下，我们看到了阿根廷冰川国家公园的标牌。

沿着陡坡走上去，恰顿城已在脚下。狭路上，我们碰到一个来自香港的男孩。他说昨天走了三湖（Laguna Los Tres）步道，今晨天未亮就动身走托雷湖步道，日出时分到达，可是托雷峰已在云雾之中。"你们今天肯定看不到峰顶了。昨天天气很好，我走到菲茨罗伊峰，很累。"因为和他说话，我没有注意这一段山路有铁链助行，乃至下山时竟以为走错了路。

又经过了两次攀升、两次下山，我们来到一片开阔的草地。此时阳光透过薄云，前方的托雷峰露出半截身子，而它西面那两座雪山清晰可见。草地上小溪流过，雪山倒映在一小片一小片的水中。

草地渐变为灌木丛，缓坡渐入山毛榉密林。几天的火地岛国家公园，3天的大冰川区，山毛榉都是压倒性的树种。山毛榉树形很美，枝丫伸展，小而坚硬的树叶，扑扑洒洒，如一片半透明的绿帐。昨天的观景台，所见都是半干旱区的植物，山区竟然如此油绿，真让人惊喜。达尔文曾说："在南美，树木意味着气候多雨，而气候多雨，则意味着天空多阴少晴。"果然，乌云已经笼罩了前方山峰。

托雷湖步道单程9千米，每走1千米就有一个标识。绿树青草，河湖溪流，旷野山林让我感到自由，行走令人心身愉快。绝大多数徒步客都很年轻，偶然遇到个别老者，但他们都极为矫健。我们科罗拉多的博德人已经很矫健了，这次行走巴塔哥尼亚，才知道天外有天！不断被人超越，我多少有点儿自卑，也有点儿着急。

河水哗哗，绕过河，跨越小溪，天色暗了，虽然距离托雷峰更近了，但它已经完全罩在云雾中。攀上乱石堆，托雷湖就在眼前。水色随天色变幻，此刻湖面已呈灰色。冰块在湖上漂着，气温骤降，寒风扑面，步道客大多从头到脚全副武装了。怀宇迎上来说："我们才到了不久。"看他们冻红的鼻头，就知已在寒冷中等候多时。我说："等了很久吧，说你们刚到是为了照顾老人的自尊心。"

雾气弥漫，雪花飘散，托雷峰以及西边的两座雪山都已隐入云雾。虽说是意料之中，但看不到托雷峰还是有些遗憾。旅行中常有遗憾，遗憾是因为预料再无缘相见，但以我的经验，我已经重返了好几个曾以为一生中只来一次的地方。

回程一路栉风沐雨。

林间步道

晚上 9 点，恰顿镇仍然很热闹。沿街酒吧顾客满堂，笑语欢声阵阵。今天是美国的感恩节，徒步的队友一起去餐馆。我们点了羊排、牛排、啤酒，吃得很痛快！走回旅馆时，碰到一家人。几个孩子们跑前跑后，叽叽喳喳地说着英语。我祝他们感恩节快乐，大人孩子齐声回应。美国人一如既往的开朗热情，而且多少都有点儿自来熟。那位妈妈说："我们从达拉斯来，今天孩子们走了 14.5 千米，连 5 岁的女儿都走完了全程。"妈妈又说孩子他爹是第 8 次来恰顿，以前的 7 次都是和好友走步道。她非常喜欢阿根廷，蜜月就是在门多萨度过的。我问："门多萨怎么样？""太美了，那里是葡萄酒乡，雪山是葡萄树的背景。"达拉斯是得州的大城市，得州没有高山。得知我们来自博德，那位爸爸说："洛基山步道的海拔太高，我更喜欢这边。这里风景第一。"外子说："这里风景不是第一，而是第二。"爸爸诧异地问："那你说哪里第一？"外子很严肃地回答："达拉斯第一。"爸爸听了大笑，说："你真太好玩了，可以去说脱口秀。"

2019 年 11 月 30 日

今天天气真好，淡淡的云，阳光明亮，好运气终于来了！临近三湖步道（Laguna de Los Tres）就能看到菲茨罗伊峰！

这条步道以立柱旅馆为起点，向南再向西，一直伸到菲茨罗伊峰脚下。我们回程将经过卡普里湖至恰顿，全程 26 千米。

最初的 12 千米，路平景美，简直就是林中漫步。但几乎看不到野花，抑或阳

托雷峰（摄影者：队友朱青）

白河

白石冰川

光不多吧。

步道沿着白河（Rio Blanco），在开阔的地方，我看到白石（Piedras Blancas）冰川流淌而下，形成了一片淡蓝色冰瀑布。河滩上，菲茨罗伊峰和白石冰川完美呈现，让人流连不去。这样的步道是对步道客最大的奖赏，我愿意而且也能一直走下去。

经过一段开阔地后，就看到庞塞诺营地，庞塞诺是菲茨罗伊峰北峰的名字，我们旅馆与之同名。林间散落着五颜六色的帐篷，那些露营人大多是从恰顿出发，先走卡普里湖步道，在此宿营，再走三湖步道，然后走到托雷湖，在湖边宿营观看日出。这么走，沿途经过 3 个湖：卡普里湖、母亲湖（Laguna Madre）和女儿湖（Laguna Hija），并能同时看到菲茨罗伊和托雷峰。整个行程是两天两夜，真让我羡慕！

走过营地，我突然看到好友草叶医生。她在等我们？今晨因雇车困难，我们晚了 1 小时到步道起点。草叶说："这里没网，我在立柱旅馆打电话，才知你们雇了 9 点的车。我等在这里，跟你们一起走最后一段。"在等待中，她走来走去，脱下的手套也不知顺手放在哪里了。

"不找手套了，我们快走吧。"这条步道很长，一般人都要走八九个小时，以我们的速度要 10 小时以上，谁都知道时间拖得越长，回到镇上就越晚，而且天气可能变坏。草叶特别认真负责，有时甚至为病案睡不好，这次对她的为人更有了亲身体会。

河水哗哗，一些步道客在河边灌水。如果早知山泉能饮用，我就不背水了。两个人的饮水量是 3 升，很重啊！过了河，路牌标出了最后一段步道。这一段山路虽然只有 1 千米，但攀升近 500 米，一般人需要 1 小时。山路上有个小木屋，并用劈开的树干搭了一条长凳。外子坐下休息。

除了三个年轻人，团员都已 50 岁上下，外子年龄最大，73 岁。考虑到回程还有 15 千米，我们都没指望他能走到底。我对外子说："你走不了就在这里等吧。"外子说他能走。于是三人继续向前。

这条路陡且窄，经常要在石头缝里插脚。年纪大的人，腿脚不灵便，信心也不足，遇到难走的地方，总要再三确定后才敢移步。我们走得慢，更需要经常地前后让路。平地里显不出来，一走山路，距离就拉开了。攀登的速度与体重成反比，与体力成正比。虽然外子只背了相机和午餐，但他个头高，体重大，体力又不够，上坡比较艰难。我背了水、衣服和食品，不能再帮他了。草叶主动要过外子的照相机和午餐，背起就走。

一步又一步，我在石头中寻找着落脚之处，一步又一步，将登山杆放到一块石头上，努力登上去。草叶不断地对外子说："我们就要到了。你看，就在前面。"不愧为儿科医生，深谙鼓励之道！

终于走到乱石堆，这里已是树线以上，菲茨罗伊峰就在那堆石头之后！乱石堆中踩出一条土路，下山上山的人互相招呼着。哪怕是素昧平生，步道客相遇都非常亲热，大概人之间的亲密与密度成反比吧。我不禁联想起太空飞行员何等热爱我们的地球母亲，而世上的相互残杀又是何等愚蠢。

翻过乱石坡，菲茨罗伊峰就在眼前，脚下即是菲茨罗伊冰川孕育出的湖泊。我们走到了！

菲茨罗伊峰奇美！奇美的山必须具有几个特点，山型陡峭，尖峰林立，而奇美的峰大多年轻！我也算走过不少山，北印度的喜马拉雅山南麓，北美的落基山，欧洲的阿尔卑斯山，非洲的乞力马扎罗山，秘鲁和厄瓜多尔境内的安第斯山。论山型，即便是瑞士的马特霍恩（Matterhorn）峰也无法与菲茨罗伊峰比美。

先到的组员迎上来，纷纷向我们握手祝贺！真是出乎意料，外子竟然也走到

菲茨罗伊峰

了！若无草叶显然是不可能的。拍过合影，同组的其他人纷纷告辞下山。我和草叶匆匆吃过午饭，向下走到三湖湖边。湖面仍然冰冻，一些愚勇的年轻人在冰湖上行走。

天上只有一丝薄云，菲茨罗伊峰仍然是好心情！菲茨罗伊峰 3 400 米，并不算高，但南美登山的困难在于天气和狂风。我的一个朋友曾去攀登阿空加瓜山，他们在山下等了 8 天，天气仍然恶劣，只好带着遗憾离开。此地登山的最好季节是 11 月到次年 2 月，10 月和 3 月被认为是介于最好和最差的季节之间，天气变化最大。

当年道格和伊冯来此攀岩正是 3 月，他们所走的山道似乎就是三湖步道。那一天清晨，山毛榉树梢洒满了阳光，下午却开始下雨，到了晚上雨变成了雪。次日，他们背上 80 磅（1 磅 =0.454 千克）的装备，4 人一行，在烈日暴晒下，走在菲茨罗伊雪坡上。此地的狂风使帐篷无济于事，他们只能挖雪洞宿营。根据我宿营雪地的经历，雪洞是雪地露营最好的住所，洞内气温能达到零上几摄氏度。然而，建立一个足够大而结实的雪洞比架一顶帐篷难多了，也耗费更多的力气。

我和草叶走过湖边，再攀上附近的小山，山坡之后就见苏西湖（Lugana Suci），她的湖面看似不如三湖开阔，但色彩犹如一颗蓝宝石似地散发着迷人的光芒。这片湖藏在陡壁之中，有人在操控无人机，摄下我看不到的美景。

山坡外，菲茨罗伊直壁耸立，攀上去该是多么艰难！当年道格等 4 人来到石壁前，也是这样的一个晴天。伊冯打头阵，绳索在他身后飘荡。岩壁、雪、融化的冰……有人说攀岩是肌肉和岩石之间的算术，任何一次计算错误都可能导致生命危险。他们到达第二个宿营地时，天气变了。洞外的狂风时速达 160 千米，他们被困雪洞。后来的 10 多天，这 4 人在微光中枯坐，谈起或梦到温暖的家乡、绿色、女孩子……当耗光食品后，他们不得不冒着风雪返回大本营。数日后，他们再次来到菲茨罗伊峰前，再次一步步走上雪坡，攀登，再次以冻僵的手指寻找着岩缝与凹处，一步又一步，最终攀上绝壁之顶。站在峰顶，风仍然很大，但他们已被眼前的壮丽景色所吸引。西面的托雷峰尖峰耸立，冰川满溢而出。湛蓝天空，阳光灿烂，那些湖已变成闪烁的圆点。更远处，广袤的巴塔哥尼亚冰原伸展着，直到天边。

下山的路上，外子一直走在前面。他腿长，下山反比登山容易。一个转弯，他差点摔倒，登山杖折断。对于我，上山容易下山难。无论是2012年走印加步道，还是2013年攀登乞力马扎罗峰，我几乎总是团队里的最后一名。

走过最艰难的1千米后，步道在树林、灌木丛、草甸中穿行。回头望去，阳光虽被暮云遮挡，却仍在溪流上散发出光芒。草甸之后，厚实的绿色之上，云霞下的菲茨罗伊峰又是一番景色。

走过卡普里湖时，天色已暗，想那日出时，湖面的菲茨罗伊峰倒影该是多么美丽！我走过不少步道，理想中的步道是在绿荫中行走，缓坡、山景、瀑布、河流。新西兰的烙饼岩附近步道虽然绿荫蔽日，但欠缺了山景，而落基山步道没有这样油绿的密林。在落基山走步道，因海拔过高，一天最多能走16千米，今天我走了近25千米！

此时行山的疲乏感已经过去，双腿只是机械般地运动着。临近恰顿镇，我再次经过维尔达斯河。这条河发源于菲茨罗伊冰川，冰水与大地缠绕着呈现出蛋青色，看上去水质浓稠，与雨中诞生的河不同。

走到镇上已是晚上9点，但很多店铺要到深夜才打烊。我们先去归还租用的登山杖，再去我们的"食堂"吃饭。进门一看，里面挤满了人。一个女顾客靠墙坐在地上，双腿抬起放在凳子上，厨师和服务生，全屋的人都忧心忡忡地看着。原来那位女顾客走步道过于劳累，酒后感觉眩晕。一个顾客小声解释说："她丈夫就是医

上：霞光下的菲茨罗伊峰

下：维尔达斯河

生，不用担心。"大家都松了一口气。

我们点了外卖，带回旅馆。虽然已经很晚了，但镇上活力依旧。所遇之人都笑逐颜开，空气中都弥漫着喜气。显然今天的好天气让步道客得偿夙愿，而小镇的气氛也由天气的阴晴而定。

我们带着外卖，来到旅馆的餐厅。服务员拿来刀叉，还倒了两杯热水。我告诉她今早把一件衣服落在出租车上了，麻烦问问。果然，出租车公司说捡到了，不知是谁的，明天一早就会送到旅馆。想必就是送我们去步道的女司机吧。清晨时她热情洋溢地讲解，还特别在步道口为我们拍照留念。

记于 2019 年 11 月 27—30 日

# 此消彼长的大冰川

## *1.*

世界上很多国家的国家公园都有自己的门户城镇，落基山国家公园的门户城镇是埃斯蒂斯公园（Estes Park），班芙是加拿大北落基山众多国家公园的门户城镇，而阿根廷冰川公园的门户城市就是卡拉法特（El Calafate）。

卡拉法特坐落在阿根廷湖南岸，菲茨罗伊峰位于其西北两小时车程，而沿着阿根廷湖向西可达佩里托·莫雷诺（Perito Moreno）大冰川。

今天一早从恰顿出发，沿着 40 号公路，经过卡拉法特，之后就转上 11 号公路。沿阿根廷湖 11 号公路一直向西，行驶一小时左右进入麦哲伦半岛。冰川国家公园的入口就在半岛上。该公园于 1937 年建立，总面积为 7 000 多平方千米。虽然恰顿镇、菲茨罗伊峰与莫雷诺大冰川相距甚远，但它们都属于同一个国家公园。

冰川公园的名字指向巴塔哥尼亚冰原，它是安第斯山脉中最大的冰原，总面积约 17 000 平方千米。其中北巴塔哥尼亚冰原面积约 4 000 平方千米，南巴塔哥尼亚冰原面积约 13 000 平方千米。南巴塔哥尼亚冰原养育了包括莫雷诺冰川在内的 47 条冰川，其中的 13 条汇入太平洋，而观赏冰原的最佳地点就是莫雷诺冰川。

公路开始盘山，随着地势升高，林木渐多，草地转青，荒漠不再。左边的公路下露出里科臂（Brazo Rico）湖。湖水呈淡绿松石色，比半岛北面的阿根廷湖颜色更淡。湖之尽头，雪山连绵，岸边开红花的智利火树（Notro）分外明艳。

最初冰川与湖水一色，远距离看过去，几乎无法分辨湖水与冰川。越走越近，

里科臂湖一侧的大冰川

湖面依然宁静，冰川高出湖面。拐弯处，前方豁然开阔，风景令人惊叹。听到我们不断地发出惊叹，司机只是笑笑。我们停在小观景台瞭望，一道洁白的冰墙横贯在阿根廷湖的支脉里科臂湖上，两岸青山逶迤，里科臂湖本尊隐身在西南方的山谷里，无声地凝视着大冰川年复一年的消长。然而，我还不知道眼前只是冰墙左边的一半。

离开小观景台，继续上山，不久就来到冰川公园渡口。人们在长长的码头上排队等候，一只汽船泊在阿根廷湖上。这是阿根廷最大的湖，湖面广达 1 400 平方千米。它还是南美第三大湖，它与韦德玛湖共同孕育出了圣克鲁斯河。当年，小猎犬号沿着圣克鲁斯河上溯，逆水行舟，十分艰难。菲茨罗伊船长命三船首尾相接，连成一串，每船只留 2 人，其余人上岸拉纤。据达尔文记载，拉纤 16 天后，他们距离大西洋 225 千米，距离太平洋最近的海岸也有 96 千米。船员们弃船登高，看到了开阔的盆地和白雪皑皑的科迪勒拉山系。达尔文还说："本来还希望能站到山顶上，亲睹其雄姿；而今只能从远处对它的绮丽风光和天然物产，凭空做一番想象了。"

汽船载着我们驶向冰川，驶近了才看出它是一道高 70 米，一眼望不到头的冰墙，这正是之前在小观景台上无法看到的冰墙右边的另一半。能够托起这样高的一面墙，可想而知冰墙深入湖下有多深！这条冰川乃至整个冰原都是上一个冰河期（18 000—17 500 年前）之残余，那时的智利南部和阿根廷都覆盖着厚厚的冰层。古老的巴塔哥尼亚冰原目前仍然是地球极圈外的第三大冰原，也是南极洲和格陵兰之外的第三大淡水体。这些新鲜淡水都来自于古老的冰块，想想颇为有趣！

"轰隆，轰隆"，那是一种奇异而沉闷的爆裂声。众人循声望去，只见冰山一角塌陷，冰裂入河，巨大的冰块碎裂入湖。原来是冰爆！莫雷诺大冰川是地球上仅有的 3 座增长而非后退的冰川之一。有趣的是这座冰川以每天 30 厘米的平均速度前进，同时又会相应地损失一定比例的质量，乃至在不同季节里得以保持质量和大小

上：小观景台所见

下：阿根廷湖一侧的大冰川

上：大观景台所见

下：冰堤正在形成

的平衡。冰裂即是它保持平衡的方式，即便是冰川学家也无法解释其奥秘。

本来里科臂湖与阿根廷湖相通于麦哲伦半岛尖端的那条窄水道，但莫雷诺冰川慢慢推进抵达半岛湖岸时形成了冰堤，而这道冰堤隔断了里科臂湖和阿根廷湖。由于冰堤南面的里科臂湖和南臂湖均无出口，两湖湖面逐渐升起，甚至会增高至60多米。湖水继续挤压着冰墙，冰墙对冰堤产生了巨大的压力，从而引起冰裂。湖水自冰裂缝隙中渗透，日积月累，冰堤下方就形成拱门。当拱门成长到两旁的冰墙无法支持时，拱门便崩塌了。这时极大的水体从里科臂湖以每秒几千立方米的速度注入阿根廷湖。数天后，两湖的水面趋于平衡。随着冰川再次推进，冰堤再度形成，再度崩塌，如此往复不已。这壮丽的崩塌大约每三四年发生一次。这无法精确预见，也许在各国好奇者引颈渴待的时日里，它却恶作剧般地在夜间崩塌。最后一次冰塌发生于2018年3月14日，恰好是霍金离世的那一天。这景象是自然界的自激周期过程。

湖上寒风刺骨，乘客都裹紧衣帽围巾。面对如此壮观之景，无人愿回船舱避寒。菲茨罗伊徒步后，团队的每个人都晒黑了，此刻在蓝冰的照射下，显得更黑了。汽船仍在冰川前慢慢行驶，转动角度，但一直保持着一定的距离。据说从1968年到1988年，曾有32个人被巨大冰块击中丧生。

下船登岸后，我们乘坐公园的摆渡车来到大观景台。这观景台分上下几层，由木制楼梯连接。从大观景台望过去，这是一片蓝冰王国，而我目力所及仅为王国的极小部分。遥想阿根廷湖的远端，三大冰川的冰水倾泻而下，轰鸣入湖。乳灰色的冰块在湖中漫游推挤，停滞堆积，在湖面筑起冰墙，又在湖水的映照下幻化为蓝色。在这么壮观的场景下，湖面上的汽轮确如一叶扁舟，显得多么微不足道。

环湖山地上长满了山毛榉，智利火树红花正艳。冰川与红花绿叶是如此的接近，气候亦是这样的温和，真让我吃惊。我曾在新西兰南岛观看过福克斯和弗朗

留影

兹·约瑟夫冰川，那虽然也是大陆冰川，但退化缩小已然灰尘满面。我没去过阿拉斯加，不知道那里的冰川是否与红花绿叶如此的接近。在世界的其他地方，冰川至少要在平均海拔高于 2 500 米的地区才能形成，但此地海拔不过 1 500 米。据达尔文分析，赤道地区雪线的高度为 4 600 米以上，所以赤道上只有乞力马扎罗峰顶积雪。从玻利维亚（南纬 16°～18°）向南，雪线逐渐降低，到了火地岛（南纬 54°）雪线就降低到 1 100～1 200 米了。达尔文以为永久性积雪的高度似乎主要取决于夏季的最高温度。他说在挪威，要看到这么低的永久雪线，就得走到北纬 67°～70°。冰川公园这一带夏季最高气温不过 20 摄氏度，雪线也因此而下降。

莫雷诺冰川附近也有步道，但我们已经没有时间了。这一天清晨自恰顿镇出发，回到卡拉法特已是傍晚时分。

## 2.

我们离开莫雷诺冰川，随即投宿濒临阿根廷湖南岸的卡拉法特。这城市名来自原生灌木"卡拉法特"，亦称"盒叶小檗"或"麦哲伦小檗"。这树开黄花儿，结出紫黑色的莓，果子可食。此刻正逢花季，它们或顶着一头黄花从庭院里探出头来，或舒坦地开在小公园里。花儿虽不大，花瓣却紧致。当地的一个说法是吃了卡拉法特莓的人还会再来巴塔哥尼亚。

这座城位于阿根廷湖湖畔，却并不湿润，放眼皆为褐色。干燥，多风，气候严酷。在这样的地方，五彩缤纷的花特别令人惊喜，罂粟、芍药、羽扇豆……我知道德国人喜欢蓝紫色的羽扇豆，在其住宅周围总能看到一片羽扇豆，显然都是外来物

上：智利火树

下：卡拉法特树

羽扇豆

种，有了移民才有这些花。

虽然巴塔哥尼亚不如北美那么吸引欧洲移民，但 19 世纪和 20 世纪也有过两次移民潮。阿根廷把巴塔哥尼亚分为圣克鲁斯、丘布特（Chubut）等省。100 多年来，定居在圣克鲁斯省的移民主要来自英国和苏格兰，丘布特省则为威尔士移民占据，而德国和瑞士移民后代大多居住在北巴塔哥尼亚的安第斯山湖区。移民带来了他们的生活方式，北巴塔哥尼亚的纳韦尔瓦皮湖湖畔城市巴里洛切完全是一座德国风味的城市。移民也带来了意识形态，譬如 19 世纪末，因俾斯麦政府的禁止，一些社会主义者移民至此。我觉得阿根廷的左翼社会主义思潮和右翼法西斯思潮都与移民有关。

因为德裔移民，阿根廷在第二次世界大战中秉承中立。战争结束后，阿根廷总统胡安·庇隆（Juan Peron）密令外交官和情报人员为纳粹建立逃生路线，数千名纳粹从西班牙和意大利的港口逃出欧洲。虽然德裔移民定居的湖区属于阿根廷，但距离智利较布宜诺斯艾利斯更近，天高皇帝远，湖区成为纳粹分子藏身之地，前党卫军官普里布克（Preibke）甚至堂而皇之地担任德语学校校长多年。

我们旅馆位于城市边缘，旅馆的大门外飘着多国国旗。从此处既可以俯瞰市区，又可以远眺阿根廷湖。走到主街经过一处街心公园，公园很小，但绿荫如盖。树虽不多，但每一棵都很粗大。比起主街，这里一整天都很清净。傍晚，树上聚集了许多鸟儿，叽喳喧闹。其中的一种鸟声音粗嘎，颇不中听。我抬头去看，树荫浓密，居然看不到它们的模样。

卡拉法特的人口是恰顿的 6 倍，市区自然也大了很多。沿街不仅排满了饭店、咖啡馆、礼品店和旅游商店，也有蔬果店和花房，而这最后的两种商店，在恰顿是看不到的。

夜里我们到当地最有名的塔布里它（La Tablita）餐馆吃烤肉，从街边橱窗里，人

上：卡拉法特街心公园

下：卡拉法特的旅馆

们就能看到巨大炉子上正在烤着全羊。阿根廷是产酒大国，餐厅里酒架上放着多种葡萄酒。进入店堂，就见男乐手拨动琴弦，一对男女随声起舞。他们舞风粗犷，踏得地板啪啪作响。

我问侍者那可是高乔牧人的歌舞？侍者说那是民间舞蹈。巴塔哥尼亚地域广阔，气候严酷，人们说这片土地上只有风声。移民带来了西班牙、克里奥尔语的吉他音乐，东欧的波尔卡等。这些音乐后来滋养出了多种乡村舞，猜想这舞蹈也是其中一种吧。

男歌者走到餐桌前，抚琴歌唱。我听不懂歌词，但那忧郁的曲调很像探戈。猜想歌词大致是空荡的街道、火车，远离家乡，远离母亲和情人，怀旧、孤独还有虚无。

如果在布宜诺斯艾利斯看探戈舞蹈表演，有若干表演冠以荷姆罗·曼兹（Homero Manzi）之名。荷姆罗·曼兹是阿根廷知名探戈歌曲的词作者。他 1948 年创作的《南方》，迄今仍为探戈的经典歌曲。虽然歌名《南方》指的是布宜诺斯艾利斯南的某个地标，但却隐喻着南方的巴塔哥尼亚。人们对南部荒野边界的想象构成了不少以"南方"为主题的文化艺术作品，比如博尔赫斯的小说。几年前，我曾在日内瓦看过博尔赫斯的墓地。想不到，我来到了博尔赫斯从未到过的"南方"。

在餐馆里，我又一次看到卷毛羊玩偶。巴塔哥尼亚草原的草不够厚，养不了牛，羊是最主要的物产。这些卷毛羊不仅是摆设也做店招。显然在恰顿吃烤肉吃多了，一行人中只有草叶点了牛排。我尝了尝，远不如恰顿的牛排。

次日乘长途汽车前往智利。行前我买了多种水果，用光了所有的阿根廷货币。

记于 2019 年 12 月 1—2 日

上：舞蹈助兴

下：烤肉

# 蓝天　蓝山　蓝水

*1.*

今天离开卡拉法特前往智利的纳塔莱斯港（Puerto Natales），卡拉法特是阿根廷冰川国家公园的门户城市，而纳塔莱斯港是智利百内国家公园的门户城市。

下午 4 点，我们在长途车站上车，从阿根廷的巴塔哥尼亚驶向智利的巴塔哥尼亚。巴塔哥尼亚是"大脚的土地"的意思，源于矮小的西班牙人遇到特尔维切斯人（Tehuelches）。这当地土著人的个子特别高大，据说很多男人身高 1 米 9 以上。大脚人所在的地方也大，我们此次行程为 4 小时。

这辆双层大巴是两地之间唯一的长途车，车里坐的都是游客。座位有限，在售票口就听到有人说想订票订不到，只好在卡拉法特多留一天。车站凭护照领票，上车后对号入座。出了卡拉法特仍然走 40 号公路，虽然与恰顿和莫雷诺冰川方向相反，但沿途依然是荒漠一片。这样的地貌被称为草原（Steppe），却是草木萧疏，狂风频作，几乎看不到牛羊，当然更无人家。阿根廷是南美第二大国，它的东海岸因拉普拉塔河流域盆地非常富饶，往南的潘帕斯草原也是牧羊和小麦区。于是，阿根廷人认为巴塔哥尼亚贫瘠，不值得利用，那么就这一片毫无用处的土地都留给野蛮人好了。

大地开阔，云彩变幻，很远的地方正在下雨。湖沼时见，山岭狰狞，却不巍峨，沿途数百里几不见人烟。狂风突起，如若下雨，那真是凄风苦雨。阿根廷边检站破败得令人沮丧，倒是与周遭的悲惨环境相配。站里的工作人员拉着脸，这是极少数我见到没有笑容的阿根廷人。似乎去智利多少有点大逆不道。虽然两国过去有若干边界争议和冲突，但仍无法理解他们的态度，大概是很讨厌这里，又不得不来上班吧。

一过国境线，周遭环境为之一变。一条河或者引水渠，房屋多起来了，牛羊徜徉于绿草地上。与阿根廷广袤的草原区相比，智利所拥有的畜牧场根本不值一提，但苗条的智利更珍惜土地。在这人类不宜居的地方，不知要经过多少代人的努力才能有这样的水草。

风仍然在刮，但感觉比阿根廷那边暖和一些。这个边检站的设备远胜于阿根廷，居然有 3G 网，当然也有了公厕。在阿根廷时，所食蔬果极为有限，于是我将所剩的钱都买了水果。本想与组员分享，但他们都太客气。我只好提着一袋水果来智利，未想到过境时全部被没收。我想这里不是新西兰，两国山水相连，如此严格检疫未免有点儿小题大做吧？

离开边检站，太阳逐渐西沉。看到百内公园的路标，但车子并未向那个方向驶去，而是沿着 9 号公路继续向南行驶。河流蜿蜒，水草丰美。一面大湖，夕阳在湖面上撒满碎金。从湖边树木倾斜的姿态看，车外的风仍然很大。待驶入纳塔莱斯港，又看到了雪山和大湖。那山是贝尼特斯峰（Cerro Benitez）的南坡。那水却不是湖，而是被称为"最后的希望湾"的冰川河湾。

智利的国土随着向南伸展，地域急速收窄，东西最宽 300 多千米，窄处不到 100 千米，南部西海岸线更因峡湾和岛屿而相当破碎。这一带群峰巍峨，冰川绵延，气候无常，生态残酷，鲜有人家，水道犹如迷宫。达尔文乘坐的小猎犬舰曾航行于这片水域，其几任船长都在那些水道上留名。1557 年，西班牙人胡安·拉德里罗格

（Juan Ladrilleroge）曾在水道迷宫中寻找麦哲伦海峡。航行中，他觉得这里是抵达麦哲伦海峡的"最后希望"。智利立国后，将这一片地方命名为最后希望省。

纳塔莱斯港是最后希望省唯一的城市，人口不到2万。该城位于百内国家公园东南112千米，最近的大航空站阿莱纳斯港距离此地400千米。来百内国家公园的人大多飞到阿莱纳斯港，然后靠陆路交通来此下榻。旅馆、餐馆、各种旅行社、交通和户外装备是这里的主要产业。

大巴缓缓驶入车站，车站旁的居民区房子间隔很小，奇怪，这里每公里的人口密度不到0.4人，房子怎会盖得这么拥挤？这些低矮的木板房屋，大多是铁皮屋顶，木板墙漆斑驳，但因开阔的河湾而显得不那么寡淡和沉闷。我们换乘当地旅行社的车，沿着海湾行驶，路旁草地茵茵。云层遮挡夕阳，海面灰蓝。城市很小，一会儿就到了位于河湾之滨的营地。这营地的一部分建在水边，木屋内木地板木家具。另一部分的木屋加了圆拱帐篷，散落在湿地和草场之上。这里风大水寒，房间里暖气烧得很热，门底下绑了厚重的挡风布条。

走进透明塑料布搭起的餐厅，这里很像一个大蒙古包。拱顶上挂着一只铁皮镂空的灯，灯下放了3张原木大餐桌。透明的园壁挂了半透明窗帘作装饰，屋角放着咖啡壶和红酒。旅行社的瑞奇出来迎接，欢迎词后，他开始讲解未来几天的旅行计划。瑞奇是菲律宾人，小个子，晒得很黑，年纪40多岁。他曾在中国学习中文，能用中文简单对话。问起何以不远万里到此安家，他说因为喜欢滑雪几次来智利，后来就与智利人合伙开了这家旅行社，而那个智利人曾在美国居住很多年。听起来此地是智利发展最快的地区之一，国民生产总值连续数年年增长百分之十几，发展很快，但缺乏物资和人才，因此这里什么都贵，他本人既是老板，也是水电工。

百内公园里的智利营地

　　这里的工作人员，从司机到侍者都是白人。在阿根廷时，所遇几乎都是白人，南美大陆果然是越向南白人越多。南美洲西海岸大部分位于热带，唯有山脉高处的气候适合白人永久定居，而他们也是作为当地劳动力的雇主而定居。智利大部分地区属于温带海洋性气候，适合农作物和牧草种植，于是成为依靠白人劳动力发展经济的唯一地区。久而久之，这些地区的白人就占了大多数。

　　瑞奇继续讲解，侍者开始上菜了。前菜是一玻璃小盅酸橙腌海鲜，极新鲜。再上来的蔬菜沙拉，绿叶菜上点缀了一片西红柿，几片薄薄的樱桃萝卜。主菜是烤鱼，鱼旁的黄色酱料画出漂亮的弧度，旁边放着一棵绿色的大葱。鱼是无须鳕鱼，西班牙语是"Merluza"。在白色瓷盘里，每个菜都摆得像艺术品，显然厨师花了很多时间准备，似乎是想让人觉得是在一家很时髦的餐厅里用餐。鱼和蔬菜也很新鲜，然而菜量不大。对于奔波一天且没怎么吃午餐的人而言，吃情调还是吃不饱呀。此时已十点半，明天还要在百内公园走三塔步道，我很想早些休息，私下觉得欢迎致辞和晚餐都太拖拉了。

　　餐毕，沿着烛光小道走回住房。这间木屋凌驾在海湾湿地之上，窗外依稀可见开阔的水面。隔水相望，远方灯光迷离。这片土地是麦哲伦盆地，河湾从埃伯哈特峡湾出口（Eberhard Fjord）一直到巴尔马塞达山（Mt.Balmaceda）。埃伯哈特峡湾以德国人赫尔曼·埃伯哈特命名，他于1895年乘船到此考察，发现了史前巨大树獭的残骸，但那时它们主要在地上活动。纳塔莱斯港市中心有一座树獭雕像，城市附近有一个发掘纪念地，纪念地由一串洞穴组成，洞穴里还发现了史前人类遗骨。

　　星光灿烂，远山逶迤。枕水而眠已是午夜，其后数日大多如此。

## 2.

安第斯山和落基山分别贯穿南美和北美大陆。落基山脉班芙公园风光最佳，而安第斯山脉的冰川公园和百内公园景色最美。阿根廷和智利的边界东部是阿根廷冰川公园，西部便是智利的百内公园等。

清早，我们离开圆拱营地，驱车北上一个多小时，进入百内公园的阿玛伽湖畔（Laguna Amarga）的东门，继续前往三塔营地。在营地停车，众人背上饮水、相机和御寒衣物，走上了三塔山道（又称 Base Tower）。跨过一道铁桥，桥下溪水潺潺。坡路逶迤北上，坡道之下河水湍急。这段步道显然是山水冲刷而成的，乱石颇多，最后一段几乎是在大石头缝里插脚。上午的太阳很猛，沿途全无遮挡，没有好风景看，走起来不是特别带劲。坡路渐平，有人骑马迎面而来。路旁的牌子上写着"Windy Pass"，此地是风口，请小心。据说这一段的风速可达 160 千米 / 小时，而此地左为山坡，右为悬崖，几无树木，无遮挡也难以寻到、抓住任何帮助稳定之物。在菲茨罗伊峰时，我们曾遇到一个年轻的华人，他说几年前走百内 W 步道，其中一段狂风迅猛。他们必须蹲下，撑住登山杆，才能保持身体平衡，以如此姿态等了 40 多分钟后才得以继续前行。我猜如果在此遇到大风，大抵也会如此。但我们今天的运气特别好，晴空万里，风息云驻。

山道在丛林中迂回，逐渐升高。这一片林木茂密，上坡窄陡，道路泥泞。地表林木盘根错节，一些树根看着踏实，踩上去却很容易滑跤。随后转过一个似乎不久前泥石流肆虐过的大斜坡，足下激流奔涌，视野豁然展开。蓝天白云之下，皑皑雪峰遥现。我们抵达第一个营地——智利营地。林荫掩映，溪涧水寒，多人挥汗汲水。在这个组里，我和外子年龄最大，体力也差，此时同行诸友已无影无踪。旅行社为确保安全，派了导游随行，领队的男生非常强壮。他要过我的背包，背上，说："你要喝水就让我停下。"这一路上，领队经常小跑来去，以确认队友安全。

经木桥跨河而过，林间崎岖不平的小道继续上升，路更窄，外子已觉相当艰难。终于抵达三塔营地，向西北望去，林木稀疏，乱石岗陡峭，全无路径，短短距离竟耗费一个小时。再向前看去，三道浅蓝灰色的山峰——三塔突现眼前，其形体犹如三枚破雪而出的春笋，亭亭玉立于蓝天白云之下，倒映在平静如镜的湖面上，冰川湖面介于乳白和天蓝两色之间。三塔分别为南塔、北塔和中塔，其高度为 2 600～2 850 米。它们在不同的光线下呈现出灰、白、黄、青、蓝等颜色，但岩石本色为浅灰蓝。"百内"（Las Torres del Paine）是音译的名字，而意译就是"蓝塔"。大家忙着拍照，我私下认为这三塔过于直白，多少有点傻。19 千米，攀高 900 米，整个步道却不如菲茨罗伊步道那么享受，但无论怎样总是走到了目的地。

循原路下山，走过风口之后，又见乱石路。或许是下山不费体力，只须注意脚下，不觉特别乏味。向山下望去，一片绿松石色湖在白云之下，这是上山时没有注意到的。下山过河回到三塔旅馆，草地上跑着几匹马，几栋房屋倚在山脚下，一面雄伟的石壁突起于绿色山坡的中央。外子已在那里等候。他比我提前下山，但忘记带水。途中，他坐在路边休息，一女生看到，问："你没有水了？"然后递给他一瓶水和一包坚果。外子连声感谢，问她来自何处，她说来自巴西。世界各地都一样，步道客都非常友善。

从东门驱车前往灰湖宾馆，车子朝向西南，奔驰于蜿蜒颠簸的山道之上。窗外诺登斯克湖和萨米恩托·德·甘博亚湖湖水青碧，波涛万顷。行驶途中，我第一次看到了蓝角峰（Los Cuernos del Paine），那是百内也或许是南美最奇特的山峰。它们犹如三匹浅蓝灰色的巨马从白雪皑皑的群山中挣脱而出，朝天吼叫，正在诉说心里

三塔犹如三枚破雪而出的春笋（拍摄者：队友山崎）

蕴藏的千古奇冤。车子似乎围绕着角峰行驶，白云悠悠，蓝天澄澈。

随后，我们沿着裴欧埃湖下游的蓝河行驶。夕阳之下，托罗湖面波光粼粼。小车再在灰湖下游的灰河，沿西岸行驶，终于抵达灰湖南岸的宾馆。这里已是百内国家公园的西部，距离东部的三塔 60 多千米。

旅馆房间都在林中，设施简朴，然而大厅兼饭厅宽大舒适。落地玻璃窗外，灰湖、大蓝山和俄尔艮冰川如画屏展开。此时虽然已是夜晚 9 点，且风很大，我仍忍不住出去看灰湖。向晚天空浅蓝，来自灰冰川融冰的灰湖乳白带绿，湖外山林茂密，雪线之上又见山崖峻峭。虽然晚餐时间已过，但仍有不少游客坐在厅里喝咖啡、休息聊天。厨房显然工作到很晚，我们的晚餐是面包、黄油、沙拉、烤牛排和甜点，非常丰盛。

因为地处高纬地区，晚上 11 点天才全黑。我们一天奔波疲劳，没有精神观看南天的夜空，遂即刻入睡。凭以往在非洲维多利亚瀑布的经验，可以想见南天星河要比北天灿烂得多。

## 3.

早上 4 点 30 分天又亮了，众人还在梦乡中。我踱到屋后的丛林，拍摄晨曦下的湖光山色。灰冰川安静地匍匐在湖山的交接处，白云或呈剑状自天外劈向群山，或似鼓起双腮的风婆卖力吹向奇峰。湖上的蓝冰晶莹剔透，那艘红白色游轮仍停泊在远处。晨风凛冽，不可久待。周遭林木皆向东南方倾斜，且姿态狰狞。在南非的好望角，我也曾见过树木的这类姿态。然而，稍稍远离湖畔的地方，树木则长得堂堂正正，相当舒适地伸展开来。飒飒树冠下，青草柔嫩。

早餐是自助式，切好的水果、蛋挞、各式蛋糕、起司、香肠、煎蛋、煮蛋、炒蛋、冷热牛奶、酸奶、各种麦片……这一地区只有 16 万人口，而飞行穿越需要 1 个多小时。在如此地广人稀之处能吃到这样丰富的早餐，真让我欣喜满足。北美的旅馆从不提供热牛奶，但南美各处都有热牛奶，即便是炎热的加勒比地区，我想大概是欧洲人带来的习惯。与同桌的老人聊天，她们在德国加入旅行团。该旅行团从智利北部的阿塔卡玛沙漠出发，沿着智利海岸线一直走到火地岛，行程将近 4 700 千米。

早饭后，我们在林间疾行 20 分钟，抵达小道尽头的一座吊桥，这座桥与我走过的公园内木桥类似，也限制过桥人数。过桥后，出了树林，就是湖岸。这个季节里的湖水已经离岸退后几里，湖滩上布满了沙石，我们必须跋涉这段沙石滩才能走到渡口。本来在沙石上行走，脚步就无法轻快，狂风又大逞淫威。那风从太平洋刮向大西洋，此刻正沿着灰冰川长驱直入。行者若不侧身迎向西北方向，就必被刮到冰冷的湖水中，迎风行进极为艰难，时不时被狂风逼退，女生的长发衣饰更如狂蛇乱舞。

百内的气候向来不可理喻，不要说预言一周后的天气，哪怕是预测下一个小时都不可能，在达尔文的日记中，他曾说一日四季，连续几日风狂雨豪为常态。人们在做百内旅行计划时，即使预查天气也几乎是在做无用功。既然天气如此变化无常，迢迢万里之外来此，苦等一周未睹湖山真面目，败兴而归者也比比皆是。

我们在狂风中登上游艇，游艇往灰冰川开去。这道几十千米长的冰川从奥希金斯国家公园闯入百内，再融化为灰湖。湖水在我们昨夜下榻的酒店右侧沿灰河蜿蜒下泄，幻变为色拉诺河（Serrano）。色拉诺河劈开千山万壑，终至沼泽平原，从容徜徉，迂回曲折，南行几十里，汇入巴塔哥尼亚峡湾，而普拉特、波里斯和纳塔莱斯诸港居民点渐次点缀在东岸。倘若我们前几天改从这水路逆流而上，迎着洁白晶

女生长发衣饰如狂蛇乱舞（被摄者：草叶，拍摄者：唤雨）

莹的冰川，泛舟从容进入百内，也不失为一更好选择。如果恰好满月之夜，那就更令人难忘了。那正如我们几十年前在亚得里亚海上，从的里亚斯特乘舟前往威尼斯的情景。

游艇斩波劈浪前进，群山往后退去。寒风扑面，浪花飞溅。狂风吹起水沫，溅在脸上，极为冰凉。半小时后，我们接近了冰舌。冰舌前缘被大小两岛分割成三个部分。游艇趋近每一部分。若非游历莫雷诺冰川在前，灰冰川留下的印象定会更加深刻。风寒中，众人怀抱着大冰块在冰舌前留影。

返程途中，暴风略施仁慈，湖上漂浮着巨大的冰山。几艘皮艇在蓝冰中穿梭迂回。我们回到灰湖宾馆提取行李，遂前往裴欧埃宾馆（Pehoe Hostel）。该宾馆位于同名岛上，岛位于同名湖中，大蓝山、涅托上将山以及百内角峰群环列于湖的北岸，其美景举世闻名。

我们的住处濒临开阔的翡翠色的湖面，须横跨一道褐红色的栈桥才能抵达。一波波白浪不倦地拍打着湖岸，旅馆旁卡拉法特黄花开得正艳。旅馆院中住着一家麦哲伦鹅，一对鹅夫妻喜欢站在水边，好似故意让我拍照留影，它们应是最快乐的生命。我们忙于用镜头将这一切摄下。百内标志性的美景就是三塔和眼前吼天的三匹怒马，三塔平整直立如碑，而这座蓝角峰扭曲尖利。这些山形成于不同时期，岩石色彩浅的来自于火山爆发，那些花岗岩的峰顶曾为地下的岩浆池，角峰尖端那些最暗的部分曾为软软的沉积岩层。

为了保护风景，百内公园没有硬面公路，园内除了 4 家宾馆，余皆简易营地。在旺季时，这个旅馆的标准间是一天 500 美元（提供三餐），有的宾馆三夜居然要价 5 000 美金。裴欧埃宾馆位于公园的最核心区，为其中最小巧者，只有十来个房间，房间设备老旧，但这也许是世界上风景最佳也最为入画的宾馆，入住机会实为

安第斯山脉随笔 ... 蓝天 蓝山 蓝水

百内角峰群环列于湖的北岸

上：角峰环绕，湖水澄碧，花香鸟语

下：晨曦破晓，彩虹无声

可遇不可求。

安顿停当，我们就到旅馆背后的小山上游逛。此地林木、野草和百花杂处，又见别称"妇人拖鞋"的兰花，它们的色彩呈橙黄色，花朵结构更加精细。这里还种了科州州花科伦拜花，粉紫色的花在风中摇曳。几个年轻的朋友在岛上跳起，拍照留影，竭尽其充沛的青春，展现其生命之活力。

## 4.

次日清晨，薄雾漂浮湖面，纤云缭绕群峰。太阳初升，将这一切都染上晕红色。最令人惊奇的是，一道彩虹无声息地出现在这片湖山上，隐隐约约地又出现了第二道。栈桥之上，早起的人们正忙于用镜头捕捉这稍纵即逝的瞬间。

百内公园除了一日行的三塔步道，还有 W 路线和绕公园一圈的 O 路线。这后两条步道都需要行走多天。O 路线从东门进入后向北，路经北方的蓝湖和狄克孙湖畔，途中可遥见南巴塔哥尼亚冰原，这片巨大的冰原一直延伸至菲茨罗伊山和莫雷诺冰川。W 路线有三条腿，最西面是灰冰川，那一段的北面与 O 路线衔接，中段为法兰西谷，东段就是三塔。法兰西谷和三塔都是有口皆碑的步道，就风景而言法兰西谷最漂亮。有些年轻人 8 天走完 O 和 W 路线。以我们的年龄，这几天的步道行已是人生的最后挑战。

今天的计划是走法兰西谷步道。清晨我们前往诺登斯克湖渡口，乘船穿过裴欧埃湖来到大蓝渡口。渡轮双程票价是 60 美元，导游一再强调回程的船期，他说无论你们走到哪里一定要按时回来，赶不上船就麻烦了。出渡口就见木屋，木屋前搭了很多帐篷。风很大，我戴上帽子手套，沿着斯科茨贝格湖往山里走去。

渡轮里相当拥挤，而这里步道客却不多，或许是渡轮票价比较贵，又有渡轮班次限制？或许那些在大蓝渡口营帐下榻的人凌晨即起以便能走到下一个宿营地？然而无论怎样，我们9点到步道口想走到谷地最美的那一片几乎不太可能。

缓坡，树林，一片又一片的湖，左侧山峰的冰川愈加清晰，前方可见数峰凸起。有些地方风很大，行路不易，蓝色的湖水如海浪般地翻卷。斯科茨贝格湖之后，有一段树林沼泽交替的步道，此时山势已高，可以看到远处的诺登斯克湖。它以其发现者瑞典地理学者奥图·诺登斯克命名。我们去灰冰川旅馆途中经过湖的东南岸，此时我是从西面望向那片湖。翡翠色的湖一直延伸至天边，我曾以为那是一条河。再往上走去，遇到一挂吊桥，桥下白浪翻腾。可以看出这条奔流的大河来自前方高山冰川，顺山而下流入那些湖中。

我们今天有两位导游，一男一女。男导游带着其他队友走，他们都比我走得快，女导游一直跟着我。她是圣地亚哥来的女孩，男友也是导游，男友主要带走W路线或者O路线，一走就是多日。她每周5～6天带游客，其中4天走三塔步道！

走过吊桥后就看到"意大利营地"，一间简陋的木屋，玻璃窗上贴了很多不干胶的图标，显然都是步道客留下的。周围林地里若干帐篷还未收起。这些营地都称为"Refugios"（避难所），也名副其实。Refugio 大多建在林间避风处，附近有水源，一间木屋提供淋浴和一两顿饭菜，步道客在周围搭帐篷。但这些营地都要预订，有些甚至需要提前半年。若订不上，或者订上了却无法赶到下一个住宿点就要中途露宿。这里气候严酷，夜间极冷，非营地露营相当危险。绝大多数长途步道客的背包里都有帐篷、睡袋、睡垫，御寒防雨衣物和食品。有些人还背了袖珍煤气炉，几天都吃干食品，有了炉子至少可以煮点方便面吧。登山或长途步行的人非常在意每一盎司（1盎司=29.57立方厘米）的重量，重量轻又结实的品牌都很贵。即便是一日

上：雪山崔巍，导游健美

下：湖光月色

行，我们导游也背了很大的包，里面除了自用品还装了急救品。

我们坐在大树墩上吃午餐，林间树下开放着一簇簇的白狗兰。这花与妇人拖鞋类似，花朵很精巧，看似娇柔的生命竟然能存活于如此严酷之处。饭后继续向前，几株苍绿的树坚强地挺立在河中小岛上，任凭强风猛水冲击。前方的山峰下冰川满溢而出。此时到谷地的不列颠观景台还要走3小时。导游说你现在必须往回走了，否则就会耽误轮渡。她确信我独自回去没有问题，然后跑去追赶大部队。

看来此次无缘看到法兰西谷地深处美景了。我边走边想着那壮丽美景——站在大不列颠观景台上，俯瞰开阔的谷地，谷地中的林木因季节色彩变幻，秋叶丹红，夏季墨绿，那群山一如既往地浅蓝浅灰，山顶上白雪皑皑，它们姿态各异，如塔般地耸立环绕在谷地边缘。

走上一段向北的坡道，突然狂风大作，吹得我向前扑倒。我扑倒在一块山岩前，磕痛了膝盖。一对女子负重走来，不得不蹲下避风。金发女子背风而坐，风扯起她的头发，似扯着她向后倒去。另一位黑发女子迎风蹲着，头发被风吹过来，如面纱般地完全遮住了脸颊。

外子并未参加徒步法兰西谷，他随司机游历其他景点。最可记录者为两处瀑布，一处是阿玛伽湖北的蓝瀑布。白色的水波因坚硬的河床层叠推送，最后跃入碧潭。两岸绿树、草原、岩山、雪峰，而三塔清晰地耸立在遥远的西方天边。另一处是大瀑布，那是诺登斯戈尔德湖巨流注入裴欧埃湖南岸，落差形成的壮丽瀑布。他说顶着狂风步行15分钟才抵达，风力的烈度与灰湖的相当，无法拍照。游客罕至，但可尽情观赏蓝塔诸峰。

我们如期赶回渡口，外子已先期到达，遂一起乘车两小时开往纳塔利斯港的花园圆拱营地。沿途看到原驼（Guanacos）和鸵鸟。原驼是南美原生物种，与骆驼、

安第斯山脉随笔 ... 蓝天　蓝山　蓝水

法兰西谷途中

上：蓝瀑布激流奔腾，
　　三塔在西天显现
下：原驼在遥望或凝思

羊驼等有亲缘关系，喜欢群居。它们没有防备能力，如果靠得太近，最多就是向你吐口水。百内国家公园一带因人烟稀少，又无天敌，估计大致有 50 万头。

当夜，大家庆祝顺利完成百内的游览。明天早晨，我们将前往阿莱纳斯港。

## 5.

阿莱纳斯的意思是"沙尖"，中美洲的哥斯达黎加亦有同名城市。20 世纪 20 年代，沙尖正式更名为麦哲伦市，10 年后又改回去。虽然哥斯达黎加的"沙尖"在加勒比游轮的路线上，但没有什么特色，这个"沙尖"却因麦哲伦而出名。

"沙尖"坐落在麦哲伦海峡的西北岸，东南岸就是火地岛。从此可坐船或大巴到达乌斯怀亚。达尔文曾两次驶过麦哲伦海峡的东口，他说东海岸有一带断续的公园般的景色，他还在格里高利角遇到了有巨人之称的土著特尔维切斯人。因地处太平洋和大西洋的中间位置，加利福尼亚淘金热时，轮船停在这里加煤并补给食物，给这个城市带来繁荣。后来这里成为智利的羊毛工业中心，工业养育了一些富人，他们在此购地成为当地大地主。这里的居民是葡萄牙水手、英国牧羊人、克罗地亚和俄国矿工的后代。如今这里不仅是百内国家公园的主要航站，而且是南极航行的起点站，据说乌斯怀亚因收费太高，很多南极船转来此地。

阿莱纳斯车站附近的民居门口大多没有树，却都立有一个半人高的铁杆，铁杆上焊了一只铁筐。这铁筐是垃圾桶，南美很多城市都用此方法收集垃圾。一眼看去，这也不是一个有趣的城市。我们走到主广场，此地林木茂密让我意外。林荫下坐满了休闲的人，广场中央伫立着麦哲伦纪念碑。佩剑的麦哲伦一只脚踏在炮台上。麦哲伦像之下，分别塑了美人鱼、海神等。从主广场走到海边就是麦哲伦海峡。海上风狂浪大，远处两艘巨轮缓缓行驶。海边修了水泥栏杆和广场，广场上建了一座巨大的海船雕像。船上的海员各司其职，船尾拴着牛羊。显然它也是纪念麦哲伦的，一队学生正在雕像前拍集体照。

遥想当年那条船如何驶入一条无名峡道（如今的麦哲伦海峡），峡道弯曲，两岸悬崖峭壁。风狂浪高，船行艰难，险象环生。彼时麦哲伦的船队已在海上航行近一年，缺衣少食，叛乱，多人因缺乏维生素而致命。船队搏斗28天后，终于驶出海峡，航行在一片无涯却宁静的海洋中，太平洋由此而得名。1826年，小猎犬舰第一次驶过麦哲伦海峡。船到饥饿港，患忧郁症的斯托克斯船长将自己锁在船舱中14天，并企图自杀，后来菲茨罗伊代替他指挥。

走进一家小咖啡馆，边看海，边喝咖啡。咖啡做得可口，点心也讲究，却没什么客人。放眼望去，海滨全是灰色的沙石滩，低洼积水处的杂草在风中低下了头。这个城市是巴塔哥尼亚地区最大的城市，但仍难掩荒凉。无论是出于好奇心还是出于口腹之欲，我钦佩那些开启先河的人，这些人中当然包括麦哲伦。

距离晚上起飞还有好几个小时，我们参观了当地一座知名墓园。墓园里林木修剪成圆形或椭圆形，街心公园的树木也做了类似的修剪，精心的修剪让我想起南欧的城市。在附近市场吃晚餐，照样点了酸橙腌海鲜，极为新鲜！犹如南美其他城市，这里也有很多壁画。艺术品构思巧妙，非常诱人，我买了一枚精美的百内国家公园冰箱贴。

夕阳在地平线上收起最后一束光，我们向北飞往圣地亚哥。

记于 2019 年 12 月 3—6 日

麦哲伦两处雕像

# 爱情如瘟疫之城

## 1.

人称南北美之间的那片海域为美洲地中海，加勒比被称为东地中海，西地中海就是墨西哥湾。中美洲像一座桥，跨海而过，连接着南北美。2 月的一天，我从这座桥上的哥斯达黎加飞往南美大陆最北端的哥伦比亚。飞行时间不长，中途却要在巴拿马城转机，这也是我半年来第二次在此转机。这个只有 7.5 万平方千米土地的国家，人口达 600 万。美洲地中海的重要性不仅是位于南北美之间，还因为介于大西洋和太平洋之间，巴拿马运河加强了这重要性。这个小国不仅坐收运河钱，也是南美主要航空公司巴拿马航空公司（Copa Airlines）的重要中转站。厕所很拥挤，在对镜梳妆的女人中，有一个正在染发。她满脸沧桑，不知多久没有回家见亲人了。再次起飞，不过一个多小时就到达哥伦比亚的卡塔赫纳。

这座城市位于哥伦比亚北部，面对加勒比海。若非我女儿 10 年前到此访问，我从未听说过卡塔赫纳。卡塔赫纳的拼写是"Cartagena"，一般会念成卡塔吉纳，但西班牙文"g"的发音为"赫"。虽然哥伦比亚属于南美大陆，但就地缘政治而言，它位于南北大陆的中间世界，与美国的联系要比向南延续 50 多个纬度的南美大陆密切得多。因毒品，我多少对这个国家存有一些偏见。

落地的那一刻，我就开始想念哥斯达黎加清凉的雨林。2 月初就这么热了！昨天我们曾到过哥斯达黎加的阿莱纳斯港（Punta Arenas），那个港口位于太平洋上的尼科亚湾（Gulf Nicoya），那海面平静得让我疑心，而这里的风浪又令我吃惊。这两个港口都是加勒比游轮停靠站，此地显然吸引了更多游客。

　　摊贩穿行于车流中，一旦红灯立刻就有人来洗车窗，这令我想起10年前的印度。有些司机会打手势阻止，但这个出租司机却听其自然，洗过也不付钱，一踩油门扬长而去。洗窗人似已司空见惯，走到下一辆车去接着擦洗。

　　公路沿海伸展，高楼林立。风浪很大，海边不多的椰子树被吹得长发飘散。有人在海滨飘降落伞。大海，泻湖，汽车总在水边兜兜转转，原来城市是建在大西洋沿岸海湾尽头的几座岛屿上。为了将土地与海岸相连，人们填满环岛沼泽，于是城市就一直延伸到一个名为博卡格兰德（Bocagrande）的L形半岛上。这片土地的尽头，海湾入口处，还有两座岛屿：缇尔拉布恩巴岛（Isla Tierra Bomba）和巴鲁岛（Isla Baru）。前者是天然岛，与L形半岛隔海相望，后者是挖掘迪克运河时建起的人工岛，距离L形半岛较近。这条运河于殖民时代完成，长114千米，通往位于内陆的马格达莱纳河（Rio Magadalena）。那条河是哥伦比亚的母亲河，它发源于安第斯山的分脉，向北流去，延绵1 500多千米，在卡塔赫纳北面的巴兰基尔入海。人们说现在的卡塔赫纳可以分为三个城市：游客和富人居住的博卡格兰德，号称卡塔赫纳的迈阿密海滩；围墙内的殖民地老城，修缮保存得很好，充满了精品店、高档咖啡店和旅馆；当地居民区，低矮的铁皮屋顶，黑暗的小商店，拥挤破旧的街道，那是游客看不到的卡塔赫纳。也许海边会比较凉快吧，可是我的旅馆位于老城的盖赛马尼（Getsemaní）区。

　　汽车在纵横交错的小巷中穿行，终于在一个五彩的巷口停下。这里的房子涂着鲜艳的色彩，而那些盛开于屋檐或门窗下的三角梅更加鲜艳。巷子很窄，只容一辆车，但巷口已经停了一辆。司机将我们放下，打着手势说："我进不去，你们自己走过去吧。"巷子两边坐着的大多是黑人老头，他们正在牌桌旁打麻将。没错，就是麻将。司机对那些人说了一句西语，那些人就向我们指指前方，意思是你们的旅馆就在那里。几乎走到巷尾，才看到门牌。白色的双开门，左边那扇上又开出更小一扇门。随着铃声，小门开了，走出一个黑黑瘦瘦的女人，一方头巾在前额上挽了一个结，那是西非黑人常见的束发方式。此地曾是黑奴转运站，城中心有过南美最大的奴隶拍卖场，盖赛马尼居民的祖先大多是黑奴。

女人引导着我们跨过小门，提醒着高个儿的外子低头弯腰。门里即是一方原木桌，桌上摆了热带水果。明艳的黄色，厚重的木门，深色栅格窗，头巾挽发的黑女人，一方天井，一座小喷泉，宽叶热带植物，青苔深深，这场景很像《霍乱时期的爱情》中费尔明娜的家。在马尔克斯的故事里，男主角弗洛伦蒂诺去送电报，透过花窗看到女主角费尔明娜。她长着一双杏核眼，散发着栀子花的香味，他一见入迷，且痴迷终身。在那本书中，霍乱是热带国度的现实，爱情是一种肉体和精神的疾病。

女人的说话声打断了我的思绪。她发现我听不懂，就更努力地说着。最后借助谷歌翻译，才知店主还有一家旅馆位于市中心，那里的服务生会讲英语。后来我们走到那个旅馆，接待人员告诉我此地更喜欢现金交易，而且必须是当地货币。看着美金对比索的汇率，我立刻就变成亿万富翁。然而，我立刻又被大币值搞得头昏脑涨。交易几次才明白他们是以"千"为基本单位来计算，千以下尽可忽略不计。

这个旅馆只有 5 个房间，分散在一、二层楼，三楼屋顶有一小小的泳池。每天清晨，管家在门洞里的原木桌上摆好刀叉，等待客人来吃早餐。早餐都是现做的，一是人少，二是这里虫子太多。来自德、法、美的游客好像一家人似的坐在一起。我们买了水果，径直到厨房洗洗切切。管家就住在一楼，通常她和清扫妇都在这里吃午饭。看到她们的米饭、猪排、沙拉，挺香的。这里人主食吃米饭，杂货店里卖米多过卖面粉。

我们旅馆附近几条巷子仍以居民为主，间或有小旅馆和便利店，每条巷子里的居民像是商量过的，近邻的房屋都漆成对比强烈的色彩。有几条巷子悬满了彩伞或彩旗，但我不喜欢过度装饰。每户门窗都有防护栏杆，看得出家境好的栏杆也讲究。在后来的旅行中，我发现哥伦比亚的住房都有门窗护栏，即便是非常偏僻的山区。

一走就走到三一教堂广场，显然这里是整个社区的活动中心。小贩与游人擦肩而过，推车卖零食的、卖水果的，西瓜、芒果、菠萝等切块放在塑料杯里，一杯几十美分。竟然看到一个人挑着担子，担子两边吊着几条鱼。这个广场周围不乏餐厅，有人在餐厅前拉客，我们选择餐厅的标准就是看里面就餐的人数，即便是旅游区，这里也有空空如也的餐馆。一波游客涌了进来，屋檐下站着几个武装警察，到了晚上广场上的警察更多。这是一个贫民和工人阶级的社区，据说曾经毒品猖獗，近年才开辟为旅游区。

夜幕降临，走过条条窄巷。透过两旁住家的窗户，看得出大多是三世同堂。靠街的那间一般是客厅兼饭堂，晚上一家人都聚集在那里。很多人坐在家门口乘凉，很像以前北京的胡同。这个城市很有历史文化，但论居住舒服远不如哥斯达黎加的雨林地区。

走到我住的巷子，乐声震天动地。巷子里挤满了人，随着音乐跳舞。我才想起旅馆通知说今晚社区有活动。昨天晚上在哥斯达黎加就因附近酒吧音乐震天，大半夜不得安宁。反正无法入眠，信步又走到泻湖，泻湖边就是城墙。盖塞马尼东临泻湖，西边就是卡塔赫纳海湾，实际上是个半岛。虽然它也是老城的一部分，但却在城墙外，并非核心区。卡塔赫纳老城的核心区在城墙内，集中了知名教堂和历史遗址，统称为墙内城。1984 年墙内城成为联合国文化遗产，而卡塔赫纳的浪漫，殖民地的魅力主要来自墙内城。

白天酷暑已经散尽，几对情人在黑暗中倚靠着私语。突然想起"夜晚不要在人迹稀少处停留"，还是回旅馆吧。


## 2.

清晨的卡塔赫纳，街边早起小贩已经摆好了水果、咖啡和点心摊。上学上班的人停下来买早点，大多是一杯咖啡、一块糕饼。清洁工还在扫街，老人买了菜回家。一个早餐摊上，生意很好，顾客不断。一个人正在揉面，另一个在油锅旁忙着。刚出锅的各种各样的炸食整齐地摆着。我买了一个长长的类似油条或麻花的食物，看着脆，实则面，想来不必再试圆形的或带馅的了。这里一定有炸香蕉，用来炸的都是青色的大香蕉。有一种炸得比较硬，吃起来如脆片，另一种保留了香蕉的绵软和甜味。这里太热，户外活动不多，为了开胃又吃很多油炸的淀粉食品，当地人的肥胖率相当高。

虽然卡塔赫纳早有土著居民，但哥伦比亚的土著从未建立起如印加、玛雅、阿兹特克那样的帝国。1532 年，弗朗西斯科·皮萨罗在库斯科击败印加帝国皇帝阿塔瓦尔帕。次年，西班牙殖民者佩德罗·德·埃雷迪亚（Pedro de Heredia）从西印度群岛渡海在此登岸。他没遭遇太多抵抗就占领了港口，因此没有像皮萨罗那样的故事。当时的传统是用家乡的城市命名殖民地，埃雷迪亚就以西班牙知名港口城市卡塔赫纳命名这片土地。进一步溯源，西班牙的"卡塔赫纳"来自与古希腊和古罗马争夺地中海霸权的城市迦太基（Carthage）。为了区别于西班牙的卡塔赫纳，这个城市的全名为印第安的卡塔赫纳。16 世纪 40 年代，这里成为西班牙加勒比海贸易的四个主要港口之一。繁忙的港口吸引了欧洲的海盗，人们开始修建并完善圣费利普城堡要塞（Castillo de San Felipe de Barajas）。

跟着谷歌地图，我们走到城堡要塞去。不知哪里出了问题，走到城郊仍不见城堡。问路不得，此时那酷热恐怕连鸟儿都会被热昏从高空坠落。再循原路返回，过桥，总算找到了。从地面看上去，这座建于17世纪的城堡要塞并不比希腊旧都纳夫普利翁（Nafplio）更雄伟，但却与其他任何一座要塞一样的乏味。顶着烈日，沿着上升通道挥汗走到要塞上，才知道这里比地面上看要复杂得多。整个防御工事呈三角形，分三四层，上有坚固城堡，下有迷宫般的暗道。

1544年，作为秘鲁白银出口港，卡塔赫纳成为法国海盗让·弗朗索瓦·罗伯瓦尔（Jean-François Rob）的攻击目标。此后200多年，为了抵御海盗劫掠和英法海军的进攻，当地逐渐修起城墙、堡垒、炮台等系列防御设施。卡塔赫纳海湾有两个入口，博卡格兰德和博卡奇卡（Boca Chica），前者位于同名的L形半岛，后者为蒂拉拉邦巴岛（Isla Tierrabomba）的内海湾。博卡奇卡窄且深，一次只能通过一艘船，其入口的一侧由圣路易斯堡（Fort San Luis）守卫，而另一侧则有炮台。半岛与岛之间进入内港的通道都有堡垒防御。市区南部又是一座岛屿，称为拉曼加（La Manga）。许多泻湖将郊区与老城区隔开，城墙上还有100多门大炮，这一切使卡塔赫纳坚固难摧。在导游看板上，在城市历史故事中，城堡的功绩一再被提到、被渲染。想到世界上大部分政治力量都集中于温带，而伟大的历史事件常常发生在中纬度地带，在热带，抵御海盗就是可圈可点的历史了。

走到西面的炮台，城下泻湖倒映着蓝天。即便烈日当空，这座城市仍相当潮湿。一般到了下午，海风就会大起来，灌入街巷聊解酷暑。一面哥伦比亚国旗迎风飘扬，游人纷纷在旗下拍照留影。在电影《霍乱时期的爱情》中，要塞炮台曾多次出现。至于在《百年孤独》和《霍乱时期的爱情》中的海盗故事，连我这样的人都

圣费利普城堡上遥望加勒比海

城市夜景

能想到与此地有关。

　　加勒比海滨实在太热了，热得连餐馆都不想去，只能早晚出门。傍晚时，我们步行去老城的中心区。钟楼前的广场上，晚风吹拂，黑人男女欢歌劲舞。穿过钟楼大门，马车沿着窄巷悠闲而行，教堂里圣乐飘飘。回廊里，情侣挽着手，亲吻着，他们极少用纸笔写情书了吧？更不会像《霍乱时期的爱情》中的人将情书藏在教堂圣水池、城堡废墟裂缝里。朦胧灯下，穿长裙的女郎沿街而行，浑圆的肩头闪着微光，这里还会有像发霍乱似的情痴吗？

　　走回盖赛马尼，一片黑暗。住家一灯如豆，更多的人坐在门前等候光明。扬声器无法发出能冲人一跟头的声浪，唯有商户旅馆自用发电机嗡嗡作响。我以前在印度也经历过很多次停电，对此并不陌生。黑暗让整个社区安静下来，也遮蔽了绚烂的色彩，那些白日里不被注意的生灵开始活动了。热带的生灵太多了，那些不成比例繁殖的虫子啦，爬行动物啦，"在这里，鲜花会生锈，盐巴会腐烂"（乌尔比诺医生——《霍乱时期的爱情》）。或许热带人相对放松的原因之一是要与太多生灵共存，生命又是这样地容易腐坏？

## 3.

　　清晨就有人上门卖水果，和哥斯达黎加类似，这里的温带水果大多既贵又不好吃，热带水果花样繁多且物美价廉，番石榴、芒果、木瓜、椰子，也有我不熟悉的树生番茄，吃起来有点儿咸咸的。有一种看着像柿子或橘子，但皮有点粗糙，当地人称为"露露（Lulo）"，用它做出的果汁清凉爽口。上次在哥斯达黎加吃的爪哇苹果（Java Apple），色彩很吸引人，味道却不怎么样。我以前在桑给巴尔岛吃过，但完全不记得了，显然是中看不中吃。这里的水果明显比哥斯达黎加雨林地区好，但仍不能跟桑给巴尔岛的水果相比。在那个岛上，我吃过最棒的芒果。

我们再次来到墙内之城，从钟楼走到阿杜阿那广场（Plaza de la Aduana）。这广场是老城最大的广场，在殖民时期曾作为阅兵场，那时几乎所有的行政机构都在这里。广场的一边是皇家海关，哥伦布雕像站在广场中央，四周是姜黄色、白色、深红色的楼房。随后，我们走过圣佩德罗·克拉弗（San Pedro Claver）教堂。这座当地标志性的建筑建于 1580—1654 年间，圣人克拉弗的遗体放置在教堂内。那个圣人一生都在救赎新格拉纳达的黑奴。新格拉纳达是西班牙殖民区，包括哥伦比亚、委内瑞拉、巴拿马和厄瓜多尔。在电影《霍乱时期的爱情》中，弗洛伦蒂诺就在这座教堂的门口交给费尔明娜第一封情书，那是一个礼花闪烁的平安夜。

我们走过宗教审判所，曾经的奴隶拍卖广场多米尼格广场，以夸张的大雕塑著名的哥伦比亚雕刻家费尔南多·博特罗（Fernando Botero）的作品。那些拱廊，那些精致的阳台，那些街道、广场和教堂，仍与马尔克斯的描写相若，但更加时尚，精品和艺术品店也贵得离谱。

我们走进代笔人拱廊，这个拱廊殖民时期叫作"商贩门廊"，后来因抄写员在此为文盲代写各类文书而更名。现在拱廊内仍有许多商店，熙熙攘攘直到深夜。拱廊外，浓荫包围了玻利瓦尔广场。在马尔克斯的笔下，弗洛伦蒂诺正是在这里为人代笔写信。他为热恋中的双方代笔，后来那对情人生下孩子，特意来请他做孩子的教父。在那个时代，拱廊内外的市场名声不佳，而费尔明娜为了找一庇荫处，不知不觉走到这里。"瞬时间，她被淹没在一片叽里呱啦的火热叫卖声中，有擦鞋匠、卖鸟人、二手书商、江湖郎中，还有卖甜食的女人。"她被五花八门的东西吸引，开始

上：钟楼广场

下：约翰保罗二世教皇与黑奴雕塑

上：在卡塔赫纳保留下来的
城墙上可见圣佩德罗·克拉
弗教堂的圆拱钟楼
下：多米尼格广场上的博特
罗名作《母亲》

在货摊商贩中穿梭。突然一个晴天霹雳将她定在那里。在她背后，嘈杂之中唯有她能听见的声音在她耳边响起："这可不是花冠女神该来的地方。"费尔明娜看到离别两年，曾朝思暮想的情人，"他离她那么近，就像在子时弥撒骚动的人群中看到他的那次一样。但与那时不同，此刻她没有感到爱情的震撼，而是堕入失望的深渊"。她突然醒悟到他们之间的感情不过是幻影，那幻影来自青春的懵懂与反叛，来自于纸笔，来自过于美好的想象，那想象中的爱就在那一刻逝去。在马尔克斯的笔下，这逝去似乎过于戏剧化，但我不得不承认戏剧就是真实的节缩版。

卡塔赫纳保留下来的城墙已成步道或露天饮食店，走上城墙，圣佩德罗·克拉弗教堂的圆拱钟楼屹立在众多美丽的房屋之上。走过数门古炮，苍老的小城堡迎风向着大海。近处港区停泊着游艇，樯桅如林，弗洛伦蒂诺似乎就在这里失魂落魄地升起旗帜，迎接远方驶来的商船。

走到马尔克斯故居前，我先看到一幅作家的壁画。那画画在一家女装店外墙上，橱窗几乎遮住了画像。朝圣者可能会有些失望甚至觉得被冒犯，但我觉得这种搭配虽不算魔幻，也会得到马尔克斯的认可。

过了这幅画像，再往北走几步，就见一座橘红色的建筑。这座故居占据了整整一个街角，转角外的那部分面朝大海。从外观上看，它由泥砖建成，线条极简，风格现代，与周围回廊式建筑格调相异。这座故居已是旅馆，除非住客，否则不得访问。马尔克斯逝世后，家人将其骨灰安葬在卡塔赫纳，但并没有作家博物馆，其足迹大多在文字中。

1948年，马尔克斯在波哥大上大学。同年4月，自由派领袖盖坦被刺杀身亡，波哥大的抗议活动演变成暴力骚乱。城市变成一片火海，死者无数。马尔克斯避难来到卡塔赫纳。他与同伴订的旅店位于玻利瓦尔广场东南角，但与同伴失散无钱入

上：马尔克斯壁画

下：马尔克斯故居

住，只好在玻利瓦尔广场的木凳上度过不眠之夜。那家旅馆建筑仍在，但已是蒙特萨克罗酒吧。后来马尔克斯在《宇宙报》找到工作，报社正对着圣佩德罗·克拉弗教堂的巨大石墙。马尔克斯初为新闻记者，不但写作手法需要从虚构转为非虚构，而且面临严格的新闻审查。所幸报社主编萨巴拉是一个站在阴影中的智者，他以自由派的眼光修改稿件，将政治智慧和新闻的文字技巧授于马尔克斯。在这里，马尔克斯学会了新闻稿如何通过审查。在这里，马尔克斯结识了很多有趣有见识的人。他和朋友同事半夜三更去"洞穴"吃牛排"驮"蛋和炸青香蕉，通宵聊天、喝酒、唱歌跳舞。交不起房租时，他就在咖啡馆里通宵吸烟读书。他是书痴，也是妓院的常客。

距离马尔克斯的故居不远有一家名为索菲特·圣克拉拉的旅馆，旅馆的前身是一家医院。据说旅馆修复时，马尔克斯得知那里发现一具骷髅。他前去调查，看到骷髅生前是一个披着 22 米长发的女子。40 多年后，他据此写出了《爱情与其他魔鬼》，主题是科学与宗教。

在《宇宙报》任职近两年，马尔克斯又前往巴兰基亚的《先驱报》任职。后来哥伦比亚的暴乱已波及乡间，他的父母搬到卡塔赫纳，作家从此辗转于卡塔赫纳和巴兰基亚。在作家的一生中，卡塔赫纳简短却重要。在接受访谈时，马尔克斯说："如果我没有当记者，我不会写书。我在卡塔赫纳完成了成为作家的课业。"马尔克斯还说他所有的小说都有卡塔赫纳的踪迹，"而且随着时间的流逝，当我不得不回忆时，我总是想起卡塔赫纳的一个地方、一个人物或一件事"。犹如伦敦之于狄更斯，京都之于川端康成，卡塔赫纳与马尔克斯也难以分开。

我走到故居后的海滨，天空蔚蓝，海风吹拂。我们再次走上城墙步道，看白浪往复。当年马尔克斯乘坐长途汽车到此，远远地看到了城墙，"城墙建于辉煌年代，将异教徒和海盗拒之门外，如今早已湮没在疯长的树枝和长串的黄色风铃草之下"。

　　离开海滨，走不过 5 分钟，我们来到马德里·费尔南德斯广场（Plaza Fernández de Madrid）。广场中央矗立着白色的雕像，但似乎没什么人在它面前驻足。粉白色的花开着，有人在弹琴。人们在树荫下随意散坐，看书，吃东西，几对爱侣窃窃私语。据说马尔克斯在书中将这广场改名为"福音派公园"，而费尔明娜的闺房就在公园旁。或许你正坐在那个绝望的年轻人曾经坐过的地方，就在那张最隐蔽的长凳上。"从早上 7 点起，他就独自一人坐在花园中一条不易被发现的长椅上，在杏树的树荫下假装读一本诗集，直到看见那位可望而不可即的姑娘走过。""她走起路来有一种天生的高傲，昂首挺胸，目不斜视，步履轻快，鼻翼微收，交叉的双臂紧抱着胸前的书包。她走路的样子就像一头小母鹿，仿佛完全不受重力的束缚似的。"在电影版里，费尔明娜总是像一只受惊的小母鹿。

　　马尔克斯的父亲曾是电报员，《霍乱时期的爱情》取自他父母的故事，但他把生死混淆在一起写，把魔幻当现实来写。他说："我总是感到高兴，对我作品的最大赞扬来自想象力，而事实是，我所有的作品中没有哪一条没有现实依据。""问题在于加勒比海地区的现实与最荒诞的想象相似。"

　　我年轻时多读欧洲人写的书，习惯于书中的理性和全知视角的风格。初读魔幻现实主义的作品并不特别欣赏，再读才觉喜欢，而且越来越喜欢。马尔克斯的词语意象犹如这座城市，缤纷密集得让我喘不过气来，时不时要放下书来休息。就在我们在哥伦比亚时期，瘟疫即将蔓延全球，而且超越了一切想象。

记于 2020 年 2 月 9—11 日

文中所引《霍乱时期的爱情》摘自南海出版公司，译者杨玲

上：故居面临海滨

下：马德里·费尔南德斯广场

# 圣玛尔塔日记

## 1.

　　早餐时，我们在原木餐桌前坐下。旁边坐着一对巴黎人，我们昨天就碰过面。聊起今天的计划，那男人说："你们还不知道啊，泰罗那（Tayrona）国家公园因原住民节日关闭一个月！""啊？"他又说："我们通过电话预订旅馆，订了后，旅馆才告诉我国家公园关闭。"我说："怎么可以这样啊？我去圣玛尔塔（Santa Marta）就是为了泰罗那。"他说："谁又不是呢？"旅行总有不确定的因素，但已定的行程却不能随之而变。

　　卡塔赫纳与圣玛尔塔之间没有航班，车程近 4 小时。虽然两城之间有公车，票价仅 8 美元，但语言不通，天又极热。权衡之下，我们宁愿付 20 美元搭乘中巴。同车的人都是游客，两个女生说来自阿尔及利亚，细问才知来自法国。从举止看，她们似乎是一对女同性恋。这一路遇上好几对同性恋，一对在班机前排就座，时不时亲热一下，另一对在卡塔赫纳街头推着婴儿车，我觉得同性恋比较偏爱热带地区。

　　出发前，检票员将一对母女送上车，入座在司机旁。她们穿着很正式，小姑娘很好奇，时不时会透过椅缝看我。车行 1 小时，停在路旁。这一带相当荒凉，不远处的土坡上有个村子。这对母女下了车，沿着土路向那边走去。看起来是乡下人到大城市谋生，回乡探亲。这对母女下车后，不久就来到一个加油站，周围仍然非常荒凉。车子停下，上来一个人点数着乘客，似乎是在查验司机私自载人。

车子继续沿着加勒比海滨向东北而行，地广人稀，高速公路直而平。隔离带很宽，车辆掉头就在隔离带上。公路修得好，收费也不少，沿途共收费 6 次，不知跑在高速公路上的马车是否也要缴费。

经过巴兰基亚（Barranquilla），这座城市位于马格达莱纳河口。在加勒比地区，该市的规模仅次于卡塔赫纳。此时正值一年一度的嘉年华会前夕，车水马龙，很是热闹。狂欢节一般于复活节前 40 天开始，持续 4 天 4 夜。嘉年华会起源于威尼斯，然后传到巴西里约、美国新奥尔良和哥伦比亚的巴兰基亚。目前世界上共有 4 处举行嘉年华会。据称此地嘉年华会的规模仅次于里约。

这个城市和卡塔赫纳都与马尔克斯有着不解之缘。他少年时曾多次来往于此，后又为当地的《先驱报》工作。那时他还未满 23 岁，撰写专栏赚取聊胜于无的工资。他回忆说："已过服兵役的年龄，却是得过两次淋病的老将。每天抽 16 支烟。"马尔克斯的文学生涯多与水有关。他以海滨城市卡塔赫纳为背景，创作了《霍乱时期的爱情》。他在马格达莱纳河上航行过 11 次，自称熟悉河上的每个村庄和树林。《迷宫中的将军》又是以古朴迷人的马达莱纳河上之城蒙帕克斯（Mompox）为背景。不朽之作《百年孤独》的故事则发生在阿拉卡塔卡河畔。

驶过巴兰基亚之后不久，湿地、泻湖和大海交替在车窗旁闪过。90 号公路变得极窄，左面几乎是贴着加勒比海行驶，右边是圣玛尔塔大沼泽湖。这片沼泽位于马格达莱纳河与内华达山脉圣玛尔塔之间，面积近 5 000 平方千米。湖水颜色多变，蓝、黄、浅灰、乳白带绿。早年沼泽湖与加勒比海相通，20 世纪 50 年代沿海修建了一条狭窄的沙质堤坝，再后来又修筑了公路，就是我们正在行驶的这一段。然而，湿地生态系统主要依赖的海水和淡水的自然交换却被隔阻了，盐度水平失衡，导致近 29 000 公顷的红树林消失。在地球上，为了交通方便，破坏生态和自然风景已经成为常态。

湖中散落着船屋，船屋前插着很多木杆。鱼鹰、鹭鸶站在木杆顶上，目光如炬地盯视着湖面。那些船屋大多是稻草木板所建，铁皮屋顶，讲究一些的房子周围搭起一圈走廊，这里渔产丰富，鱼晾晒在木板走廊上，洗净的衣物在绳子上随风飘动，一只狗站在衣服下。这是谢纳加（Cienaga）城水面的那部分，而"Cienaga"在西语中就是沼泽。印度克什米尔的达尔湖、柬埔寨的洞里萨湖和秘鲁的提提卡卡湖也有类似的湖上人家，但此地的红树林风景却迥然不同。

这个哥伦比亚唯一的高脚屋镇，街道就是湖，通行靠小船，只有一座桥通往教堂。马尔克斯在回忆中说："从巴兰基亚到阿拉卡塔卡，只能乘坐破烂不堪的汽艇驶出殖民时期奴隶挖成的航道，穿过一大片浑浊荒凉的沼泽，来到神秘的谢纳加，最后转乘普通列车。"他乘夜船经过大沼泽，"只见渔火点点，如水面繁星。水面上住着无数渔民，却只闻其声未见其人，他们的呼唤在沼泽上留下幽灵般的回声。突然间一缕乡愁涌上心头"。

阿拉卡塔卡是马尔克斯外祖父的家，他在那里出生并住到 8 岁。那也是 2 月，马尔克斯陪母亲回阿拉卡塔卡卖祖产。他们搭的夜船离港时信风大作，整个船身抖个不停。船里小厅钉着高低不同的吊床吊钩，放了一些木凳。乘客推推搡搡，提着大包小包，货物鸡笼甚至活猪抢占了木凳，下等妓女永远霸占着客舱里的两张上下铺。这一画面让我想起十多年前，我搭夜船离开达卡，我们在甲板上与山羊、鸡笼挤在一起。我还想起亚马孙河船上的吊床。如今从巴兰基亚到任何地方都有公路，既无须坐船，也不用坐火车了。

经过沼泽水上城之后，路面稍宽。草棚在路旁一字排开，鲜鱼吊在棚子上，草篮里摆满晒干的虾仁。此地为生艰难，但那简单淳朴的美让我回到很久以前的中国

圣玛尔塔山中

江南。也许只有坐在空调车上远距离观看，才能欣赏艰苦岁月之美吧？"怀旧总会无视苦难，放大幸福，谁也不免受它的侵袭。"（马尔克斯）

公路再次拓宽，此时已行车 3 小时。沿途风景已从茂密的热带树林逐渐变成树木稀疏的盐碱地或红土丘陵。我们看到山了，那就是圣玛尔塔内华达山脉（Sierra Nevada de Santa Marta）。这道山脉与安第斯山并不相连，最高峰为 5 700 米，距离加勒比海岸仅 42 千米。

公路开始分岔，一边是去圣玛尔塔，另一边去波哥大，此去波哥大近 1 000 千米。正逢旱季，绿色难觅。12 月雨季来时，天气会凉下来，大地也绿了。"黄昏时分，当 12 月的雨后，空气如钻石般晶莹剔透。圣玛尔塔内华达山脉白色之巅仿佛就在河对岸的香蕉种植园里。在山脉悬崖上，阿鲁阿科族印第安人背着满满的一袋姜，像蚂蚁般地沿着蜿蜒的山脊前行。他们嚼着可卡叶以减轻生命之重负。"（《活着为了讲述》——马尔克斯）

车辆多了起来，货运卡车在超车，速度极快，站在车厢里的年轻人回头向我们打手势，微笑。周围环境非常干燥，风也越来越大。虽然距离卡塔赫纳只有 200 多千米，但已是炎热的半干旱区。光秃秃的山坡上长着仙人掌类植物，竟然与我居住的美国西南地区相似，让我感到既熟悉又意外。

## 2.

圣玛尔塔由西班牙人罗德里戈·德·巴斯迪达斯于 1525 年建立，现在人口 50 万左右。虽然它是马格达莱纳省的省会，但当地人仍以务农为主。城市并不繁荣，更非国际旅游城市。

小巴的车站位于一个路口，司机说你们向前走，走两个路口就是旅馆。艳阳当空，边走边问。走着走着，绿荫多了，房子也越来越时髦。拐过弯，前面全部都是时髦的楼房，蓝色的大海闪现在街道的尽头。

我们的旅馆房间很大，设计开放现代，洁具、开关、水池都是正方形，极少圆形。我在德奥也住过类似的酒店，很多人觉得这样的设计不够人性化，但我就是喜欢简洁空间大。在美国生活久了，我对吃穿都不在乎，但要空间大，一旦住在小房间里，走在人挤人的路上，就会感到焦虑。

与设施相比，旅馆前台服务就逊色多了。这位服务生比起昨晚的那位显然资历较深，但几乎说不了英语。站在旁边的男服务生似乎是主管，但对顾客一言不发，甚至头都不抬一下。待我问完问题，他就开始和女生调笑。只见他绕过女生，顺便拍拍捏捏那女生的肩膀。这两人叽里呱啦地说笑起来，别看我听不懂西语，但他的肢体动作绝对够得上"me too"（注：意为性骚扰）了。

自助式早餐，服务很职业化，但食物除了水果并不美味。一群小姑娘叽叽喳喳，快乐得像小鸟。其中一个问我从哪里来。聊起来，这个开朗小姑娘推出她的同学："她的英文比我好很多。"原来她们都是私校学生，从麦德林来度假。我问她麦德林四季如春，这里又干又热，为啥来这里度假？她回答是学校组织的生物地质探察之旅，主要是看不同的地貌。她们还要去瓜希拉（La Guajira），那是委内瑞拉和哥伦比亚之间的半岛沙漠。放眼看去，餐厅里国际游客不多。国内游客大多来自哥伦比亚的"温带"。所谓的"温带"就是哥伦比亚南部和东南部的波哥大、麦德林、卡利等城市，这些城市位于安第斯山山谷，共同特点是海拔高，气候宜人，从不太热也不太冷。温带的人每年会到炎热的加勒比海滨度假。相对于卡塔赫纳和巴兰基亚，圣玛尔塔清净得多，原来海滨一线的现代化旅馆和公寓主要是接待国内游客啊。

　　虽然圣玛尔塔是欧洲人最早在南美建立的城市，但它没有殖民地古城。此地最知名的世俗的历史遗址大概就是彼得一世庄园（La Quinta de San Pedro Alejandrino）。因西蒙·玻利瓦尔在此故去，这个建于 17 世纪的庄园使地球上又多了一个玻利瓦尔纪念地。

　　西蒙·玻利瓦尔出生于现在的委内瑞拉，但哥伦比亚人坚定地认为这个南美的解放者是哥伦比亚人。说起来也非全无道理。19 世纪早期，南美诸国趁西班牙内战纷纷展开独立运动，早期，玻利瓦尔几乎是屡战屡败，他最后不得不流亡国外，而他的第一个胜利就是解放波哥大，其后继续领导了委内瑞拉、玻利维亚、厄瓜多尔和巴拿马的独立运动。玻利维亚原名上秘鲁，独立后为纪念玻利瓦尔而改名。在南美，以玻利瓦尔命名的城市和场所多不胜数，有人说他的雕像之多仅次于圣母玛利亚。

　　相对于其他纪念广场，这个玻利瓦尔的纪念地相当漂亮。草地开阔，灌木整齐，古树浪漫，在它们中间，屹立着明黄色的故居和白色的纪念碑。玻利瓦尔的故居是一组平房建筑群，但只有三栋房屋开放。每个房间都摆着几样古老的家具和一些文物，一个标牌上写着解放之父的简单生平。玻利瓦尔是具有西班牙贵族血统的土生白人，虽家境极为富有，但自幼父母双亡。他在近亲的家中长大，后因个性执拗，不服管教，遂被送入军事学校。成年后，玻利瓦尔去西班牙和法国读书并旅行。1802 年，他在西班牙结婚，婚后携妻返回委内瑞拉，但妻子不久即染病身亡。从结婚照上看，他的妻子很美。丧妻后，极度悲伤的玻利瓦尔离开故土再回欧洲。自那之后，他再未娶妻，但有过上百个情人。

　　玻利瓦尔在法国获得启蒙，启蒙者为约翰·洛克、卢梭、伏尔泰和孟德斯鸠。在法国时，他当过拿破仑的侍从并参加了拿破仑的加冕礼。据说他非常钦佩拿破仑的才能和勋业，但对拿破仑的称帝相当反感。在欧洲，他接触到革命思想，并找到

玻利瓦尔纪念堂

玻利瓦尔纪念园

了弗朗西斯科·德·米兰达（Francisco de Miranda）等志同道合的朋友。1810 年，玻利瓦尔和米兰达回到委内瑞拉，不久就成为独立运动的领导人。然而在委内瑞拉第一共和国建立后，米兰达因寡不敌众与殖民军签署协议。玻利瓦尔以叛徒之名逮捕了米兰达并把他交给殖民军，导致米兰达 1816 年死于监狱。这件事是玻利瓦尔道德上的一大污点。

故居的一个房间里放了一张床，床上盖着哥伦比亚红黄蓝三色国旗。1830 年 12 月 17 日玻利瓦尔就在这张床上去世。旁边的房间还有一个他的大理石卧像，一幅众人围绕玻利瓦尔辞世那一刻的油画。马尔克斯在自传中提到，他的外公在餐厅里挂了一张玻利瓦尔葬礼的画，画旁有一首长诗，最后几句大意是："你，圣玛尔塔，慈悲，你在海滩上死去。"看到解放之父穿着辉煌的制服躺在一张桌子上，他深感困惑，而那首诗使年幼的马尔克斯一直以为玻利瓦尔死在海滩上。马尔克斯的外公说："玻利瓦尔是世界上最伟大的人！"马尔克斯问："那是不是比耶稣更伟大？"外公无法证实他早前的评价，只好说："那是不同的两件事。"

纪念地里，高大的树木如卫兵般地立于路旁，白色的纪念堂就在路之尽头。大堂门两侧立着两只展翅的雄鹰，堂内黑白大理石肃穆森严。白色大理石雕像的最上方是玻利瓦尔，他的脚旁是一对天使，再下面是象征法律、公平和自由的人像。那些人像都很希腊，自然也都是白人。南美诸国独立前，主要矛盾是西班牙贵族、土生白人、当地土著间的矛盾。土生白人大多家境富裕，受过教育，与旧大陆保持着千丝万缕的联系。他们见多识广，很多人受过军事训练并参加过战斗。那时南美的土著完全处于被奴役的状况，既无声音，也无组织能力，南美的独立运动由土生白人领导也就顺理成章了。这里的两尊玻利瓦尔雕像均为立像，而我所见过的大多都是骑在马上。比较独特的雕像在哥伦比亚的佩雷拉城，那座雕像是他裸身骑在飞奔的马上，面相近似土著。

回旅馆的路上，我们特意绕到市中心的商业区。相对卡塔赫纳，行人不多，但商业区的人行道上排满了小摊，几乎难以通过。卖水果的、卖服装鞋帽和化妆品的、卖塑料制品和玩具的，林林总总，很像当年北京西单十字路口的摊位，但那时北京的摊子上没有廉价金饰。哥伦比亚人皮肤黑，黑皮肤的人适合戴金饰。姑娘们的连衣裙显然是花了大钱买的，但穿起来总有点儿土气，我觉得也像中国的 20 世纪 80 年代。居民商家都喜欢大音量，各种音响开得震天响。久而久之，会不会影响听力？就目前所见，我对这座城市的印象是农村和基本设施类似中国的 20 世纪 80 年代后，海滨高楼大厦类似 20 世纪 90 年代后，网络是 2000 年后。

## 3.

圣玛尔塔依山临海，但相对于高山，海洋比较乏味，而且只要是水，脾气都摸不透。旅游介绍说出海航行可以远眺泰罗那公园，既然泰罗那国家公园关闭，那只好乘船出海。船主是委内瑞拉人，船员都是当地人。船主说自己曾为世界银行工作过，但委国太糟糕，国内人能跑的都跑了，外国人不能进去。说起仍在圣马尔塔内华达山脉深处活动的准军事组织，巴兰基亚的贩毒，船主说："别听媒体的报道。这里很安全。"也许是按照委内瑞拉的安全标准吧？风浪甚大，唯有驶进海湾风才平歇。在海湾游泳，水温很舒服，但水中无甚可看。船上的午饭是烤鱼，看着不错，但咸而不鲜。乘船经过几个海湾，但没有看到泰罗那公园，颇为扫兴。

次日，我们去明卡（Minca）。明卡位于圣玛尔塔以东的山区，地名的含义是多个土著民族的聚集地。出城进山，草木渐多，越向山里行，植被越茂密。三刻钟

圣玛尔塔海湾泛舟

后，车停在明卡镇。这里已是圣玛尔塔内华达山脉。这山脉的最高峰海拔 5 000 多米，它既是哥伦比亚的最高峰，也是唯一下雪的地方。现在整个圣玛尔塔内华达山脉都是国家公园，泰罗那公园是其中的一部分。然而，除了明卡和泰罗那，其他地方大多人迹罕至，且很难进入。深山里还藏着一座丢失之城（Ciudad Perdida），据说那地方曾是美洲前哥伦布最大的城镇之一。它由当地土著建在圣玛尔塔内华达山脉的北坡，在西班牙征服时消失在丛林中，20 世纪 70 年代再次被发现。目前若想探索丢失之城，必须由导游带领，自背食宿，行走 4~6 天，沿途极为艰苦，步道客必须能在极为原始的生态中生存。我走过哥斯达黎加、火地岛、菲茨罗伊峰、百内国家公园中的步道，还走过印加古道，攀登过乞力马扎罗，但从未走过这样原始的步道，思忖应付不了。后来在旅馆大堂，遇到几个徒步丢失之城的年轻人。在场的人赞叹其壮行，他们却说累得几乎走不动了。

在导游带领下，众人徒步穿过小镇。镇上除了餐厅，还有小花店和木匠铺。漂亮的女木匠正在木板上量量画画。镇上，富裕的民居红瓦顶、白砖墙，后院还有游泳池，穷人家的铁皮屋窗上没有玻璃。无论贫富，无论地处多么偏远，每户的窗上都装有铁栏杆。这里的竹子高大、结实、茂盛，且种类繁多，很多人家以此做建材。虽然已在山里，但仍然非常闷热。河边稍凉爽，但蚊虫特别猖獗。穿过闷热的树林，再过三条小河。河桥极其原始，其中一处以石为桥，一位老者担心滑倒，竟然爬了过去，而导游自顾自地向前走去。哥国的旅游公司还不够专业。

走着走着，我们来到一处庭院。一只巨嘴鸟在树间跳上跳下，吸引众人注意。它绿色大嘴，绿色的眼圈，嘴唇鲜红。此前在明卡镇，一只小鹦鹉飞来站在我手指上。在巴西，在哥斯达黎加，我都见过非常美丽的金刚鹦鹉。一些鹦鹉寿命和人的寿命差不多，而且会说话。马尔克斯老家的那只鹦鹉洛伦索据说活了近百岁，它会喊反抗西班牙的口号，唱独立战争时的歌曲。它几乎全盲，某年一天，它凄厉的叫声差点儿将屋顶掀翻："公牛！公牛！公牛来了！"家里人最初都以为那只鹦鹉老年痴呆，在胡说八道，但当她们看到一只野牛怒吼着冲进厨房，才明白洛伦索在叫什么。这些鸟真神奇！

　　导游停下，指着一棵植物说："你们看，这就是咖啡豆。"那一串串青色的咖啡豆长在一棵矮树上，原来这是一家咖啡种植园。南美很多国家都有咖啡园之旅，但哥伦比亚咖啡出口量大，导游知识也相当丰富。哥伦比亚咖啡是西班牙人从埃塞俄比亚引入的，哥伦比亚咖啡主要有两个品种：阿拉比卡（Arabica）和罗布斯塔（Robusta），前者被认为是最好的咖啡。导游又说："即便是同一种咖啡，因土质不同味道也有差异。这个地区的咖啡豆具有焦糖味，有些土质会产出巧克力味。"咖啡豆11月成熟，成熟时会变成红色。导游带我们来到一个水池旁，边说边做示范："采摘下的咖啡豆分离出叶子和杂物，然后放入水中浸泡，沉下去的就是好豆，浸泡的长短对味道也有影响。"泡过的咖啡豆要晒干，晾晒后外皮会脱下。脱皮后的咖啡豆颜色变深，然后用手工再做二次脱皮。最后一道工序是烘烤。因烘烤后的咖啡豆只能存放数月，所以哥伦比亚出口的咖啡大都未经过烘烤。烘烤的程度决定咖啡的味道，磨咖啡的机器，添加的牛奶和水也会影响咖啡味道，因此才有美式咖啡、卡布奇诺、摩卡咖啡等。我向导游提问："那么不带咖啡因的咖啡是怎样制作的？"她答："泡水泡掉咖啡油，但商家不会那样做。因为太费工，经济上不合算。市场上去除咖啡因的咖啡都是用化学方式，不健康。"

　　走出咖啡园，我们继续徒步。走下一处窄陡的坡路，来到蓝井（Pozo Azul）瀑布池塘。巨石间一挂瀑布，水上飘散着五彩的叶子。那挂瀑布有上下两个池塘，年轻人纷纷解衣跳下，蹬着大石头爬到上面池塘。我们脱下鞋袜，坐在大石头上，享

上：金刚鹦鹉
下：蓝井瀑布池塘

受清凉。与我们拼车的荷兰夫妻坐在旁边，男人说："我妻子有孕在身，我要特别小心。"一个英国老太太说退休后独自出来旅行半年，已经走遍了南美和东南亚。

我以为会在镇上吃午餐，却不想走过镇子并未停留。又走了很长的山边陡路，才到午餐地。悬崖上的一小块平地上，伫立着石头和竹子建造的旅馆，靠近悬崖处以竹子搭建了厨房酒吧，它的前方就是悬崖。远山苍茫，森林茂密，悬崖绝壁布满藤木，山道蜿蜒。那是内华达山脉的最高峰，每日清晨，第一缕阳光将它染成蓝色。更远处，圣玛尔塔城隐约可见。这一路走来，才知明卡镇的山里有好多家旅馆。据说其中一家旅馆在山顶上架了一个世界最大的吊床。

门槛上悬着"丛林乔"的牌子，乔就是公司老板的名字。竹楼之外有一大石铺就的空场，亭亭如盖的树下放了三张木质长餐桌。清风徐徐，一名男歌手倚墙弹唱。在炎热中走了3小时后，此时此地真让人惬意。乔自己做厨师，午饭非常可口。餐后，乔又当起了讲解员。他讲了哥伦比亚的毒虫、毒蛇、毒蜈蚣、金色的毒蛙、喜欢吃香蕉的毒蜘蛛，据说被毒蜘蛛咬三口就会致命。热带地区处处危险，需要时时小心。今天是我此次中美、南美之行第一次使用驱蚊剂，但仍被咬得处处瘢痕，那些瘢痕半个多月后才愈合。如果徒步4天，夜宿丛林，走到丢失之城不知会遭遇多少毒虫。

乔讲完后，一个男生开始讲解可可如何做出巧克力，并拿出现磨的可可酱让听众品尝。我去年10月在厄瓜多尔参观过可可种植园，并不觉得新鲜。最后乔与歌手合唱巧克力之歌，歌词大意是："巧克力如何催情，又如此之催情。"乔的祖先来自意大利，他的生活热情感染了在场的每个人。

记于 2020 年 2 月 12—14 日

丛林乔旅馆午餐三图

# 此地依然孤独——走访马尔克斯故居

清晨，我们前往马尔克斯的祖居地阿拉卡塔卡（Aracataca）。出了圣玛尔塔，车向东南行，不久就离开海岸，深入腹地。沿途可见大片香蕉种植园，成熟的大捆香蕉都套上了塑料袋。这里的香蕉园与危地马拉类似，以前都属于美国联合果品公司。联合果品鼎盛时期不仅控制南美一些国家的经济命脉，而且参与颠覆政权。马尔克斯记忆中的香蕉种植园犹如独立王国："围着通电的铁丝网，像硕大无比的鸡笼，夏日凉爽的清晨，被烧焦的燕子黑压压一片；透过铁丝网，有时能看见戴着宽檐薄纱帽、穿着麦斯林纱裙的弱不禁风的美人拿着金剪刀在花园里修剪花枝。"

公路穿过了好几条河，"每条河边都有一座村庄，火车怪叫着驶过铁桥，在冰冷的河水中洗澡的女孩如鲱鱼般跳了起来，乳房一闪，让乘客不知所措"。（马尔克斯）如今河中仍有洗衣和洗澡的人，但铁路早已不再载客。驶过阿拉卡塔卡河，河水依然清澈，河边的房顶仍是生锈的铁皮，那上面落着候鸟或迷途的海鸥。

阿拉卡塔卡小镇沿河而建，"阿拉"的意思是河，"卡塔卡"是族人对首领的称呼，因此当地人只称此地为"卡塔卡"。镇口摆着一串竹木搭成的小摊，所售都是极为便宜的日用品，穷困显而易见。小小的火车站位于城东南，距离马尔克斯故居步行10分钟。当年马尔克斯回故乡，就在这里下火车。

"火车在时，我们没有感到全然孤独，但当它突然撕心裂肺地鸣着笛开走后，妈妈和我相对无言，无助地站在大太阳底下。镇子沉甸甸的凄凉扑面而来，锌皮顶、木结构、长廊形阳台的老车站，像挪到了热带的西部片场景。"作家童年时，那辆火车的座位分三等，"政府高官和香蕉公司高级职员坐一等座，过道里铺着地毯，包着红色天鹅绒的扶手椅可以转向。要是香蕉公司老总、老总的家人和贵宾乘坐，车尾会加挂一节豪华车厢，镀金窗檐，遮阳玻璃，外加露天茶座，可以在旅途中坐在小桌边喝茶"。

继续向西行驶，我们驶过一座座白色或其他颜色的矮小平房。一些街道仍然是土路，街边人家都装了铁栏门窗。车子经过市中心，玻利瓦尔广场，白色勾红边的教堂，还有一家漆成大红色的超市和两家咖啡店。在马尔克斯的回忆中，这里曾有电影院和红灯区，街上的房子仿佛来自童话世界。香蕉公司的老总开着豪华敞篷车，同车的德国牧师端坐如国王。此时，到处都是冷冷清清，布满灰尘，完全不像一座有 4 万人口的城市。

虽然镇子上有好几幅马尔克斯的画像，但没有任何有关作家的纪念品，没有钥匙链，没有 T 恤衫，也没有冰箱贴，甚至作家的故居都不收费。1961 年以后，马尔克斯主要住在墨西哥城。2014 年，作家去世时，当地曾力争让作家叶落归根，但马尔克斯的骨灰被葬在卡塔赫纳，那个连他故居都没有保留的，让他爱恨交加的城市。

从市中心向南，马尔克斯的故居在一条窄街上。这是马尔克斯外祖父母的老宅，也是马尔克斯成名前，他家族的唯一产业。白木屋的屋顶很陡，如伞般地张开，那把"大伞"下接出的宽回廊遮挡阳光或雨水。据说这房子重建时保留了宽大的雪松板。早年镇上的房子都是雪松板的高顶木屋，但如今大多是低矮的水泥盒子。

木屋内的房间一字排开，中有走廊。第一间是会客室兼私人办公室。屋里摆了书桌和摇椅，在醒目的地方挂着马尔克斯外祖父尼古拉斯的照片。那位老人着浅色

马尔克斯故居正面

西服深色领带，神态安详又骄傲。在马尔克斯记忆中，他的外公身材矮胖，气血旺盛，光亮的头皮上有些许白发，髭须硬朗，戴一副金框圆片眼镜。"天下太平时，外公说话不紧不慢，善解人意，秉持息事宁人之道，但他的保守派朋友们回忆说，他在战场上却步步紧逼，很难对付。"

马尔克斯是在外祖父母卧室出生的，那里挂着两个老人的合影。马尔克斯出生前，他的父母搬到这里与外祖父母同住。马尔克斯出生不久，他的父母迁往巴兰基亚谋生。马尔克斯留在卡塔卡，由外祖父母照料长大。外祖父尼古拉斯对他影响深远。

尼古拉斯·马尔克斯上校家有薄产，年轻时为自由党作战，解甲归田后回到祖籍巴兰卡斯。后来为了捍卫荣誉，他在决斗中杀了人。为了免祸，漂流在外的尼古拉斯最终接受阿拉卡塔卡的税务官一职，举家迁来此地定居。阿拉卡塔卡位居腹地，极其闭塞，海风不至，非常炎热，绝非梦想中的乐土，但尼古拉斯一家人搬来不久，香蕉种植园开始造就当地的繁荣。联合果品公司需要大量的劳动力，外地人纷沓而至。哥伦比亚人，玻利维亚人，来人甚至远自意大利和叙利亚。来到此地的有监狱的逃犯、法国记者，芸芸众生，形形色色。那时此地既有午后单簧管吹奏的忧伤华尔兹舞曲，也有傍晚下工的黑人高歌狂舞。尼古拉斯的一个棋友来自比利时，此人打过仗，航过海，还是涉猎甚广的艺术家。马尔克斯看到外面的世界，听到各种各样的故事。

紧邻着办公室的是尼古拉斯金银作坊，这里有一些简单的工具，地板上插着一些铁制金鱼。据马尔克斯回忆，外祖父的手艺来自祖传，他会制作身子会动、镶着绿宝石眼睛的小金鱼。读过《百年孤独》的人立刻就能想到奥雷里亚诺年老归家，每天做两条小金鱼，做到 25 条时便放入坩埚里熔化，重新再做。据说《百年孤独》

中的乌尔苏拉之原型就是马尔克斯的母亲露易莎·马尔克斯。她出生于普通人家，成长于香蕉公司昙花一现的繁荣期，曾在圣马尔塔学校里受过富家小姐般的良好教育。在现实生活中，她生育时间长达 20 多年。她生有 11 个子女，而马尔克斯的父亲还有 4 个私生子。这个家庭的日子一直捉襟见肘，但马尔克斯的母亲似乎不怎么发愁。2002 年，她在卡塔赫纳逝世，享年 97 岁。那时她已经有了 67 个孙子、73 个重孙子和 5 个重孙女，据说葬礼隆重得犹如一个民族英雄去世。

在这间房里，尼古拉斯接待过一些大人物。虽然他在此地无权无势，但因作战资历久，处事公平，却备受尊重。他担任过两任镇长，做过香蕉种植园劳资双方谈判的调停人。那次调停并未成功，暴动的香蕉工人遭到军队屠杀，据说死者 3 000 人。马尔克斯成年后，作为记者曾经采访屠杀事件的幸存者和目击者，并梳理报刊和官方文件，最终发现被害人数的真相始终无迹可寻。

走廊拓宽一段便是餐厅，这是整栋房子中最明亮宽敞的一间。一张长方型的饭桌，一盏玻璃吊灯，马尔克斯回忆道："这座老宅不仅是一个家，更是一个镇子。"这"镇子"里的人一直在思乡，如果没听说老家巴兰斯卡的闲言碎语，这一天就不完整。他们每天都接待下火车的老家人，那些人来自极为偏远的地方，多半与家族沾亲带故。老家来人总会留下吃饭，一个流水席总要吃好几轮。关门就寝时，各人选地方挂吊床，高高低低，一直挂到了院里的树上。

除了客人，这一家更是人丁兴旺，食指浩繁。"总共 15 个孩子，只要有吃的，随便一坐，吃起来就像有 30 个孩子。"当他的父亲追求母亲时，外公对有私生子的未来女婿竟然在道德上有所忧虑，而外公自己，除了 3 个婚生子，还有 9 个私生子。作者回忆说："那些年里，有一天最神奇：家里来了一群着装统一、打着绑腿、靴后跟绑着马刺的男人，额头上都涂有圣灰十字。他们是'千日战争'时期上校

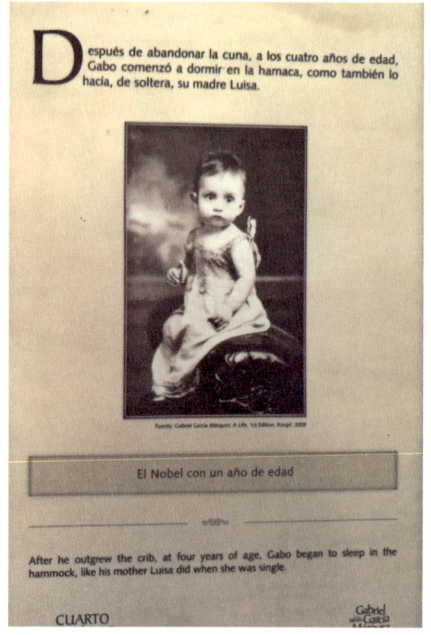

上：故居餐厅

下：马尔克斯童年照

在'省'内各地留下的私生子，他们从各自家乡赶来为他庆祝生日，但晚到了一个月。"有一次马尔克斯在某地火车站的饭店吃饭，多年后才知那女店主是他的一个姨母。最有趣的是，马尔克斯在波哥大路遇一个老人，那人长得与他外公太像了，以至于他几乎脱口喊出外公。老人问他，你那著名的外公叫什么名字？听了回答后，那人说，我就是你外公的长子。那个时代的哥伦比亚人根本不在意私生子，按马尔克斯解释是因家庭不愿女儿下嫁，乃至满街都是私生子。

餐厅的角落里挂着一捆香蕉，旁边看板写着香蕉种植园的历史。"19世纪末，20世纪初，香蕉出口带来该地区的繁荣。1929年，哥伦比亚成为世界第三大香蕉出口国。"阿拉卡塔卡因香蕉经济而盛而衰，《百年孤独》中的布恩迪亚家族定居地"马孔多"的名字就取自附近的香蕉种植园。

事实上，自马尔克斯父母结婚后，这里就开始衰落，居民一直盼着香蕉公司返回。20年前，因躲避准军事武装的暴力，此地人口暴增，但这里几无工作机会，却有毒品问题。直到2014年，当地还只有一家小旅舍，来此的游客主要是马尔克斯的铁粉。

餐厅之后的厨房是马尔克斯家女眷的领地。她们从这里端出面包甜点，加入里奥阿查甘薯的浓汤、早餐的鸡蛋、黄油玉米饼、炖小山羊、烹好的甲鱼和虾子。这个家族的女性坚强宽容，贫贱不移。捉襟见肘时，外婆米娜带着她那帮稀里糊涂的女人做了家里的顶梁柱。正是家族里众多的女性和儿时众多的女佣铸就了马尔克斯的性格和思维方式。

马尔克斯童年的睡房很小，内有吊床。墙上的那张照片就是《活着为了讲述》的封面照，那恐怕是他童年唯一的单人照。几个房间中的一间做过病房，马尔克斯6岁时就在老宅中见过生死。作家回忆录中提到卧室里有个祭坛，摆放着真人大小的圣徒像，比教堂里的更逼真、更阴森。不要说孩子，我住在有圣像的房子里都觉得阴森可怖。

　　走到后院，这里曾经花团锦簇，有时茉莉花香浓郁得让人无法呼吸。也曾有过精心打理的菜园，山羊、母鸡和猪在牲口圈里和平共处。参天的大树仍在，但我不知道那是不是栗树。后院的两面墙上都有马尔克斯的画像，一幅严肃一幅亲切，像旁写着他的爱称"加博（Gabo）"。

　　作家离开这里后，随父母先后住过巴兰基亚和苏克雷，然后去波哥大上法学院。家境贫寒，父母供他上大学不易，他的父亲更是将自己的大学梦交给他去圆。大学二年级时，马尔克斯打算为写作而辍学。就在那个暑假，他陪母亲路易萨回乡卖这栋老宅。回来后，母亲带他拜访了老友医生巴尔沃萨。医生仁心仁术，很有名望，他的药房曾是香蕉时代最好的药房。但彼时的阿拉卡塔卡几近穷途末路，白天秃鹫在医生房顶上跳跃，"夜晚更糟，能听见死人在街上走"。

　　路易萨指望着医生能说服儿子重返校园，但医生却对路易萨说："个人志向与生俱来，背道而行有碍健康，顺势而行，妙药灵丹。"故乡之行后，马尔克斯像战场上的战士一样视死如归地发下誓言："要么写作，要么死去。"在码头上，他挥别母亲后，就飞奔回《先驱报》办公室。"灵感如鲠在喉，不吐不快。我连气都没喘，就用妈妈的话作为第二部小说的开头：'我想请你陪我去卖房子。'"

记于 2020 年 2 月 15 日

文中所引《活着为了讲述》摘自南海出版公司，

译者李静，作者亦有改动

上：马尔克斯故居
下：后院参天大树仍在

# 白色之城波帕扬

*1.*

哥伦比亚面积 100 多万平方千米，其面积稍逊于南美第三大国秘鲁。我 2013 年去过秘鲁，感觉哥伦比亚的自然环境比秘鲁好多了，而且地貌多样又独特。从哥伦比亚北面的加勒比海向南伸展 1 600 多千米，从东到西面的太平洋大概 1 300 千米。这个国家有 6 个自然区：与厄瓜多尔和委内瑞拉共享的安第斯山脉地区；与巴拿马和厄瓜多尔共享的太平洋沿海地区；与委内瑞拉和巴拿马共享的加勒比沿海地区；与委内瑞拉共享的拉诺斯低地平原；还有与委内瑞拉、巴西、秘鲁和厄瓜多尔共享的亚马孙雨林地区。在大西洋和太平洋上，哥伦比亚还有不少岛屿。在交通不发达的年代，任何坏消息自海拔 2 500 米处由烧柴的汽船在马格达莱纳河上航行 8 天才能抵达海滨。

今天我们从加勒比海滨的圣玛尔塔飞往群山包围的波帕扬（Popayan），飞行时间近 6 小时，若驾车则要走一天一夜。波帕扬城市不大，却是考卡（Cauca）省的首府。该省位于哥伦比亚西南地区，省内有海洋、沼泽、火山，既有亚马孙热带雨林，也有安第斯山高地。波帕扬海拔约 1 700 米，它夹在西部山脉和中央山脉之间，历史上就是利马、基多和卡塔赫纳的交通要冲。

从闷热的卡塔赫纳、干燥的圣玛尔塔一路过来，飞临波帕扬时顿感神清气爽。从空中就看到林木茂盛的群山、流淌的大河和闪光的湖泊。落地后，更觉明亮凉

登高俯瞰波帕扬市区

爽。哥伦比亚的气候是以垂直方式决定的，所有宜居地都在高海拔的山区。

我们住的旅馆原是古老的圣方济各修道院，两层的白色建筑方方正正地围住一方庭院。这是旧城最高级的旅馆。庭院中央一座喷水池，四面的玫瑰长成灌木。拱廊里摆放着古旧的木椅和刻花皮椅，我们的房间也带着岁月的痕迹。房间和凉台很宽敞，凉台与隔壁房间隔着一道矮墙。我坐在凉台俯瞰后花园，那里遍植黄色的萱草。如此清修之地，我也愿意当修女。

隔壁邻居出来闲坐，我们聊了起来。他来自德国，一行四人自驾到此，今天打算去圣阿古斯丁（San Agustín）考古遗址。我说来此也是为了去那里，你觉得那里如何？他答："没去成。昨天接到警告，说是周五到周日不安全，我们只好放弃，明天带着遗憾离开。"

圣阿古斯丁位于波帕扬东南 100 多千米，它与铁拉登特罗（Tierradentro）遗址同属于前哥伦布文化－圣阿古斯丁文化，并于 1995 年被列为联合国文化遗产保护地。铁拉登特罗主要是地下墓室，而圣阿古斯丁包括祭奠和墓地。大约 23 平方千米的圣阿古斯丁遗址里有 600 多个巨石阵和雕塑，是谁，又于何时建造了这些雕像？据考古学家和人类学家考证，该文化的最早遗迹可追溯到公元前 3300 年，而这些考古遗址在公元 1350 年左右被遗弃。哥伦比亚的前哥伦布文化有 12 支，被发现的遗址只有 3 支——波帕扬附近两处，以及圣马尔塔内华达山脉的失落之城。圣阿古斯丁遗址在 18 世纪和 19 世纪被重新发现，但盗墓贼为了寻找黄金已经洗劫了大部分墓地。目前只能确定那一带黄金非常稀缺，并不能证明遗址具有印加、玛雅和阿兹特克那样的文明。

外子去前台询问如何前往圣阿古斯丁，服务员说乘公车当天无法来回，那里住宿有限。虽然不过 200 千米的路，但路很不好走，来回需要 10 多个小时，包车去

圣方济各修道院旅馆方庭

圣何塞教堂

300 美元，但他不敢保证沿途安全。来哥伦比亚之前，我在美国国务院网站注册旅行计划，得知考卡省有组织犯罪比较严重，但波帕扬还是安全。看看稍微大一点儿的店铺，如药店、银行外币兑换都设有铁栏杆柜台，又想到最近抗议示威，准军事组织趁机活动，商量结果还是就去看城市和附近的国家公园。

我们到达的这天正在戒严，街上没有任何车辆。静谧的老城里街道狭窄，街上的鹅卵石已有几百年历史。巴洛克风格的教堂、西班牙风格带拱廊的住房、花园广场都是典型的西班牙殖民地风格。虽然与秘鲁的库斯科、厄瓜多尔的昆卡相似，但建得更加规整，每条街道像格栅般整齐。除了东边有一座小山，老城基本是平地，最特别的是民居和教堂皆为白色。"波帕扬"来自土著语言，大意是"有红屋顶的两个村庄"，但城里大多数建筑都是白墙黑瓦，在高原的阳光下，在绿色群山包围中，分外醒目。

修道院旅馆的东邻为圣方济各教堂（Iglesia de San Francisco），从这里继续向前走，几乎每一个转角就能看到风格各异的教堂。圣多明哥教堂、圣奥古斯丁教堂、圣何塞教堂，还有与民居和商店混在一处的转世教堂和卡门教堂。最古老的埃尔米塔·纳扎雷诺教堂建于 1543 年，已历 4 世纪之久。这里的圣周游行起始于 16 世纪，以其庄严肃穆而广为人知。

卡尔达斯广场（Caldas Park）是城市的心脏，它与城市同时诞生于 1537 年。但广场几乎无人，安静得让我吃惊。广场西面的圣母升天教堂建于 1546 年，这个教堂曾保存了安第斯山的王冠。那个王冠装饰了 450 颗祖母绿宝石，最大的那颗据信来自于印加皇帝阿塔瓦尔帕。后来教会发生财政危机，这个宝贝被卖给了美国人，目前收藏在纽约大都会博物馆。

广场上的白色建筑还有钟楼和弗朗西斯科·卡尔达斯礼堂，后者原是多明哥

上：圣多明哥教堂

下：圣方济各教堂，左下角是那

家意大利餐馆的招牌

波帕扬白墙黑瓦街道

安第斯山脉随笔 ... 白色之城波帕扬

普拉斯自然公园

教派的修道院，20世纪初被赠与考卡大学。该所大学建于1827年，是哥国最古老的大学之一。大学奠定了城市的文化底蕴，哥国的17位总统，好几个重要的诗人、画家、作家都来自这个地区。

## 2.

次日一早驶离波帕扬，向南，不久进入山中。司机不太会讲英语，依靠谷歌翻译，我们只知道去普拉斯自然公园（Parque Natural de Puracé）。茂密林木绿得发黑，草场如地毯般铺满山峦，绿得让人叹息。一直在上山，森林深处一挂白色的瀑布，草地上偶然一户人家。森林草地深绿浅绿，深谷和高峰交叠而至，哥伦比亚最重要的4条河流——马格达莱纳河、考卡河、贾普拉河和帕蒂亚河都发源于这个地区。

车行1小时后，穿过一个村庄，我们来到了公园门口。司机领着我们进了一个院子，却没有预料中的售票处。司机去办了手续，然后带着一男一女，一老一少两个土著人走来。他比画着说，这两人要与我们同去。我不明白怎么回事，心想也许搭车去前面的村子吧？汽车进入公园，柏油路也就此断了。开了一阵子，停下。司机示意下车跟着走。两位土著人显然是有备而来，不仅穿戴御寒的衣帽，还提着一只小铁桶。那铁桶里装了什么？走到路边一个画着鹰标记的木牌下，女生推开木栅门，我紧随其后。步道在密密的灌木丛中延伸，一直走到山顶。我们站在岩石坡顶上，只见对面山壑纵横，山下一片草地。此时那个女生已经身手矫健地登上前面一块巨石，我甚至没有看到她是怎样上去的。

突然，我看到那块岩石上，她的对面落了一只康多鹰（Condo）。那是一只白头白翅黑身的鹰，身高几及女生腰间。与身躯相比，它的秃头很小，面相凶狠。又有几只鹰从远方穿过云层飞来。那个女生手里拿着什么，抛向空中，鹰俯冲而下，叼住。我这才明白，原来她是喂鹰人，小桶里装的是鲜肉。一只又一只鹰飞来，那些未成年的鹰全身漆黑，面相柔和，甚至有几分萌。康多鹰在天空翱翔，俯冲，叼起放在岩石上的肉块，再起飞。风起云涌，鹰翅抖动。我突然想起那首鹰歌《老鹰之歌》（*El Condor Pasa*），那首南美民歌因保罗·西蒙和加芬克尔（Paul Simon & Garfunkel）翻唱而流行欧美。在排箫声中，安第斯山的康多鹰飞越山谷、大河，飞过昔日的印加帝国古都库斯科，飞过巴塔哥尼亚草原，飞过雪原和火山，也飞过雨林。喂完鹰，女生在本子上记下什么。后来我才知道这一带山里有 600 多只康多鹰。

返回大路，喂鹰人向我们告别，又上来一位绿衣女子。车子继续在云雾山中前行。山路蜿蜒，有些路段路况极坏。虽然司机尽量避开坑洼，但仍须抓紧椅背。颠簸难耐，几乎震散骨架时，突然头又撞到车顶。经过一片又一片灰绿色的高山灌木台地，路面稍微平坦。车子在安杜尔布诺（Andulbno）瀑布停下。我们在浓雾中穿过湿漉漉的灌木林。水声喧哗，水流湍急，大河汹涌，两岸草木被疾风与水汽吹得摇摆不停。山下阳光灿烂，山中阴云密布，此时气温还不到 20 摄氏度。离开瀑布，路仍难行，颠簸摇晃中，地势继续上升。我们已经从热带雨林、温热带雾林、高山灌木台地到干旱草原，此刻离开苔原，正在下山。转过一个山口，远山朦胧，贝当小瀑布湖面如镜，湖泊绿叶柔软亮丽。

车停在一个步道口，司机并未下车。绿衣女子手持一柄小伞在前面引路，时不时指点出一丛兰花，或其他有趣的植物。走了 20 分钟，我心中纳闷这是要去哪里，前面就出现一座草棚。简陋的木桥旁涌出一片乳白，远山朦胧。在毫无征兆时，我

康多鹰三图

上：康多鹰在南美大地上空飞翔

下：浓雾下的山泉

热泉三图

们走入圣胡安（San Juan）热泉区。沿着木制步道在乳白、天蓝、翠绿中绕行，湍急的溪流，咕嘟咕嘟冒泡的小喷泉，貌似宁静的硫磺湖，貌似可以触摸的青苔。石阶湿滑，蕨类、铁树长得茂盛。沿着石阶向上走，这里海拔高、缺氧，心怦怦地跳着。走到山顶，斑斓的全景尽收眼底。我听到瀑布水声，猜想是在山后，但无路可通。这是我哥伦比亚旅行中最美的地区，虽然风景和色彩不能与九寨沟相比，但沿途从未遇到任何人。茫茫深山中只有我们两个访客，由三位导游陪同。

这个公园的面积大概 800 平方千米，东西窄南北长，并从东北向西南延伸。园内有活火山、热泉、雨林、高原台地和苔原，随着地势变化，植被呈现多样性。公园里 200 多种兰花、160 种鸟，还有熊、豹、貘和世界上最小的普度鹿（Pudu）。如果天气晴朗，可以去登普拉斯活火山，那是哥伦比亚最活跃的火山之一，火山口海拔 4 600 多米。但自从 1961 年公园建立后，就没修过路。从观鹰台到热泉只是公园的东北一小部分，有三四十千米，但驾车就用去 2 个小时。据说看火山要走一天，而那些动物都在人类无法到达的地区。这个国家公园也是土著人保护地，没有大门售票处，也没有工作人员，进公园必须由土著人陪同。我已走过世界上不少国家公园，但只有此地处于非常原始状态。"普拉斯"的含义就是纯净，确实名实相符。

早上 8 点出发，现在早过了午饭时间。说好了包车包饭，要去哪里吃饭呢？出了公园，还未进村，司机再次进山。这段山路又是特别难走，好不容易开到一家临着深谷的饭店。司机下车去看，回说关门了。返回大路，停在临街的一户人家。那家房顶几乎与公路等高，我猜此地寒冷风大，建得低一些可以保暖。房子外墙挂着色彩鲜艳的小铁桶，里面种了同样艳丽的花。众人下车，他们在商量着什么。主人把我们迎进屋，在餐桌旁落座，我才明白刚才是问能不能给我们做顿饭。

虽然房子简陋，却收拾得干净，基本设施完整。客厅里挂着圣母抱圣婴的画

上：热泉沼泽

下：农家做客

像、家人合影，还有一张宗教招贴画。我看不懂文字，只觉得南美的耶稣比欧美的帅。老太太在厨房里忙着，连说带比画，我得知她 77 岁，有 6 个孩子、10 个孙辈。一会儿，老人的儿子就为我们端上浓汤。汤很热，喝下去暖暖的。煎猪排、土豆、荷包蛋，很美味。在座的人说说笑笑，司机用谷歌翻译说："哥伦比亚人是幸福的人民。"这顿饭比在餐馆吃得有趣。

### 3.

"修道院"的餐厅设在后院的回廊里，廊外鸟声一片，我们就在鸟声中用餐。自助早餐中，我最喜欢水果，木瓜、芒果、西瓜、菠萝、百香果、金莓，还有一些不知名的水果。隔壁桌的女人看我不会吃，特意过来指导。"这是古鲁帕，另一种百香果。这个是博罗霍。这个呢？是香蕉百香果。"聊下去，得知她来自美国，在当地长大，每年冬天都会回乡。她说直到 20 世纪 90 年代，波帕扬还是安静的大学城。现在人口 30 万，但在哥伦比亚仍算小城市。提到普拉斯国家公园，她说十多年前去过，路很难走。为何不修路？她说一个原因是 20 世纪 90 年代，公园成为哥伦比亚革命武装力量（FARC）的大本营，直到 2002 年才被清除。事实上，那支游击队从 20 世纪 60 年代一直活跃到 2017 年，与政府达成停火协议后两年又宣称再次进行武装斗争。那女人的丈夫插话道："以前可以自驾去普拉斯国家公园，后来发生过多次泡温泉死亡事件，现在必须由当地人陪同了。"

今天天气很好，城市里很热闹。车水马龙，单行道，只有主街街口有人吹哨指挥。街上做小买卖的人很多，糖果论块卖，我才晓得行旅中给司机咖啡糖，他是真高兴，不仅仅是客气。小贩在卖一种红黄色的果子，他削了皮放入小塑料袋里。如

圣方济各旅馆后花园的清晨

有顾客，他现削现卖，还放上不同的调料。旁边的人看我跃跃欲试，打手势说："别怕，好吃！"待削好，小贩问要什么调料。蜂蜜？奶？盐？我各样都试了，原味类似栗子和红薯的混合。后来才知道这是一种棕榈树果。

有个小女孩儿把大半个雪糕掉在地上，她妈妈说："哦，玛丽亚·胡里安娜！"全名称呼就是告诉那孩子你这次真糟糕啊！一个小贩在熬东西，旁边放着椰子。不知在熬什么，我好奇地举起手机。他说："乌诺米拉 for photo。"乌诺是 1，米拉是千，意思是拍照要 1 000 块。别怕，哥国货币是以千为基本单位，3 200 等于 1 块美金。

几步路就离开了喧嚣的闹市，绿色中的卡尔达斯市中心公园仍然安静。公园里的人比周末多了很多，几乎每张长椅上都坐了人，一些人坐在马路牙子上。看书、低声谈话，或者什么都不做。走出树荫，东边的广场上搭了很多棚子，原来今天有兰花展览！一对很文雅的老夫妇，手挽手散步，那个派头装束像是退休的大学教授。半个世纪前，城里高中教科学课的老师大多来自欧洲，现在还有瑞士人的社区。

我们一直向东走，走到小山（El Morro del Tulcan）上。这座山有个奇怪的名字——"塔尔肯人的鼻子"，其实是当地土著建筑的残余，建筑时间大概是公元前 16 至公元前 5 世纪，形状类似削平的金字塔。站在山顶，城市尽收眼底。

山顶的小广场上，伫立着波帕扬的缔造人塞巴斯蒂安·德·贝拉卡萨尔的雕像。这个西班牙人于 1537 年 1 月到达这里，之前他征服了基多。他与摧毁印加帝国的皮萨罗是一伙的，但经常与其他征服者发生争执。为野心所害，他杀了另一个征服者。杀人后，被当地法庭判处有罪，在回西班牙申诉之前死于卡塔赫纳。

离开小山，走过砖桥。这座拱桥建于 1873 年，由意大利人设计，德国人建造。这里是断层，曾经很难通过，据说行人要爬着走。砖桥修好后，在很长一段时间里，它是城市的主要入口之一，现在连接中心区和北区。波帕扬数次毁于地震，

1983 年的那次地震毁掉了城市中很多辉煌的古老建筑，但砖桥完好无损。

回到老城后，我们试图进入考卡大学参观，但不被容许。再次进入喧嚣的闹市，走进一座教堂。无论怎样喧嚣，教堂总是安宁。一个小贩走进来，放下货物，走上前，屈膝划十字，一个老人安静地坐着，低头沉思。今天我再次走进教堂为亲友和武汉人祈祷，一个没有安静沉思忏悔的地区该是多么可悲啊！

波帕扬是联合国教科文组织 2005 年首次命名的美食城，每年 9 月这里举办美食节。知名的菜肴是西班牙和当地土著混合，圣科乔（Sancocho）浓汤，卡兰塔（Carantanta），酸橙腌海鲜等。我觉得南美的菜肴大同小异，浓汤是把各种肉类、玉米或土豆、番茄、洋葱等放在一起熬，烹调技艺上没有太多新奇，但除了饥饿食欲，主要还是食材新鲜，只要新鲜，什么菜肴都好吃。

这几天，我们一直吃意大利餐馆。餐馆距离旅馆只有一个街口，味道好，份量足。饭店老板娘是瑞士人，会说英、法、德几种语言，当然还有西语。她虽然有些发胖，依然面容姣好，看着更加慈祥。问及何以来此，答 40 年前来哥伦比亚旅行，遇到了丈夫就留下了。我们最后一次去吃饭，烤鱼做得咸了。老板娘来问，我如实回答。她说你该退回去不吃啊！她送了我甜点而且不收烤鱼的钱，吃过饭又带我去药店买蚊虫涂抹药。

在完全没有语言交流的互信中，我们游览了普拉斯国家公园。在城里，我们遇到好几位热心人。一些旅行书说波帕扬的旅游价值被严重低估，我觉得它的价值正在于风景秀丽，游客稀少，保持原生。

记于 2020 年 2 月 16—19 日

# 瓦尔帕莱索行

今天是在智利的最后一天，我订了黑岛聂鲁达故居的一日游。看到参团的只有我们两个，我就跟司机商量在瓦尔帕莱索（Valparaiso）停留。这位司机白发苍苍，边开车边查地图，嘴里念念有词，但对客人毫无好奇。老人边开车边比画了好一阵，心算加上手算。没想到他不但开价合理，还答应送我们去机场。

出了圣地亚哥，沿途都是桃园、蔬菜大棚和鳄梨树林。鳄梨是智利人主要的植物蛋白，超市的价格是 1 千克 2 美元。智利中部属于温带地中海气候，夏季干燥少雨，今年圣地亚哥只下过 6 天的雨，马波乔河几乎断流。这里与南加州类似，经常发生野火。路旁，过火的森林仍是焦土遍野，满目疮痍。经过干旱的谷地，前方出现山和雾。雾越来越低，越来越大。穿过隧道后，卡萨布兰卡谷地已是一片朦胧。

路旁时见葡萄酒广告，雾中的葡萄园顿生清凉。智利是葡萄酒的出口大国，而圣地亚哥周边一些河谷又是知名的葡萄酒产地。最初葡萄酒仅用于天主教仪式，产量不高。1851 年，法国人将葡萄树引进迈普河谷，并建立第一个商业性的葡萄园。19 世纪后半叶，一种真菌摧毁了欧洲很多葡萄园。彼时，已经繁荣的海港城市瓦尔帕莱索吸引了来自法、意和西班牙的移民。这些人带来葡萄种和酿酒技术。1877年，智利首批葡萄酒出口欧洲。至此，卡萨布兰卡和迈普河谷种植葡萄已近 500 年了。

1834 年 7 月，达尔文曾自瓦尔帕莱索骑马经奇洛塔河谷前去考察安第斯山，他写道："沿途绿野广阔，溪谷浅浅，椰林、橄榄树葱郁，柑橘金黄。不枉天堂谷之美

瓦尔帕莱索远眺

称。"加州和澳大利亚都享有地中海气候，也都能种好葡萄，但智利在防虫上却得天独厚。智利北部是阿塔卡马（Atacama）沙漠，南部抵达极地，东靠安第斯山，西临太平洋，这样的地理屏障有效地防止害虫侵入。当了解葡萄种植历史后，我才理解为何过境时植物检疫，而严格检疫保证了智利无地中海食蝇的危害。

不久，我们就到了海边，这呈丝带状的国家真是头枕安第斯山，脚入太平洋。海风吹拂，炎热顿消，已然是海洋性气候。沿着海岸线继续向西北，椰树、沙滩、鲜花、教堂钟楼、高层建筑或独栋住房、林荫道，道路挂着花篮。游人纷纷在鲜花组成的地钟前拍照留念。一小片火山熔岩伸入大海，熔岩上伫立着一座优雅的小楼。人们沿海滨骑车散步，在咖啡馆里闲话，这是与瓦尔帕莱索相连的姐妹城市比尼亚德尔马（Vina del Mar）。现在这两座城市的人口已近百万。

继续沿着海岸线行驶，前方山坡住宅梯次而上，色彩鲜艳。我们进入了瓦尔帕莱索。

汽车沿着山坡小路转上去，再沿着一条很陡的道路下行，明黄色、海蓝色、紫色、绿色、粉色的房屋鳞次栉比。蓝紫色的小花、灰绿色的多肉植物垂悬在石墙之下，门楣上怒放着三角梅，圣诞红长成大树，配上明黄色的房子，真是一派艳光。然而乱糟糟的天际线，彩漆斑驳的房屋，突兀的现代高楼又令这座古城失色。

在达尔文的时代，瓦城只有一条主街。那时山坡上房屋零落，唯峡谷横穿处才堆满房屋。达尔文所见只有白色房屋，而那些层叠而上的白房子令他忆起特内里费岛的小镇圣克鲁斯。如今的瓦城，山坡上已经挤满了五颜六色的房子。智利是地震的国度，瓦尔帕莱索也不例外。历史记载过这里至少发生过两三次大地震，1822年的地震几乎毁了整个城市。据说为了防御地震，此地适合建木屋，但木头又经不起海风侵蚀，遂在木板外护以铝板，再在铝板上刷各种颜色。想想达尔文时代，铝制

上：沿街壁画

下：瓦尔帕莱索海港

护板不易得，彩漆也不便宜。

我行走在格拉瓦索尼（Paseo Gervasoni）街，上上下下，经过略微开阔的广场，再走下窄陡而鲜艳的台阶。无论宽窄，街边都是鲜艳的老房子，眼花缭乱的壁画。这里果然是瓦城最艳丽的街道。南美人喜欢艳丽，里约有彩色瓷砖砌成的石阶，布宜诺斯艾利斯的波卡也是色彩斑斓，但此地的壁画还是令我印象深刻。看看那些墙画，就知当地人多么富含艺术细胞。正如以前去德奥的小城，驻足欣赏街头乐队，那些人的演奏水平超过北美一些中等城市，艺术已经积淀在当地人的血液中。

彩色房屋依山而建，固然好看，但行路确实不易。行驶山坡的公车都比平原上的小一号，我见过更小号的公车是在意大利的卡普里岛。山坡上的一些道路斜度超过45度，堪比基多。车子行驶在压舱石铺就的小路上，下行时须不断地刹车。司机专注地望着前方，汽车慢慢地，咯噔咯噔地向大海驶去。

山坡上不多的平地成就了一小片广场，供旅人俯瞰大海，车子也在此换道转向。俯瞰大海，港口里塔吊林立，码头上货物堆积如山。不远处，停泊着巨型客轮。从18世纪起，这里不仅是智利的主要港口，也是南美大陆西海岸的主要港口。1834年，达尔文乘船到达。在《小猎犬号航海志》中，他记述道："是夜，小猎犬号停泊瓦尔帕莱索海湾，那是智利的主要口岸。次日晨光初露，周围风光，一派清新。从火地岛初到此地，倍感气候美妙宜人。天高气爽，阳光明媚，到处都充满勃勃生机。"显然，达尔文对火地岛的蛮荒印象深刻。停泊瓦城时，他为重归文明世界而欣喜。我也是访问了火地岛后，再来瓦尔帕莱索。如今的火地岛气候仍不宜人，但已然是一座繁荣的小城了，哪里还有赤身裸体、三餐不继的蛮族？

瓦尔帕莱索位于南美西海岸，但它与纽约同处于一个经度。在巴拿马运河通船之前，这里距离地球上的任何一个海港都十分遥远，而南美西海岸被视为世界上最孤立的地区。16 世纪前期，西班牙人就发现了瓦尔帕莱索。但直到 19 世纪，它才开始繁荣，而造就繁荣的主要是南美的白银热和北美的黄金热。那时经过麦哲伦海峡，航行两大洋的船大多在此停泊，水手们称其为"太平洋上的珍珠"。在黄金时代，瓦尔帕莱索建立了拉美第一个股票交易所、南美大陆的第一个救火站、智利的第一个公共图书馆。

此地的富裕和机会吸引了大批移民，来自英、法、德、意、瑞的人接踵而至。但当地政府不许异教教堂高过一统天下的天主教堂，城里最老的英国国教教堂建筑风格似仓房，平而矮，既无尖顶，也无钟楼。随着大批移民迁入，当地文化从西班牙文化变得多元，那时瓦城出版好几种语言的报纸。然而随着巴拿马运河开通，此地逐渐衰落，有钱人弃城而去。

20 世纪后，因地产便宜，瓦城吸引了文学艺术家们。这里的故事有点像纽约的布鲁克林，旧金山的教会（Mission）区。随着艺术家迁入，该地区的氛围就艺术起来了，变成西方人常说的波希米亚风格，然后就成为旅游区，吸引我这样的游客。后面的故事就是房子开始涨价，也就是所谓的"中产阶级化"（gentrifications）。中产化的结果，迫使穷艺术家迁出。想起瓦城的姐妹城市比尼亚德尔马，她比瓦城历史稍短，但起因却有不同。那座城市原是圣地亚哥富人的度假地，至今仍是，也许瓦城还能留住穷艺术家？

居住在瓦城的文学艺术家中，最知名的是诗人聂鲁达（Pablo Neruda）。他的故居萨巴斯蒂安纳（La Sebastiana）建在山丘上。在山道上行驶，就能看到那栋地位突兀、式样古怪的房子。车子转过弯，停在萨巴斯蒂安纳的门口。这里住宅拥挤、道路狭窄，司机让我们下车，他另找地方停车。

走上砖石甬道，就见前方楼面贴了黑白色向量鱼型图案，那是聂鲁达的徽标。

聂鲁达故居

故居前有一方平地。站在那里，俯瞰邻里乃至山坡下的民居，层层叠叠，五颜六色。虽然色彩鲜艳，但大多建得单薄简陋。再向远处望去，蓝色的大海一直伸向天边。故居一共3层，下面两层刷了白色、天蓝色和橙红色，最上面刷着棕色。门口一棵蓝花楹，花开正艳，两只猫，一白一棕，卧在马蹄莲边。

1948年夏，为逃避智利当局的追捕，聂鲁达躲入瓦尔帕莱索友人家。那是一个穷人区，诗人只能通过小窗看到码头的一角。在受限的视野下，诗人猜测着街角是什么。那是什么商店？人们停下来在看什么？在那里躲了40天，他爱上了码头："我爱，瓦尔帕莱索，你拥抱的一切，你照亮的一切，海鸟，甚至在你之上那些沉默的云。在海的夜晚，我爱你将紫色的光投向水手，然后绽开橘色的玫瑰。你赤裸裸的光，火与雾，全世界海岸的女王。我向你宣布我的爱，当你和我都自由时，我将再一次住在这里，住在海洋和海风的王座上的十字路口。"

10年后，聂鲁达兑现了诗歌中的诺言，他托人在瓦城寻找一座房子。经过长期寻找，最后找到了这一栋。当时房子还未完工，聂鲁达与另外一家人合伙购下，其后用了3年完成了建筑和室内装饰。据说他将惠特曼大肖像画挂在墙上，一位工人问他那是否是他的父亲。他回答："是的，在诗歌里。"原房主姓萨巴斯蒂安纳，后来聂鲁达作了一首同名的诗歌。

这栋房子一边方正，一边呈半圆形。那半圆型一直延伸到房子侧面，两个半圆的墙面上都开了大窗，似乎是模仿舰船之窗。最上面的塔楼是原房主建的鸟屋。站在塔楼上，用望远镜就能看到港口上的人物。据说聂鲁达带客人登上塔楼，指点他们朝某个方向的某个屋顶上看，说是那里总躺着一个做日光浴的裸女，但没有一个客人看到过。或许她只对诗人现身？

每年新年，瓦尔帕莱索港口都会放烟火，这栋房子的凉台最适宜观看。1973

年，聂鲁达在此度过最后一个新年。诗人去世后，人们在客厅里发现一只鹰，而当时窗户都是关闭的，无法知晓那只鹰如何进入。诗人去世不久，因智利政变，这所故居遭到洗劫。智利保留了聂鲁达3所故居，此地，圣地亚哥和黑岛，但因洗劫，这栋房屋里的展品大多来自他处。

走出聂鲁达故居，沿街开了好几个艺术品店。水彩画挂在门口，所画大多是瓦城风光。再往前走，就来到诗人广场。3座青铜雕像或坐或站，站着的也是最显眼的那座是聂鲁达。我不熟悉另外两位诗人赫维德勃罗（Vicente Huidobro）和罗卡（Pablo de Rokha），但他们更容易亲近。我摸摸一位诗人的头，坐在另一位身旁，让他的手臂搭在我的肩膀上。

车子停在观景台，登高远望，灰云下的大海失去了蔚蓝。那年，达尔文也曾在此地登高瞭望，他说："登高远眺，西北方向，安第斯的姿影清晰可见，阿空加瓜（Aconcagua）火山尤其巍峨。这座奇崛不整的巨大锥体，比厄瓜多尔的钦博拉索火山更高一截。"在圣地亚哥时，我想大概可以看到6 962米高的阿空加瓜吧？但城市污染严重，不要说阿空加瓜，就是距离城市最近的普罗莫坡道（Cerro El Plomo）也成了水墨画。可惜今天雾大，仍望不见阿空加瓜。

下山后，来到海滨。这里是瓦城的商业中心，熙熙攘攘，车流不息。在攒动的人头之上，车流缝隙之间，我看到一座铜雕。智利是铜的国度，街头巷尾，商店居家都经常能看到铜制品，我买的纪念品也是由极薄的铜箔制成的。维多利亚广场椰树、榕树环绕，纪念碑，喷泉雕塑，稍远仁立着不很高大却相当优雅的教堂，南美城市的广场大多安逸。

离开维多利亚广场，车子驶过索托马约尔广场（Plaza Sotomayor）。广场中央是一座雄伟的纪念碑，几个海军官兵站在纪念碑台阶上。广场的一边矗立着智利海军

笔者在瓦尔帕莱索的诗人广场

瓦尔帕莱索的索托马约尔广场

司令部，附近还有智利国家海事博物馆。

智利海军一度在南美西海岸是最强大的，而证明其强大的就是广场纪念的战争。那场战争发生于1879年，起因是争夺阿塔卡马沙漠。那片沙漠是地球上最干燥的地方，位于智利、秘鲁和玻利维亚之间。那片沙漠也是地球上最像火星的地方，美国国家航空航天局（NASA）在那里测试火星探测器。因高海拔和空气干燥对毫米和次毫米波长的观测至关重要，欧美和日本也在那里建立天文台。

虽然阿塔卡马沙漠西临大海，但洪堡洋流（也称秘鲁寒流）造成的气流下冷上暖，无法形成降雨，东部又因山脉隔阻，亚马孙盆地湿气不至。据说沙漠里百年才下几场雨，甚至有人活了一辈子都没见过下雨。上天恩赐，阿塔卡马沙漠无降水却有雾。我记得纳米比亚沙漠也是同样情景，雾气消散留下水珠，植物靠湿气活着，动物靠舔食植物上的水珠解渴。阿塔卡马沙漠的居民极少，当地人架起很密的网，网下放置水桶。雾气被网住后，逐渐化为水珠，滴下。那些网让我想起北美印第安人的捕梦网。同样是一张网，不同的是阿塔卡马沙漠人的梦就是水。

犹如南美其他地方，欧洲人殖民时根本无所谓边界。南美诸国独立后，一些边界仍模糊不清。就那片沙漠而言，三国分别占领了不同的地区。本来他们也不在乎沙漠，但后来在那里发现了硝石矿。硝石是制造火药的主要原料，销售前景极为广阔，想必那时的硝石矿和后来的油田差不多吧。南美诸国经济单一，主要出口是农产和矿产。三国都想将硝石矿据为己有，但硝石矿所在地却是主权争议区。智利与玻利维亚定了边界和商业协议，并执行多年，但后来秘鲁插手，玻利维亚单方面撕毁协议，导致三国开战。

三国之战先是海战，后为陆战，智利曾一度占领了秘鲁首都利马。据说参加这场战争的还有秘鲁华人。当年太平天国失败，太平军的余部走投无路，一些人被迫当了契约华工，远走秘鲁。在秘鲁，华裔劳工处境极为悲惨，因此当智利占领利马，他们愿意站在智利一边。秘鲁战败后，他们都被当作叛徒，这也是多年来华裔在秘鲁遭到歧视的一个原因。

那场战争打打停停，历时 4 年，最终智利获胜。战败国秘鲁损失了全部海军，不但割让了塔拉帕卡省，还将阿里卡和塔克纳两地区交智利管辖 10 年。直到 1929 年，美国居中斡旋，秘鲁才收回了塔克纳地区，阿里卡地区则以 600 万美元的价格让给了智利。打了败仗的秘鲁，后来又发生了内战，经济倒退了十多年。战败国玻利维亚的沿海领土，从安第斯山脉到太平洋之间，全部都割让给智利，而那个割让协议就是在瓦尔帕莱索签订的。从此玻利维亚成为一个内陆国。割让的后果是使秘鲁和玻利维亚损失了主要的鸟粪和硝石产区，也使智利成为世界上唯一的天然硝石产地，难怪智利人称硝石为"白色珍珠"。

等待红灯时，我拿出相机对着索托马约尔广场拍照，旁边一辆车的司机冲我直竖大拇指，显然这是智利人的骄傲。那场战争，智利人称为"太平洋战争"，连个"南"字都省了，而局外人称其为"硝石战争"。因为阿塔卡马沙漠盛产鸟粪，于是战争的另一个别称是"鸟粪战争"。还别小瞧鸟粪，在发明化肥之前，那可是富含磷酸盐的天然肥料，秘鲁等国靠输出鸟粪到欧洲可是发过大财呢。

记于 2019 年 12 月 10 日

# 聂鲁达的黑岛故居

南美大陆西岸山脉绵延，海岸线北部平直，南部破碎，虽长却缺乏良港。自哥伦比亚以南，厄瓜多尔和秘鲁各有一座海港，再向南就是中智利的瓦尔帕莱索了。瓦城为海事港口，圣地亚哥人休闲常去比尼亚德尔马或黑岛（Isla Negra）。12月正是南半球的盛夏，但今天海天阴郁，失去阳光的沙滩已被人遗忘。就在这样的一个下午，我来到黑岛，拜访聂鲁达的故居。

相对比尼亚德尔马，黑岛就是一个渔村。街边都是便宜的小店，道路未铺沥青。进入一条没有标识的小巷，看到一座石头房子，那就是聂鲁达故居。房前绿草茵茵，草地上放着一个老式的火车头。那是为了纪念诗人在铁路工作的父亲。

巴勃罗·聂鲁达（Pablo Neruda）出生在中智利的葡萄种植区，原名为内夫塔利·雷耶斯（西班牙名字都很长，简化一下）。他两个月大时，生母病亡。对于聂鲁达，那个将他带到这个世界的女人只是一张黑白照片。父亲再婚后，举家迁至智利南方城市特姆克（Tumuco），那是一座常年苦雨凄风之城。诗人的父亲在铁路上找到工作，童年的他常随父乘火车长途旅行。火车穿过雨幕，跨越大河，进入森林……那或许就是他《大地上的居所》的最初体验。大自然有隐秘的美，也有暴力，在某种意义上也是他家庭的缩影：关爱的继母，简单粗暴的父亲。诗人清楚地记得，11岁时将自己的第一首诗歌拿给父亲看，"父亲心不在焉地读着，心不在焉地还给我说你从哪里抄来的"？

故居入口，贴了一张聂鲁达接受采访的照片。我走进一个又一个的房间，窗外

上：故居门口的火车头纪念诗人的父亲

下：黑岛故居的人像展示间

浪峰徐徐涌起。我走在各种各样的收藏中，吊挂着的人头雕塑、各种舰船上的物品、鲨鱼牙齿、玻璃瓶中的舰船模型……舰船总是很好看，比汽车火车都好看。模样古怪的瓶子、古董鞋、妖气的面具……据说拾贝是诗人的终身所好，贝类藏品之丰令我驻足。蝴蝶标本，那只珍贵的白凤尾蝶比我手掌还大。原来他和纳博科夫类似，也是蝶痴。我基本肯定蝴蝶并非诗人自己捕获，而且大多来自异国。

聂鲁达13岁发表第一首诗歌，出版《二十首情诗和一首绝望的歌》时，他还未满20岁。凭着诗名，他23岁得到了首次外交任职。出发任职仰光前，一个朋友请求同行。他将一等舱位换成两个三等舱位，并让那朋友代领旅差费，但朋友赌博输光了钱。那个时代，从智利到仰光要走几个月。旅行途中，两人数次因支付不起花费而必须举债，聂鲁达任职3年后才还清那些债务。后来他奉命调职科伦坡，却发现那里根本没有智利领事馆。

在缅甸，因公然带当地女人上床，诗人遭到上层社会的排斥。也是在缅甸，一个当地女人将他带入性成熟期，而她那疯狂的占有欲又迫使诗人逃离，那段经历后来成为《大地上的居所》中的关键篇章《鳏夫的探戈》。在文化隔膜的东南亚，聂鲁达非常孤独。他一边与缅甸女人、泰米女人、欧亚混血女人做爱，一边不断地写信向两位智利女友求婚。那两位女友都是《二十首情诗和一首绝望的歌》中的吟唱对象。从1924年出版以来，那本诗集成为恋爱中的年轻人的圣经。

在斯里兰卡，每天清晨有个泰米女人来居所清理秽物。她丰乳肥臀蜂腰，几乎再现了印度卡朱拉霍的雕像。聂鲁达说："尽管她做着如此低贱的工作，但她长得那么美，那么可爱，不去勾引她都不行。"诗人把礼物放在她经过的路上，她不理睬。一天，诗人抓住女人的手腕，看着她的眼睛。她一言不发，走进房间，裸身躺在卧榻上。聂鲁达说："做爱时，她大眼圆睁，毫无反应，好像是一个男人和雕像在做爱。我活该受她鄙视。"在爪哇，诗人因孤独而娶了荷兰人的后裔玛鲁卡（Marijke Antonieta Hagenaar Vogelzang）。1934 年在马德里，聂鲁达和玛鲁卡有了一个女儿。那是诗人唯一的孩子，不幸的是，她先天残疾。

故居里，客厅和人像展示厅连成一体，圆形茶几犹如一只舵轮，壁炉上吊着大帆船。客厅一侧，石墙上搭出舰船似的甲板，拦着绳索，这里的物品大多与海有关。我站在窗前，太平洋一望无际。那垂自天棚的头像，伫立窗畔的人像似乎正要奔向大海。诗人说："既然无法将大海收入居所，那就让居所嵌入大海吧。"

餐厅，一张摆满杯碟的圆餐桌。诗人在世时，他的朋友可随意进出。他们中有来自远方的中国诗人艾青，后来的智利总统阿连德等。1970 年的选举中，诗人将总统候选人的位置让出，阿连德成为世界上第一个通过选举上任的马列主义和社会主义者。在酒吧间，聂鲁达将亡故诗友的名字刻在横梁上，其中之一是在西班牙内战中遇害的洛尔迦。西班牙爆发内战时，智利政府支持佛朗哥政权，聂鲁达支持共和党，外交官与他的政府站在了对立面。在内战中，他写下了第一首革命诗篇《我心中的西班牙》，设法帮助 2 000 名西班牙共和党人逃离。在西班牙，聂鲁达结识了第二任妻子黛莉亚（Delia del Carril）。她出身于阿根廷贵族大牧场主，长居欧洲。她不仅有很清晰的左翼认识，而且活跃于政治运动中。据信与她结合和洛尔迦被害，对诗人从无政府主义者转为终身信仰共产主义起了重要的作用。

我走到图书馆。这里摆设简洁，最突出的是一张木桌，桌面由几块木板拼接而成，好似木船的船底。这里也没有什么书籍，桌上亮着一盏貌似油灯的电灯。聂鲁达是读书狂，曾有过很多书。去世前，他将一部分图书赠与圣地亚哥大学。去世时，他的书籍散落在三个居所中，而那三个居所分别在圣地亚哥、瓦尔帕莱索和黑岛。图书馆，酒吧和餐厅，贝类、面具和头像展示房间，写作室，两间起居室，似

黑岛故居客厅

上：黑岛故居的雕塑，鱼和眼
睛是聂鲁达的标牌
下：两个门洞的石门将故居连
成一体

乎只有一间卧室？每个房间充满了收藏，在令人眼花缭乱的摆设中，提示房间功能的家具却容易被忽略。诗人有物癖，三所故居都像博物馆。

走到户外，仔细观看松树环绕的院子。一组石木搭成的房屋一直延续下去，几乎形成半圆形。人们说它像一艘舰船，开阔的船头为 L 形的平房，L 拐角处夹着一座两层的石头堡垒。堡垒与另一间平房连接，那平房又与另一栋房屋以 90 度相接，之后是一座开有两个门洞的石门，石门上开出石槽，石槽上有一只似鱼非鱼的小石雕。那座石门再与另一组平房连接，那一串平房似乎是船尾的延伸。对照地图，我才明白这里一共有 9 栋房屋。

大概 1940 年，诗人为写《坎托将军》寻找安静的居所，来到这狂野的海边。"这里，环绕着小岛，那是海。但海又是什么？海永远漫溢。它说是，然后说不，再说不，就不。在蓝色中说是。海喷洒着愤怒，说不，再说不。永无静止。"（《海诵》——聂鲁达）

这片峭壁上的土地原属于一个西班牙船长，他的船沉没后永远留在本地。买下后，聂鲁达即去墨西哥任职，直到 1943 年返回后才着手修建。当时这里只有一栋石头小屋，名为海鸥。看海边礁石如墨，聂鲁达将其改名为黑岛。那时在黑岛修房子可不容易，所有材料都要用牛车载运，蹚过科尔瓦多河汊。诗人先加盖了石头城堡，然后"这房子一直在生长，犹如人，犹如树"。成长中的屋子不可避免地带来混乱和摩擦，而黛莉亚完全不善家务。在摩擦和混乱中，聂鲁达整理长诗《坎托将军》，酝酿着《马丘比丘之巅》。

黑岛故居完工后，聂鲁达开始动笔写酝酿两年的《马丘比丘之巅》。他追忆了骑骡寻觅印加文明的巅峰："石砌的古老建筑物镶嵌在青翠的安第斯高峰之间，风雨侵蚀城堡数百年，激流自那里奔腾而下。白雾从威尔玛犹河中飘起。于是，在茂密纠结的灌木林莽中，我攀登着大地的梯级。"彼时，第二次世界大战已经结束，随着世界开始新篇章，诗人的生活也翻开了新的一页。他不仅加入了智利共产党，而且作为该党的候选人参选智利北部两省的议员。那是位于阿塔卡马沙漠最贫穷的地区，聂鲁达将当地人的困苦当成自己生活的一部分。古老的文明、底层的苦难、涉足政治都在长诗中留下了印记，《马丘比丘之巅》中迸发的激情可与《二十首情诗与一首绝望的歌》中任何一首媲美。

在以前的诗作中，海和盐都是正面的描述。在《马丘比丘之巅》中，聂鲁达用它们描述死亡。这展示了诗人走出《大地上的居所》中忧伤懵懂的青春，视野更加开阔。然而，其中的一句"一个在提琴之间等待着我的人"似乎与全诗无关，令读者费解。后来聂鲁达对他的传记作家解释说："那是指一场多情的经历。"传记作家认为那是指诗人与玛蒂尔德·乌鲁蒂亚（Matilde Urrutia）初次相遇于露天音乐会，音乐会后他们有了一次肉体关系。

智利右翼政党执政后，聂鲁达因公开发声抗议遭到通缉。他不得不离开黑岛，在智利境内躲藏。在智利共产党的安排下，以及朋友和崇拜者的帮助下，诗人躲藏了近一年，然后骑马翻越安第斯山前往阿根廷。这些逃亡经历成就了诗集《坎托将军》中的逃犯篇，而那次冒险翻山的经历在诺贝尔奖答谢词中占据了相当多的篇幅。逃到墨西哥后，聂鲁达与玛蒂尔德再次相遇。这一次，玛蒂尔德成为他的秘密情人，流亡中的聂鲁达开始周旋在两个女人之间。

松涛阵阵，太平洋一望无际。白浪无情地拍打着礁石，海浪怒吼着直抵岸边。山坡上铺满了粉色花朵和绿色灌木，花木中挺立着灰绿色的龙舌兰。植物的气味混合着大海的盐味，随风吹过。智利位于海洋和火山之间，似乎缺乏浪漫，然而大海是聂鲁达生活的隐喻，是诗的意象。他在黑岛的峭壁上默默观海，海天一色。月亮

面向大海，春暖花开

桅杆上的青铜铃铛

游了回来，被染上银光。一次又一次，打破了黑暗。在海的阳台上，一阵浪潮展开翅膀，火诞生了，一切又像清晨那样的蔚蓝。在他的笔下，海平凡而神圣，混乱又宁静，海是女人，是救赎："倚身薄暮，我把忧伤的网撒下你海洋般的眼睛。"在漫漫海波和漠漠黄沙交织成的网眼里，他们珍藏起无比深情的苦恋，失恋又如黎明的码头般地被抛弃……

连接故居的石门外辟出一方空地，那上面矗立着一根桅杆，桅杆上挂着的青铜铃铛随风摆动，发出清脆的声音。桅杆旁，停着一只红白帆船，漆色斑驳。聂鲁达在智利的三所故居中，无论从房屋到风景，以黑岛最美。"在充满动荡的海洋，在黑岛的狂野海岸上，我投身于新诗歌的冒险之中。"诗人晚年最喜欢待在这里，并写下很多诗篇，这些诗篇之一以《黑岛记忆》命名。在那本诗集中，他回忆了父亲、继母和生母、童年和初恋、缅甸岁月，从写情诗的诗人到类似先知的公众人物，黑岛不仅是他的地理视野或政治话语，还是他的诗体自传。

在中国的 20 世纪 50 年代，聂鲁达是极少被引进的外国作家之一。我年轻时就知道他，至今还记得：

> 我们甚至遗失了暮色。
> 没有人看见我们今晚手牵手，
> 而蓝色的夜落在世上。（程步奎译）

聂鲁达最流行的诗充满情爱、性爱、色情的暗示或明示，虽然那并不符合当时中国的氛围，但他是死硬的斯大林主义者，政治正确压倒了一切。聂鲁达多次访问苏联，不仅获得斯大林和平奖，还是列宁和平奖的永久评委。斯大林去世后，他作文写诗歌颂，犹如死了父亲。他曾为被打成右派的诗人艾青发声，但对苏俄作家帕斯捷尔纳克等被压制，对苏联入侵捷克，他一直沉默。他所反抗的极权统治并不包括苏联，连最支持他的人都无法为他辩护。

1929 年，因极力反对斯大林政权，苏联布尔什维克元老，十月革命和红军的主要领导人托洛斯基被迫流亡。1937 年，托洛斯基夫妇流亡到墨西哥。斯大林一直想置托氏于死地，并将实施谋杀交给苏联内务部执行。在流亡中，托洛斯基躲过了好几次谋杀，其中的一次是在墨西哥。那是 1940 年 5 月 24 日，墨西哥版画家，大卫·希格尔斯（David Alfaro Siqueiros）组织并参与了行动。凶手发射 300 颗子弹，杀死了托洛斯基年幼的孙子，但托洛斯基夫妇幸免。行刺失败后，希格尔斯等人被捕。在苏联的压力下，行刺者只判了轻罪。聂鲁达到监狱看望希格尔斯，他没有知会智利外交部门，就向凶手发放前往智利的签证。1940 年 8 月 20 日，就在聂鲁达到达墨西哥的第 4 天，托洛斯基被冰斧所杀，凶手是苏联内务部的特务拉蒙·默卡德（Ramón Mercader）。

同样是流亡，聂鲁达不仅获得了欧洲共产党、毕加索等知名人士的鼎力相助，而且参加世界和平大会，访问了很多国家。他的诗集不断被出版并翻译成多种文字，传播到地球上几乎所有的地区。在美丽的诗歌和光辉的和平事业中，诗人继续过着非同寻常的双重生活。他创造各种机会与玛蒂尔德相聚，在瑞士尼翁，在意大利的卡普里岛，在乌拉圭……他们度过牧歌般的时光。后来，诗人与情人在意大利海岛的故事被拍成电影《邮差》。犹如他的诗歌，那部电影情节简单，富有人情和自然之美。卡普里岛也是高尔基流放之地，与之共度的女人既是他的情人，也是苏俄政权的间谍。

流亡近 4 年后，诗人作为英雄回到祖国。彼时，他的秘密生活不仅要欺瞒妻子，还要欺瞒清教徒式的智利共产党。聂鲁达为情人寻找住所，最终在圣地亚哥买下查斯科纳（La Chascona），据说那大部分房款来自斯大林和平奖。

前天，我访问了查斯科纳故居。房子所在的贝拉维斯塔（Bella Vista）区位于马波乔河与圣克里斯托瓦尔山之间。听起来很棒，可惜圣地亚哥污染严重，几乎看不到山，河水因干旱已经断流，但贝拉维斯塔的波西米亚风情吸引了很多游客。走过一幅又一幅壁画，走过拥挤噪杂，在一条街的顶端，查斯科纳安静地藏在绿色中。

这是一座蓝色间或黄色、白色的房屋，经过小院，头一间是酒吧，继而是饭厅、书房和卧室。沿着扶梯走上山坡，走进另一栋小房子，再向上走又是一栋。这故居依圣克里斯托瓦尔山而建，陡峭的山坡上曾长满了黑莓。最初仅建造起居室和一间卧室供玛蒂尔德独自居住。1955 年，诗人和黛莉亚分开，搬到这里后逐渐添加了起居室和图书馆等。和黑岛一样，故居几经扩建，但整体局促，布局杂乱，这座迷宫肯定又是诗人不断修改设计的结果。

查斯科纳故居的众多收藏品中，玛蒂尔德的画像最引人注意。画中的双头人顶着浓密狂乱的长发，画风颇似毕加索的后期作品。据说聂鲁达隐藏在那如海浪般翻卷的头发之中，暗示着他们之间的秘密关系。画像的作者是墨西哥壁画家迭戈·里维拉（Diego Rivera），他与画家弗里达·卡罗（Frida Kahlo）是夫妻。这对夫妻是托洛斯基的密友，托洛斯基不仅住在他们的房子里长达 2 年，而且与弗里达有情人关系。

玛蒂尔德比聂鲁达年轻 8 岁，与诗人出生在同一地区。因出身贫苦，她年轻时离家来到圣地亚哥讨生活。与黛莉亚不同，她对政治或文学没有兴趣，相识者回忆，她质朴，但未受过多少教育，诗人后来费了不少力气教她读书。然而她激发了诗人的创作激情，诗人为她写下《船长的诗》。那首诗写在流亡途中，巴塞尔、利

聂鲁达的查斯科纳故居

上：玛蒂尔德的画像，聂
鲁达隐藏在那如海浪般翻
卷的头发之中
下：黑岛故居之外

沃夫、布拉格，从瑞士到意大利，诗人在飞机上写，在火车上写，在任何地方都写，有些就写于妻子黛莉亚的眼皮子底下。诗集在意大利出版时，封面的美杜莎象征着有着同样浓密头发的玛蒂尔德，但诗人担心暴露婚外情而不愿署名。

1954 年的一天，友人们聚集在黑岛念诵新出版的诗集《葡萄与风》。念到其中一首爱情诗时，有人注意到黛莉亚泪流满面。她与聂鲁达交往时，他 30 岁，她 50 岁，两人共同生活已经 20 多年。当秘密再也无法掩盖时，两人去找智利共产党总书记调解。聂鲁达辩解道："当年我和黛莉亚在一起的时候，和玛鲁卡仍有婚姻关系……"虽是旧事重演，但玛鲁卡母女被抛弃后，生活困顿，命运凄惨。在纳粹统治的荷兰，聂鲁达的女儿在 8 岁时死去。对孩子的死讯以及玛鲁卡逃离纳粹的请求，聂鲁达均未回应。后来玛鲁卡被关入纳粹过渡营，直到第二次世界大战结束才免于灾祸。

我站在故居外的海岸上，看着一对人迎风走在沙滩上，沙滩外的山坡上放着一只巨大的铁锚。

浪拍打倔强的石头，

击散澄明而植入它的玫瑰，

海圆周收缩成为枝柯，

成为一滴蔚蓝的盐落下。（陈子弘译）

前方旗杆上，一串色彩各异的国旗如经幡般飘荡着，那下面是由原石垒成的墓地。墓地上放了一块黑色大石，种了一丛紫白色的草花，黑石和鲜花之下刻着诗人和玛蒂尔德的名字。

聂鲁达和玛蒂尔德葬在一起

1973 年 9 月 18 日，身在黑岛的聂鲁达癌症恶化，救护车将他送往圣地亚哥的医院。彼时皮诺切特发动了流血的军事政变，阿连德在总统府身亡。诗人入院后，墨西哥驻智利大使前来看望，请他去墨西哥避难。诗人最初不愿意，当得知查斯科纳被洗劫才同意，但要求 24 日之后离开。1973 年 9 月 23 日晚，聂鲁达去世。去世后，玛蒂尔德将诗人的遗体运回满目疮痍的查斯科纳，那天大雨如注。吊唁的人络绎不绝，他们带来鲜花，朗诵聂鲁达的诗篇。一群警察和军人冲进来，包围了吊唁的人群。讽刺的是，一个军官说他代表皮诺切特表示慰问，总统命令全国为智利的文学之光哀悼 3 天。在场的朋友立刻打断他："看看你们毁灭的聂鲁达的家，我们要求尊敬和安宁。"

虽然诗人一再表示身后要葬在黑岛，但当时几无可能。最后另一个作家提供了为自己准备的墓穴，诗人被安葬在圣地亚哥总墓地。1992 年，诗人的遗骸返回黑岛，与玛蒂尔德葬在一起。

"同伴，把我埋在黑岛上，在我知道的海面，埋在石头的皱纹之间，对着迷失我双眼的海浪……"

记于 2019 年 10 月 10 日

# 外篇：维多摩萤火虫洞

维多摩萤火虫洞位于新西兰北岛东岸，是新西兰最有名的天然奇景。

几千万年前，这一带海洋生物沉积的海床先被地震火山抬升挤压而断裂，又由海水的流动溶化侵蚀出许多喀斯特洞穴。所有这些洞穴都隐藏在四季常绿的丘陵地下。

维多摩萤火虫洞是一处活性岩石洞穴，洞穴下方因水流冲积较坚硬的黑石，形成如球一般圆滑的黑石而滞留在洞口，煞是可爱。洞穴上下均有通口，吸引许多昆虫入内繁殖，其中萤火虫是该洞穴中最奇特的居民，它们攀附在岩洞深处的上方，像极了满天星斗，情景极为迷人。

从奥克兰驱车 3 小时到达维多摩，我们进入了维多摩洞。

这是一个典型的喀斯特洞穴。其实这类洞穴是较普遍的地貌，仅中国境内就不下千处。中国早在《山海经》和《神农本草经》中就有关于洞穴及洞穴沉积物的记载。南宋范成大在《桂海虞衡志》中记载了洞穴，并探讨了其成因。明末徐霞客亲身探察了数以百计的洞穴，成为世界上考察喀斯特洞穴的先驱。笔者有幸造访过的不足 10 处，它们是桂林的七星、芦笛，宜兴的善卷、张公和太极，张家界的黄龙，以及兰溪的地下长河等。就洞穴自然景观的游览而言，这已经足够了。然而，它们无一例外地被饰以五彩灯光，这些显然是社会审美趣味的反映。令人印象深刻的是，维多摩洞绝无这类俗艳，洞壁和钟乳石呈灰白色，也看不见游客触摸的痕迹。

我们穿越了若干钟乳石小径后，进入命名为教堂厅的巨大洞穴，穴高几十米，

维多摩萤火虫洞入口

由于天生的声学结构，这里曾经进行过多次重要的音乐演奏。我们在巨厅尽头的深处蹲下，往四周极低矮而曲折的洞穴窥视。这些洞穴都透出一片亮光，那么明亮，那么纯洁。原来这亮光正是来自洞穴上壁粘附着的无数萤火幼虫发出的浅绿萤光，顿时，我们不禁惊讶得说不出话来。从每只幼虫身上都垂下道道小珠串成的丝线，它们在萤光中晶莹剔透，一时我们犹如面对在威尼斯穆拉诺的玻璃店的橱窗。不过这些丝线极为整齐，最长者可达 20 厘米。我们听说，在这幽暗背景下，幼虫的光芒会吸引昆虫，它们依靠丝线的黏稠捕食昆虫，幼虫最多可吐 70 道丝线。洞中无风，这些丝线不会相互纠缠。幼虫花费 9 个月从 3 毫米长到几厘米，进入虫蛹阶段。

我们没有看到虫蛹，据说它由一根丝线悬空，延续 13 天后蜕变为成虫。雄虫等待雌虫出现，马上进行交配。雌虫产下的球状虫卵几周后孵出幼虫。成虫存活不过数日而已，没有嘴巴进食，只疯狂交配，最后舍身撞向幼虫的丝网，以作为幼虫的食物而终结其一生。生命短暂，轮回不已，它们仿佛专门为爱而来，情尽而亡，免除了文明群体的一切烦琐和虚伪。

从巨厅返回，向上攀援石径再拾级而下，而后乘船漫游地下河。在墨色的河道四周，无数萤火虫在洞壁发出辉光，我们头顶上方犹如南天的夜空，璀璨无比。每位初到南半球的旅客都会为南天星空的壮观所倾倒。船只在萤火的星空下划过，众人自动地屏住呼吸，静静地享受这世界的神奇，唯闻轻微的划水的潺潺声。与夜空略为不同的是，这些星星都拥有相同的稳恒的亮度。我们近邻大量洞穴也被它们各自的星空照得通亮，它们正如虫洞连接的宇宙。所有这一切都倒映在泛着微澜的河面上。

我们仿佛在星河中巡游，时间如船底下的流水一样一去无回。星移斗转，不知

维多摩萤火虫洞出口

今夕何夕，家山何处。忽见远处的一道亮光渐渐强烈，它把我们从梦幻中唤回，我们才意识到出口已近。出口好比一个宇宙虫洞，我们正从一个萤火虫世界通过它进入另一世界——新西兰人的绿色家园。弃船上岸，我们又回到不完美的现实。

我少年时就热衷于在田间捕捉萤火虫，并把许多关在玻璃瓶中，再悬在蚊帐中做照明之用，但它们发出的绿光闪烁不已，而眼前的这类萤火虫只能生存在极为幽暗而湿度适中的洞穴中。萤火虫遇到强光就失辉几个小时，所以在洞穴中严禁拍照。它们仅在新西兰和澳大利亚的原野上和洞穴中大量生存，而形成奇观。至少在我下榻过的南岛的蒂阿瑙和普纳凯基还有两处萤火虫洞。其中规模最大、历史最悠久的应属维多摩，当地的毛利人四五百年前就已知悉这个秘密。

1887 年英国人弗雷德·梅斯得到酋长谭内提诺劳应允后，划着亚麻梗小筏，手持蜡烛顺着维多摩河进入洞穴勘测。可以想象当他们发现这一新世界时的激动！其实，迄今最好领略维多摩洞的方法仍然是这种最原始的——驾着小筏在石林洞穴中随意探寻，尽情浏览虫洞世界的无限。

如果时间允许，我们还应该参加黑水漂流，从入口自己用绳索悬空坠下几十米，潜入黑暗的地下长河，在激湍和瀑布中漂流几小时，随意观赏萤火虫织成的灿烂星空。

1889 年，维多摩洞穴对大众开放，迄今已 100 多年了。由于地处天涯海角，旺季时每天不过几百访客，淡季时甚至无人问津。但这一生态景观如此脆弱，不知还能够在这个无常的世间存在多久。

记于 2014 年 1 月 4 日

**图书在版编目（CIP）数据**

安第斯山脉随笔 / 杜欣欣著 . — 长沙：湖南科学技术出版社，2023.4
　　ISBN 978-7-5710-2070-5

Ⅰ . ①安… Ⅱ . ①杜… Ⅲ . ①游记—作品集—中国—当代 Ⅳ . ① I267.4

中国国家版本馆 CIP 数据核字（2023）第 025054 号

## ANDISI SHANMAI SUIBI
### 安第斯山脉随笔

著者
杜欣欣

出版人
潘晓山

策划编辑
孙桂均

责任编辑
吴诗　李蓓

出版发行
湖南科学技术出版社

社址
长沙市芙蓉中路 416 号泊富国
际金融中心 40 楼

网址
http://www.hnstp.com
湖南科学技术出版社
天猫旗舰店网址：
http://hnkjcbs.tmall.com

印刷
长沙超峰印刷有限公司

厂址
宁乡市金州新区泉洲北路 100 号

邮编
410600

版次
2023 年 4 月第 1 版

印次
2023 年 4 月第 1 次印刷

开本
710 mm×1230 mm　1/16

印张
25.25

字数
332 千字

书号
ISBN　978-7-5710-2070-5

定价
78.00 元